문학사상 30주년 기념출판

한국대표시인 101인선집

오 세 영

아무리 궁리해 보아도 시를 쓸 수밖에 없다. 시야말로 감동과 헌신의 인간관계에서만 그 존재를 드러내는 가치이기 때문이다. 그것은 힘의 구심력이 정치를, 존경의 구심력이 교육을 지배하는 것과 같다. 많지 않아도 좋다. 아니 많다면 더욱 좋다. 내 시가 누군가에게 한 번이라도 감동을 주고, 또 그 감동으로 인해 그와 나 사이 무보상의 자기 헌신 즉 사랑의 관계가 성립될 수 있다면…….

나이 60에 이르러 비로소 얻게 된 이 몽매한 깨달음이 나를 행복하게 한다. 그러나 기실 ―나는 모르고 있었거니와― 이같은 삶을 살아온 내 인생은 사실 얼마나 행복했던 것이랴. 내가 문제성을 제기하는 작품―예컨대 실험 시보다는 한 편이라도 감동을 주는 작품의 시작詩作에 매달리는 이유가 여기에 있다. 앞으로 많은 사람이 내 시로 하여 감동을 얻을 수 있는 그러한 작품을 쓰고 싶다.

―〈사랑과 권력〉 중에서

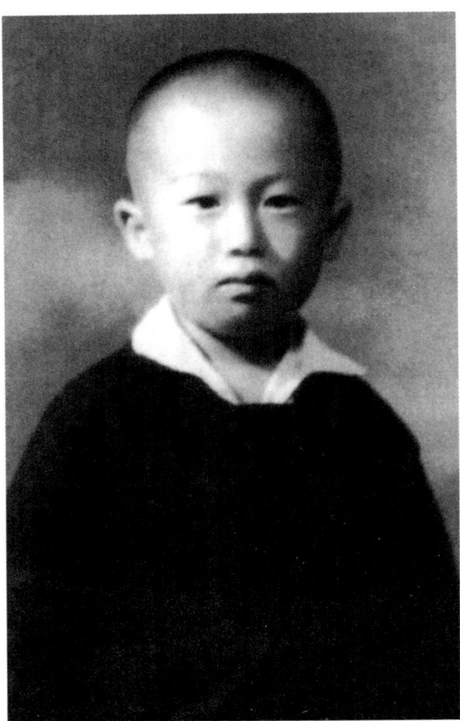

▲ 1945년 네 살 때 오세영 시인.

▲ 1951년 초등학교 3학년 시절 광주 어느 공원에서
이모부 · 외숙과 함께(가운데가 오세영 시인).

보석 2

그것을 불러 보석이라 이름한다.
햇빛에
눈부신 그 반짝거림,
강변 모래언덕에
사금파리 하나 반쯤 묻혀 있다.
보석이란 가장 소중한 마음을 이르는 것이려니
우리 어린 날
네게 바친 이 순수한 영혼의 징표보다
더 아름답고 고귀한 것이 이 세상 또
어디에 있으랴.
깨진 것은 모두 보석이 된다.
한때 값진 도자기였을지라도,
한때 투박한 사발이었을지라도,
그것은 한낱
장에 갇힌 그릇일 뿐.
깨지는 것은
완전한 자유에 이른 까닭에
보석이 된다.
그 봄날의 풀꽃 반지도
그 강변의 모래성도
지금은 모두 강물에 씻겨갔지만
우리들의 강 언덕엔
눈부신 보석 하나
푸른 하늘을 지키고 있다.
영원처럼……

▲ 1959년 신흥고 3학년 때 오세영 시인의 모습.

▲ 1958년 전주 신흥고 재학 시절 친구들과 함께(맨 아랫줄 오른쪽이 오세영 시인).

▲ 신흥고 문예반 친구들과 함께(왼쪽 첫 번째가 오세영 시인).

▲ 1962년 5월 고려대 석탑제 때 친구 박길웅과 함께(오른쪽이 오세영 시인).

▲ 1962년 서울대 국문과 2학년 때 태릉에서 친구들과 함께(뒷줄 왼쪽에서 두 번째가 오세영 시인).

▲ 1963년 박목월 시인(오른쪽)의 자택에서.

▲ 1964년 대학 시절의 오세영 시인.

▲ 1966년 첫 직장인 전주 기전여고에서 교사 생활을 하던 중 제주도 수학여행에서 학생들과 함께.

▲ 1969년 서울 보성여고 재임 시절 문예반 학생들과 함께(왼쪽이 오세영 시인).

▲ 1970년 첫 시집 《반란하는 빛》 출판기념식장에서 《육시六詩》 동인과 함께. 왼쪽부터 임보 · 조정권 · 오세영 · 이시영 · 김춘식 · 이건청 시인.

▶ 1970년대 초 경주에서 개최된 한국시인협회 세미나에서. 왼쪽부터 박남수 · 오세영 · 이수익 · 김종해 · 박의상 · 이승훈 · 이유경 · 이건청 시인.

▲ 1978년 충남대 재직 당시 대전에 오신 김동리 선생과 함께(왼쪽부터 오세영 시인, 김병욱 문학평론가, 김동리 소설가, 손기섭 · 최원규 시인).

▲ 1980년 서울대 문학박사 학위를 취득한 뒤.

▲ 1980년대 초 한국시인협회 야유회에서. 왼쪽부터 김남조 · 김춘수 · 오세영 시인.

◀ 1986년 제1회 소월시문학상 대상을 받는 오세영 시인. 오른쪽은 시상자 임홍빈 문학사상사 대표.

▶ 제1회 소월시문학상 대상 수상 소감을 말하는 오세영 시인(왼쪽, 오른쪽부터 박두진·김남조·정한모 시인)

◀ 제1회 소월시문학상 시상식장에서. 왼쪽부터 정한모·오세영 시인, 이어령 문학평론가.

▲ 1986년 아이오와 대학 국제 창작 프로그램 20주년 축하연회장에서 노벨상 수상 시인 셰이머스 히니(오른쪽)와 함께.

◀ 1986년 가을 아이오와 대학 국제 창작 프로그램 축하연회장에서 한국 가곡을 노래하는 오세영 · 황동규 시인(왼쪽부터).

▶ 1987년 여름 아이오와 대학 국제 창작 워크숍에 참가한 각국 작가들과 함께 (밑에서 두 번째 줄 오른쪽이 오세영 시인).

▶ 1987년 페루의 마추픽추 정상에 선 오세영 시인 부부.

▲ 1991년 마케도니아 문학축제 세미나에서 주제 발표를 하는 오세영 시인(오른쪽). 프랑스의 대표적인 비평가 앙리 메쇼닉(왼쪽에서 세 번째)의 모습도 보인다.

◀ 1995년 버클리 대학에서 개최된 오세영 시인의 시낭송회에서 동료 시인들과 함께.

◀ 1995년 부안 변산의 신석정 시비 앞에 선 조남현 문학평론가, 오세영·송수권 시인(왼쪽부터).

▶ 1996년 아프리카 여행 중 케냐의 마사이족과 함께.

◀ 1996년 국제한국문학회를 마치고 샌프란시스코에서. 조은숙 서울대 철학과 교수, 오세영 시인, 김윤식 문학평론가, 김초혜 시인, 조정래 소설가와 함께(왼쪽부터).

◀ 1997년 멕시코 과달라하라에서 개최된 스페인어 번역시집 낭독회에서 번역자 정권태, 멕시코의 여류시인 라울 아세베스와 함께한 오세영 시인(왼쪽부터).

▶ 1990년대 말 백담사에서 유거하던 중 중광 스님(왼쪽)과 함께.

▲ 1999년 영인문학관에서 열린 문인 시화전시회에서 김승희 시인, 이태동·강인숙·이어령 문학평론가와 함께한 오세영 시인(왼쪽부터).

▶ 1998년 몽골제국의 옛 수도 카
라코름의 한 사찰 유적지에서.

◀ 1999년 월간시지 《현
대시》 사옥에서. 왼쪽부터
원구식 · 이승훈 · 오세영
시인).

▲ 1999년 백담사에서 있었던 만해축전에 참가한 나태주 · 김종철 · 오세영 · 고은 시인, 권영민 서울대
교수, 이성신 시인(왼쪽부터).

◀ 2000년 봄날 시인협회 야유회에서. 왼쪽부터 박상천 · 문정희 · 오세영 · 이지엽 시인.

▶ 2000년 봄 안성 편운제를 마치고 동료 문인들과 함께. 왼쪽부터 허영자 · 복효근 시인. 두 사람 건너 김상현 · 조병화 · 오세영 · 최동호 · 박영호 시인.

◀ 2000년 서울대 국문과 학술답사 때 들른 전남 영광의 생가 앞에서(앞줄 왼쪽에서 세 번째부터 신범순 · 오세영 교수. 한 명 건너 김윤식 교수).

▲ 2000년 가을 문우들과 함께 대구 갓바위에서(왼쪽 두 번째부터 고형진·박영호·오세영 시인, 이숭원 문학평론가, 임영조 시인).

▲ 2000년 제3회 만해상 수상자들과 함께. 앞줄 왼쪽부터 오현 큰스님, 시문학상 수상자 오세영 시인, 실천상 수상자 리영희 한양대 명예교수, 예술상 수상자 신응수 대목장大木匠, 학술상 수상자 신용하 서울대 교수, 평화상 수상자 인세반 린튼 유진벨재단 이사장. 뒷줄 왼쪽부터 이수성 전 국무총리, 고은 시인, 김진선 강원도지사, 손학규 경기도지사.

▲ 2000년 여름 파미르 고원에 오르던 중.

▶ 2000년 캄보디아의 앙코르와트 사원에서. 왼쪽부터 오세영 시인, 박완서 소설가, 최동호 시인.

◀ 2000년경 설악산의 한 암자에서. 왼쪽부터 차한수 시인, 데이비드 매켄 하버드대 한국학과 교수, 오세영 시인.

◀ 2001년 지리산 등반 도중. 왼쪽부터 최동호·오세영·이재무·임영조·정병근·복효근 시인.

▶ 2001년 영월의 김삿갓 묘를 참배하고. 왼쪽부터 오세영·강민숙·신경림 시인.

▲ 2003년 여름 만해축전 세미나를 마치고. 왼쪽부터 권영민 서울대 교수, 오현 큰스님, 오세영 시인, 이기상 한국외대 교수.

▲ 2005년 금강산에서 개최된 세계평화시인대회에서 미국의 계관시인 로버트 하스(왼쪽)와 함께.

▲ 2005년 세계평화시인대회 참석자들과 함께. 왼쪽부터 조정권 · 이건청 · 김종길 · 오세영 시인, 미국의
계관시인 로버트 핀스키, 문정희 시인.

▲ 오세영 시인의 작품의 산실인 서재에서.

라일락 그늘에 앉아

맑은 날,
네 편지를 들면
아프도록 눈이 부시고
흐린 날,
네 편지를 들면
서럽도록 눈이 어둡다.
아무래도 보이질 않는구나.
네가 보낸 편지의 마지막
한 줄,
무슨 말을 썼을까.

오늘은
햇빛이 푸르른 날,
라일락 그늘에 앉아
네 편지를 읽는다.
흐린 시야엔 바람이 불고
꽃잎은 분분히 흩날리는데
무슨 말을 썼을까.
날리는 꽃잎에 가려
끝내
읽지 못한 마지막 그
한 줄.

그 릇

오 세 영

깨진 그릇은
칼날이 된다.

절제와 균형의 중심에서
빗나간 힘,
부서진 원은 모를 세우고
이성의 차가운
눈을 뜨게 한다.

맹목의 사랑을 노리는
사금파리여,
지금 나는 맨발이다.
베어지기를 기다리는
살이다.
상처 깊숙히서 성숙하는 혼(魂)

깨진 그릇은
칼날이 된다.
무엇이나 깨진 것은
칼이 된다.

2005. 11. 2.

▶ 시집.

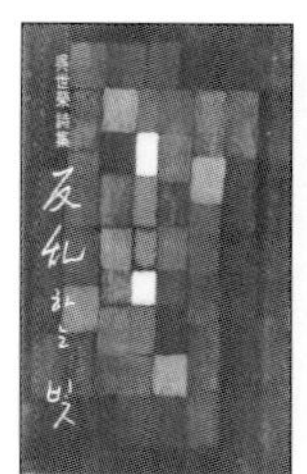    

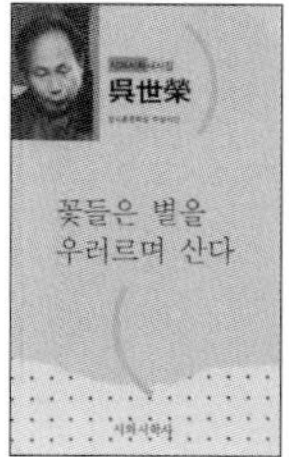 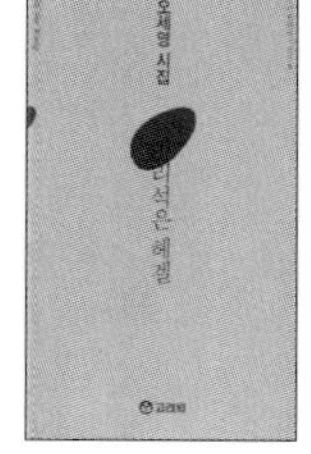  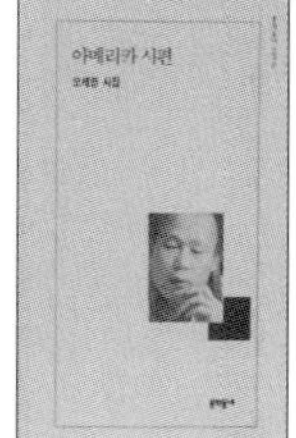  

 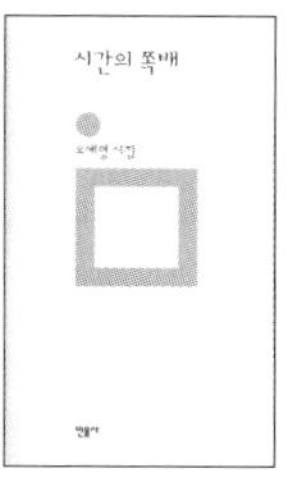

▶ 시선집.

◀ 번역시집.

 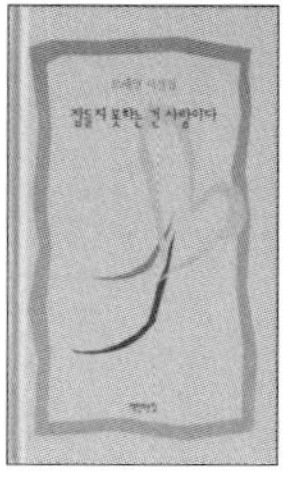 

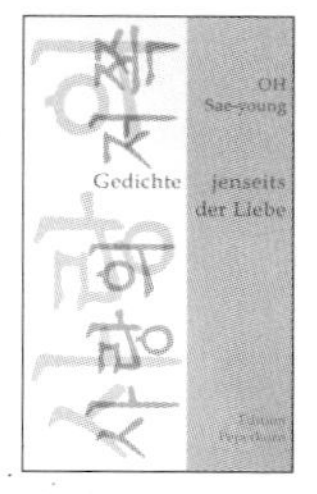 

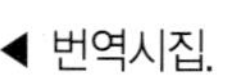

     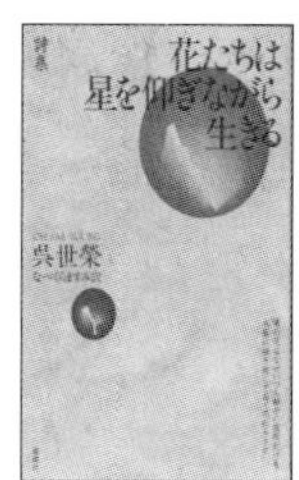

오세영 시인의 작품집.

▲ 2000년 가을 시 낭독회에서.

원시遠視

멀리 있는 것은
아름답다.
무지개나 별이나 벼랑에 피는 꽃이나
멀리 있는 것은
손에 닿을 수 없는 까닭에
아름답다.
사랑하는 사람아,
이별을 서러워하지 마라,
내 나이의 이별이란
헤어지는 일이 아니라 단지

멀어지는 일일 뿐이다.
네가 보낸 마지막 편지를 읽기 위해선
이제
돋보기가 필요한 나이,
늙는다는 것은
사랑하는 사람을 멀리 보낸다는
것이다.
머얼리서 바라다볼 줄을
안다는 것이다.

문학사상 30주년 기념출판

한국대표시인 101인선집

오세영

문학사상사

ⓒ 오세영, 2006

시 문학의 르네상스를 지향하며…
한국대표시인 101인선집 간행의 말씀

인류는 아득히 먼 옛날부터 언어의 탄생과 더불어 가장 아름답고 감동적인 원초적 예술인 시詩를 꽃피워왔습니다. 그리하여 시는 어느 때, 어느 곳에서나 인간의 정신과 삶을 순화하고 풍요롭게 하며, 이상理想을 지향하는 정신적 영양소로 애송되어 왔습니다.

더욱이 다정다감하고 예술적인 정서와 재능이 풍부한 우리 겨레에게 시는 인간다운 삶을 구가하는 예술혼의 정화로서, 일제의 강점기와 같은 수난기에도 나라를 사랑하는 마음을 시로써 불태우며 겨레의 가슴마다 희망과 용기에 찬 민족혼을 일깨워왔습니다.

또한 8·15 광복 후의 혼란을 겪고 6·25 동란으로 폐허가 된 이 땅에 불사조의 넋처럼 잿더미에서 일어나, 선진국의 대열에 서게 한 기적을 낳게 한 것도, 아름답고 인간적인 삶을 희구하는 시 정신이 다른 어느 민족보다 강렬했기 때문이 아니겠습니까.

그러나 안타깝게도 오늘날 우리 사회는 가치관의 혼돈과 무질서가 휩쓸고, 부정과 부패가 판을 치는가 하면, 만인의 만인에 대한 극한의 투쟁이 소용돌이치는 삭막한 풍토에서 헤어나지 못하고 있습니다.

그 같은 풍요 속의 비극은 많은 원인이 있겠으나, 무엇보다도 황금만능의 사조에 사로잡혀, 소중한 정신적 유산인 시를 사랑하며 시 정신을 소중히 여기는 전통을 잊어가고 있기 때문이라고 하겠습니다. 그러므로 메말라가는 시 정신을 불러일으켜 겨레마다 시를 사랑하는 시혼詩魂을 고취하는 노력은 무엇보다도 소중하고 보람 있는 시대적 사명이며 문학적 과제라고 믿고 싶습니다.

이에 한국문학의 발전을 위한 향도적 사명을 다하기 위해 30년의 열성과 노력을 기울여온 문학사상사는, 2002년 창사 30주년을 맞이하여, 시문학의 르네상스를 지향하는 일이야말로 오늘의 가장 중요하고 시급한 국민적 과제의 하나라고 믿으며, 뜻을 같이하는 편찬위원들의 협조를 얻어, 한국대표시인 101인선집을 간행하기로 결정했습니다.

이 시선집은 한국 신시 100년을 집대성하는 한국 출판 사상 일찍이 시도되지 못했던 시청각을 통한 입체적인 감상을 돕게 함으로써, 한국 시문학사에 커다란 발자취를 남긴 대표시인 101인의 작품과 그 업적을 자자손손에 전하며 기리고자 합니다. 이 간행의 뜻을 혜량하여 전 시단과 독자 여러분의 적극적인 성원과 지원을 기대해 마지않는 바입니다.

문학사상사 대표 임홍빈
편찬위원(김남조, 김재홍, 오세영, 이승훈, 최동호)

책머리에

　이 세상의 수많은 사물들 가운데서 생명을 가진 존재로 태어났다는 것은 참으로 감사할 일이다. 그 생명체들 가운데서 언어를 가진 존재로 태어났다는 것은 더욱 감사할 일이다. 언어를 가진 존재 가운데서 자신의 모국어를 가질 수 있다는 것은 더욱 더 감사할 일이다. 모국어를 가진 자들 가운데서도 언어의 제관祭冠이 될 수 있었다는 것은 참으로 감사할 일이다.
　나는 한국어로 이 세계를 명명할 수 있어 행복하다. 나는 한국어로 이 세계를 변혁시킬 수 있어 행복하다. 나는 한국어로 이 세계를 창조할 수 있어 행복하다. 나는 한국어로 이 세상에서 가장 보잘 것 없는 것들을 노래할 수 있어 행복하다. 나는 한국어로 누군가를 사랑한다고 말할 수 있어 참으로 행복하다.
　나는 평생 돈을 벌기 위해 일하지 않아 다행이다. 나는 평생 권력을 얻기 위해 일하지 않아 다행이다. 나는 평생 어느 무리에 끼지 않아 다행이다. 나는 평생 시류와 거리를 두고 살아 다행이다. 나는 평생 외로울 수 있어 참으로 다행이다.
　삶의 꽃인 문화, 그 문화의 꽃인 예술, 그 예술의 꽃인 시詩에 한평생을 건 내 인생은 참으로 행복하다.

2006년 초

청강聽江 오세영

차례

시

반란하는 빛

가장 어두운 날 저녁에

사랑의 저쪽

아메리카 시편

벼랑의 꿈

봄은 전쟁처럼

시

반란하는 빛

불 1

타버린 정신들은 어디 갔는가.
가령 설원雪原에 버려진 장미꽃 하나,
혹은 알타이에 떨어지는 햇살,
바람과 소나기, 그리고 유월은
불탄다.

내 살 속에서 희미한 불빛들이
뛰어가고, 알코올이 출렁이는 바닷가에서
이십 세기는 불을 지핀다. 물질이 흘린
피. 싸늘한,
실용實用의 새는 날 수 있을까,
어두운 내 얼굴을 날아서, 찬 서리 내린 굴뚝과
기계들이 죽은 무덤을 넘어서
어제의 어제를 넘어서
달에 도달할 수 있을 것인가.

전선에 걸린 달, 인간의 숲 속에서
전화가 울고 아흔아홉 마리의 이리가 운다.
저것 보라면서
불타는 서울의 술집들을 가리키면서
어디로 갈 것인가, 타버린 정신의 재
죽음, 혹은 창조의 불빛.

불 2

잊어버려, 잊어버려라고 그가
속삭인다.
나는 누워서 눈을 감았다.

에테르로 풀리는 어둠을 붙들고
톱니, 저 관절에 낀 시간을 닦아낸다.
엔진에 타오르는 한 잔의 불,

끝끝내 벨 것인가,
떨어져나간 팔과 다리, 내 심장에서
우는 벌레, 영혼의 살 한 점,
결국 들춰낼 것인가,

나는 내려간다.
회랑의 층계를 돌아
스물아홉의 육肉의 밑바닥에
선박들이 침몰하고,

전주全州에서 본 여자가 메스를 들고
차갑게 웃고 있다.
염려 없다면서, 없다면서
빼앗는 내 눈의 불

박제된 유년의 깊은 밑바닥에
알코올에 적신 내가 누워 있다.

불 3

불빛을 바라보면서 우리들은
달려나갔다.
전라도의 보리밭이 보이고, 황폐한 과거가
몇 개로 구획되었다.
먼 황인종의 마을에서 개가 짖고
칸델라의 불빛이 경험으로 풀려나가고
지나온 십구 세기가 토막토막 잘려
자막字幕에 걸리고 있다.
렌즈를 열고 흰옷의 그가 나온다.
전라도 사투리로 판소리를 부르고,
돌아가신 어머니의 이름을 부르고, 끝끝내
심청이를 불렀다.
도무지 갈채를 모르는 사람들의 눈에서
불이 꺼지고, 헛간에 켜둔 램프가
의식을 태운다.
낡아가는 한 시대의 필름.
어리석은 사내에게 몸을 맡긴 계집은
밤새워 지나가는 트럭 소리를 듣고 졸린 눈의
수학數學을 보았다, 결국
벗을 것인가 이 흰옷, 정지된 자막에
걸린 채 나는 벌거숭이 몸을 하고
손에 박힌 못들을 하나씩 뽑았다.

흔들리는 전라도의 논둑길
그 불빛 속을 뛰었다.

불 4

정유공장 뒤뜰에서
트럭이 굴러나온다. 때는 가을이고
가을 저녁의 연기이고, 등불이다.

마른번개가 치는 공장의
뒤뜰에 장미가 피어 있다.
바람에 흔들리는 한줌의 불.

석유에 젖은 손으로 성냥을
긋는다. 축축이 젖은 정신이
비탈을 내려가고, 땅에 떨어진 불씨를
한 마리 새가 입에 물고,
전주電柱에 앉는다.

신의 마을에 전기가 들어오고,
인부가 서너 명 땀을 흘리며
장미를 가꾼다. 석유가 나올 것인가,

정유공장 뒤뜰에서 가을은
타오르는 인간의 불을 끈다.
불 꺼지는 나다.

불 5

화약 냄새를 맡으며 새벽을
더듬는다. 발치엔 춘향뎐이 뒹굴고,
소리들이 뒹굴었다.

초사흘 달밤에 배가 한 척 밀려
온다. 성균관 뒤뜰엔 도둑이 들고,
누구냐고 외치는 등 뒤에서
싸늘한 칼이 번득였다.

그 칼. 판단의 힘, 어떻게
쓸 것인가, 횃불들이 소란하게 문을
두드린다.
끊어진 줄. 동양의 구슬들이
땅바닥에 쏟아진다.

쏟아진 하얀 피. 초사흘 달밤을
토해 낸 기적汽笛이 흩어지고
희미한 포대의 불빛이 흩어지고,
화약 냄새를 맡으면서 나는
셔먼 호*의 굴뚝을 향해 총을
겨눴다.

---

* 셔먼 호: 고종 3년 대동강을 침범한 미국 상선. 신미양요의 원인이 되었다.

불 6

겨울에는 아궁이에 불을
지폈다. 얼어붙은 성性을 호호 불며
잠든 시간의 뿌리를 태웠다.

까만 눈이 내리는 저탄장貯炭場에서 열차가
빠져나가고, 발 없는 말들이
눈길을 걷는다. 도시의 창틈으로
경험들이 웃고 있다.

치유될 것인가, 이 아픔
저 독毒의 입맞춤, 외로운 사내는
밤새 골목길을 돌아다녔다.
눈이 내리고,

정신의 깊이까지 찔리는 바늘.
언 성性을 호호 불면서, 라이터를 켜들고
층계를 하나씩 뛰어내린다.
의사醫師, 저 이성의 손톱.

빈 도시에 열차가 들어오고, 나는
대합실을 빠져나왔다.

날개

내가 쏘아올린 화살은 어느 때
새를 맞춘다.

타버린 의식체意識體가 되어 언덕 너머
떨어지는 낙과落果,
번득이는 비늘로 휩싸이는 의문들.

문을 밀치면 거기 놓인 십자가에
문득 와서 꽂히는 화살, 온 밤을 피가 흐르고
경험의 뜨락에 져버린 잎새들이
앙상한 그림자로 창가를 드리울 때,

한 마리 새가
문법의 가지를 차고 오른다.
난다. 파열하는 꽃잎 속을, 시간의
폭동 속을,
아아, 뜨거운 수소이온, 그 부력.

날카로운 바람을 몰고, 한 소절의 아침을 건너
햇살이 파도치는 바다에서
인력을 끊고 솟아오른 한 개의 램프.

드디어 타버린 육체의 아픔 위에
부리로 대낮을 깨면
내가 쏘아올린 화살은 어느 때
내 가슴에 와 꽂힌다. 아아,
빛을 털고 일어서는 한 마리의 새.

가장 어두운 날 저녁에

보석 1

화석化石 속엔 한 마리
새가 난다.
결코 지상地上으로 내려오지 않는 새.

내가 흘린 눈물도
쥐라기 지층 어느 하늘 아래
하나의 보석으로 반짝거릴까,
가령 죽음이라든가,
죽음 앞에서 초롱초롱 빛나던 눈.

스스로 불에 타서 소멸을 선택하는
지상의 별들이여
묻혀라 화석에,
영원히 죽는 것은 이미
죽음이 아니다.

모순矛盾의 흙

흙이 되기 위하여
흙으로 빚어진 그릇
언제인가 접시는
깨진다.

생애生涯의 영광을 잔치하는
순간에
바싹
깨지는 그릇,
인간은 한 번
죽는다.

물로 반죽되고 불에 그슬려서
비로소 살아 있는 흙,
누구나 인간은
한번쯤 물에 젖고
불에 탄다.

하나의 접시가 되리라.
깨어져서 완성되는
저 절대의 파멸이 있다면,

흙이 되기 위하여
흙으로 빚어진
모순의 그릇.

모래

결국은 한 알의
모래가 된다.

파멸이, 저 존재의 중심에서
깨어진 접시가
이루는 완성.

결국은 한 알의
결정結晶이 된다.

깨어지고 깨어져서
이겨내는 외로움,
그는 시방
바닷가에 서 있다.

들려오는 건
허무의 바람 소리와
애증愛憎의 기슭에서 부서지는 파도 소리.

가장 밝은 지상에서 뒹구는
결국은 한 알의
모래가 된다.

해조음海潮音이 된다.

후회

능금이
그 스스로의 무게로 떨어지는
가을은 황홀하다.
매달리지 않고
왜 미련 없이 떠나가는가.
태양이
그 스스로의 무게로 떨어지는
황혼은 아름답다.
식지 않고
왜 바다 속으로 잠기는가.
지상에 떨어져
꺼지지 않고 잠드는
불꽃이여,
우리도 능금처럼 태양처럼
스스로 떠날 수는 없는 것인가.
가장 찬란하게 잠드는 별빛처럼
잊을 수는 없는 것인가.
버릴 수는 없는 것인가.

등산

자일을 타고 오른다.
흔들리는 생애生涯의 중량重量.
확고한,
가장 철저한 믿음도
한때는 흔들린다.

암벽岩壁을 더듬는다.
빛을 찾아서 조금씩 움직인다.
결코 쉬지 않는
무명無明의 벌레처럼 무명無明을
더듬는다.

함부로 올려다보지 않는다.
함부로 내려다보지도 않는다.
벼랑에 뜨는 별이나,
피는 꽃이나,
이슬이나
세상의 모든 것은 내 것이 아니다.
다만 가까이할 수 있을 뿐이다.

조심스럽게 암벽을 더듬으며
가까이 접근한다.

행복이라든가 불행 같은 것은
생각지 않는다.

발붙일 곳을 찾고 풀포기에 매달리면서
다만,
가까이,
가까이 갈 뿐이다.

꿈꾸는 병病

소녀는 질병을 앓았다.
기울어진 햇빛 속에서
아프리카를 생각하고 있었다.
열사熱砂의 지평地平을 달리는
한마리 사자獅子,
소녀는 사랑을 꿈꾸었다.
잠 못 드는 밤엔
세계의 끝에서 숨 쉬는
에프엠을 듣고
병든 지구에 내리는 빗물처럼
울 줄도 알았다.
러브 스토리를 읽으며
인생과 예술이 술잔 속에서
페시미즘에 젖는 것을 보았다.
한 마리 사자가 낮잠을 자는
아프리카 해안의 부서지는
푸른 파도.
소녀는 두려워하지 않았다.
다가오는 죽음을,
다만 하나의 희망이
어떻게 이 지상에 잠드는 것인가를
보고 싶었다.

어둠이 내리는 거리
사람들이 각기 등불을 켜들 때도
소녀는 꿈을 꾸고 있었다.
꿈 속으로 꿈 속으로
가라앉고 있었다.

목마른 꿈

농부는 능금나무 아래서
꿈을 꾸고 있었다.
녹슨 태양은 마른 비듬처럼
햇빛을
떨어뜨리고
목마른 바람이 불고 있었다.
농부는 능금나무 아래서
젊은 날,
여인의 싱싱한 볼을 꿈꾸고,
청춘처럼 헝클어진 머리를 쓸어넘겼다.
아직도 한잔의 소주를 즐기면서
소월素月의 시를 읽고
먼 도시에서 들려오는
팝 뮤직도 들었다.
결코 시들지 않는 그 꿈의 나무 아래서
조용히 찾아오는 일몰을
허락하였다.
퇴색한 녹음은 현실 위에
우울한 여름을 스케치하고
그늘진 기대 속에 피는 장미는
젊은 실업가의 식탁에 놓여 있다.
결코 싱싱하지 않을 것이다.

꺾인 장미도,
여름을 피해 떠나간 정부情婦의 머리칼도,
행복이나
그리고 죽음도
그저 아무것도 아닌 미래未來를 위해 농부는
능금나무 아래서
목마른 꿈을 꾸고 있었다.

잃어버린 시간을 찾아서

티켓을 사들고
고향으로 가는 열차를 기다렸다.
출구엔 역부驛夫가 하나,
잃어버린 시간을 체크하고
답사를 떠나는 늙은 고고학 교수와 학생들과
상인이 서성거렸다.
창밖 고층 빌딩엔
정치가들이 기른 비둘기가 날고
개가 한 마리
주유소 뒤뜰에 매여 있다.
차창에 기대어
비에 젖은 이 시대를 바라보면서
술잔에 잠긴 도시의 황혼과
쓰디쓴 감정을 들이마셨다.
비는 내려도 도시의 수목은
시들어가고
낡은 화물열차에 실려 떠난 여름은
한번 가서 와주지 않는다.
모든 것은 떠나기 위하여
고립孤立을 두려워한다.
한때 가슴 떨리게 했던
말씀이나 눈빛도

행복처럼 쓸쓸하게 떠날 것이다.
구겨진 지폐를 쥐고
고향으로 가는 열차를 기다려도
백합百合의 뜰에 잠든 시간은
오지 않는다.

아침

아침은
참새들의 휘파람 소리로 온다.
천상天上에서 내리는 햇빛이
새 날의 커튼을 올리고
지상은 은총에 눈 뜨는 시간,
아침은
비약의 나래를 준비하는
저, 신神들의 금관악기,
경쾌한 참새들의 휘파람 소리로
온다.
아침이 오는 길목에서
나누는 인사,
반짝이는 눈빛,
어두운 산하를 건너서
바람 부는 들녘을 날아서
너는
태초의 축복으로
내 손을 잡는다.
아아, 그것은 하나의 작은 역사,
인간은 누구나 자신의 역사를 창조한다.
부신 햇빛으로 터지는 함성,
아침이 오는 길목은

지상의 은총이 눈 뜨는 시간,
사랑하는 아이들을 위하여
어머니는 조찬朝餐을 준비하고,
장미는 봉오리를 터친다.
아침이 오는 길목에서
나누는 목례,
아아, 너와 내가 엮어가야 할
무언의 약속.

밤 10시

—딸에게

아내가 약藥을 파는
밤 10시,
나는 시를 쓴다.
바닷가로 떠나는
밤 열차의 기적 같은 슬픔이
하이얀 원고지를 적시고
구겨진 팡세, 아빠의 시집을 든 채
하린이는 쌔근쌔근 잠이 들었다.
흰 물새를 타고
너의 바다로 떠난 어린 딸아
물새가 날지 않는 어느 날,
너는 알게 되리라.
젊은 아빠의 번민을,
안개 낀 밤의 불면을,
밤 10시
안정제를 권유하는
아내의 피곤한 목소리를 들으며
시를 쓴다.
먼 파도 소리를 듣는다.

너, 없음으로

—K에게

너 없음으로
나 있음이 아니어라.

너로 하여 이 세상 밝아오듯
너로 하여 이 세상 차오르듯

홀로 있음은 이미
있음이 아니어라.

이승의 강변 바람도 많고
풀꽃은 어우러져 피었더라만
흐르는 것 어이 바람과 꽃뿐이랴,

흘러 흘러 남는 것은 그리움,
아, 살아 있음의 이 막막함이여.

홀로 있음으로 이미
있음이 아니어라.

봄

봄은
성숙해 가는 소녀의 눈빛
속으로 온다.

흩날리는 목련꽃 그늘 아래서
봄은
피곤에 지친 청춘靑春이
낮잠을 든 사이에 온다.

눈 뜬 저 우수의 이마와
그 아래 부서지는 푸른 해안선

봄은
봄이라고 발음하는 사람의
가장 낮은 목소리로 온다.

그 황홀한 붕괴, 설레는 침몰
영혼의 깊은 뜨락에 지는 낙화落花.

무명연시 無明戀詩

님은 가시고

님은 가시고
꿈은 깨었다.

뿌리치며 뿌리치며 사라진 흰옷,
빈손에 움켜쥔 옷고름 한 짝,
맺힌 인연 풀 길이 없어
보름달 보듬고 밤새 울었다.

열은 내리고
땀에 젖었다.

휘적휘적 사라진 님의 발자국,
강가에 벗어논 헌 신발 한 짝,
풀린 인연 맺을 길 없어
초승달 보듬고 밤새 울었다.

베갯머리 놓여진 약탕기 하나,
이승의 봄밤은 열에 끓는데,
님은 가시고
꿈은 깨이고.

반지

풀 데미에 숨었을까,
꽃 데미에 숨었을까,
님이 주신 반지 하나,
잃어버린 보석 하나,

나는 이렇게 자유로운데,
눈부시게 푸르른 진초록인데,
뻐꾹새 눈먼 울음
노을로 타는데,

내 손가락에서 풀려난
반지 하나,
도르르 이승을 윤회하여
시든 풀섶에
묻히고 없다.
또아리를 튼 뱀이여, 하늘이여,
보석으로 묻힌
하늘이여,
이름을 부르면 하나씩 깨어나는
잠든 짐승이여,

초록으로 피었을까,

빨강으로 피었을까,
님이 주신 반지 하나,
잃어버린 보석 하나.

꿈꾸는 섬

섬은 꿈꾸고 있었다.
좌악 밀려오는 파도에 씻기며
하얗게 부서지고 있었다.
꿈속의 모랫벌에는 꿈속에서만이
사는 어부가
꿈을 낚는 그물을 깁고 있었다.
얽힌 올실을 풀며
억만겁億萬劫 전생前生의 시간을 풀며
꿈꾸는 섬의 어부는
꿈속에서 꿈을 깨고 있었다.

칼

망치로 쳤다.
비수를 위하여
번득이는 칼날을 위하여
무른 쇠를 쳤다.

무른 육신을 달궜다.
가슴의 열병, 이마에 찬 얼음
거친 목숨을 물에
식혔다.

세상은 달아오른
용광로,
사랑으로 눈멀고
증오로 눈뜨는
무쇠,
원수의 손으로 만들어진
칼,

망치로 쳤다.
칼날을 세우기 위하여
잠든 증오를 깨우기 위하여.

피리

외로운 날에는
피릴 불었다.
텅 빈 가슴을 울리는
바람 소리.

희喜, 노怒, 애哀, 락樂
네 개의 구멍은 깨졌구나,
여윈 손으로
등을 두드리며
마주 대는 입술과 입술.

피리는
목이 갈한 자에게만
선율이 된다.
비어 있으므로 비상하는
날개.

외로운 날에는
강가에 홀로 앉아
피릴 불었다.
깨진 육신은 비에 젖는데
허무의 공간을 울리는

바람 소리, 파도 소리,
또 바람 소리.

아가, 우리 아가

어젯밤 꿈에는
바리데기 보고
오늘밤 꿈에는
허수아비 보았다.

탯줄을 끊고 우는 아가,
세상은 온통 울음뿐이다.
세상은 온통 말씀뿐이다.
젖줄에 매달려 우는 아가,

애비를 잡아먹으려고
에미를 잡아먹으려고
달 따라 삼천대천三千大天* 찾아온 계집
서천서역국西天西域國에서 찾아온 계집.

봉창엔 참새 떼 지저귀는데
거미줄에 아침 이슬 반짝이는데
아가, 우리 아가 울지 마라,
세상은 온통 웃음판이다.

어젯밤 이불에선
무장 스님 보고

오늘밤 이불에선
오구대왕 보았다.

---

* 삼천대천三千大天: 대천세계大千世界의 삼천 배나 되는 세계. 수미산을 중심으로 해, 달, 사대주四大州, 육욕천六慾天, 범천梵天을 합하여 한 세계라 이른다. 이것을 천 배한 것이 소천小天세계, 소천세계를 천 배한 것이 중천中天세계, 중천세계를 천 배한 것이 대천大天세계다.

새벽 세 시

새벽 세 시,
강물이 강물로 흐르고,
바다는 바다로 푸르고,
까투리 장끼 곁에 눕고,
새벽 세 시,
달빛은 눈썹 위에 쌓이고,
은하는 귀밑머리 적시고,
별빛은 이마에서 꿈꾸는 시간,
세 시에 깨어
경을 읽는다.

일一은 다多이고 다多는 일一이며, 가르침에 따라서 의미를 알고 의미에
의하여 가르침을 알며, 비존재는 존재이며 존재는 비존재이며, 모습을 갖
지 않은 것이 모습이며 모습이 모습을 갖지 않은 것이며, 본성이 아닌 것
이 본성이며 본성이 본성이 아니며……

화엄경華嚴經 보살십주품菩薩十住品, 그 말씀
아, 가슴으로 내리는 썰물 소리
갈잎 소리.

바람 소리

육신으로 타고 오는
바람 소리.
잘 있거라, 잘 있거라,
해어름 나루터에 달빛 지는데
강 건너 사라지는 님의
말소리.

육신으로 타고 오는
갈잎 소리.
잘 가거라, 잘 가거라,
세모시 옷고름엔 별빛 지는데
속눈썹 적시는 가을
빗소리.

이승은 강물과 바람뿐이다.
옷고름 스치는 바람뿐이다.
치마폭 적시는 강물뿐이다.

육신으로 타고 오는
물결 소리,
마른 하상河床 적시는 가을
빗소리.

젖은 꿈

모래알로 부비며 산다.
물방울로 부비며 산다.
해 뜨면 젖은 몸 말리며
달 뜨면 젖은 꿈 말리며
사팔뜨기, 사팔뜨기,
서러운 게[蟹]

내 꿈의 바다에
사리 부풀어
하늘이 치마끈을 풀면
별들은 하나씩 눈으로 들어와
진주가 되고
진주는 또 하나의
목숨을 키운다.

물 나면
소금밭에 쓰러져 게들과 놀고
물 오르면
동백 숲에 쓰러져 물새들과 놀고

모래알로 부비며 산다.
물방울로 부비며 산다.

갯바람에 젖은 손 말리며
해조음에 젖은 귀 말리며
귀머거리, 귀머거리,
서러운 육신.

별

님의 기침 소리는
하늘의 별들을 떨어뜨리고
지상의 나는 치마폭으로
추락한 보석들을 줍는다.

치마폭에는 또 하나의 하늘.
흰 구름이 흐르고,
붙박이 새가 날고,
은박으로 수놓인 가을이 있고,

나는 내 하늘의 가을의
왕이더니라.
왕관의 그 어지러운 보석처럼
내 이마 위에서 찬란하게 부서지는
소멸.

님의 기침 소리가
하늘의 별들을 하나씩
떨어뜨릴 때마다
지상의 나는 치마폭으로
추락한 그리움들을 줍고.

기적 소리

거지야, 늙은 거지야,
이제 그만 낮잠을 깨라,
해는 서산에 걸렸고
역두*엔 코스모스 만발하였다.

네게 침 뱉은 가시내도
네게 동전 던진 가시내도
머언 가을 끝으로 갔고
역두엔 막차를 알리는
기적 소리뿐이다.

네 꿈의 정거장에서
만나는 해후,
푸른 스카프에 어리는
눈빛
가시내야, 가시내야,

낮잠을 깨라, 히히 바보야,
역두엔 코스모스 만발하였고
바가지엔 꽃잎 몇 개
시들고 있다.

---

* 역두驛頭: 역전.

꽃씨를 묻듯

꽃씨를 묻듯
그렇게 묻었다.
가슴에 눈동자 하나,
독경을 하고, 주문을 외고
마른 장작개비에
불을 붙이고
언 땅에 불씨를 묻었다.
꽃씨를 떨구듯.
그렇게 떨궜다.
흙 위에 눈물 한 방울,
돌아보면 이승은 메마른 갯벌,
목선木船 하나 삭고 있는데,
꽃씨를 날리듯
그렇게 날렸다.
강변에 잿가루 한줌,

너를 보았다

너를 보았다
문밖에서,
닫힌 우주 밖에서,
너를 보았다.
가지 끝에서,
어두운 하늘 끝에서
너를 보았다.
보이는 것은 안개, 눈 내리는 저녁 불빛,
불빛 가득 고인 발자국.
자작나무 숲에 울던 바람은
시방 내 귀밑머리를 날리고
깨어진 피리 하나,
눈 속에 묻혀 있다.
너를 보았다.
문밖에서
닫힌 우주 밖에서
너를 보았다.
하나의 별, 한 마리의 새,
너를 바라보는 절망의 눈.

불타는 물

지상의 양식

너희들의 비상은
추락을 위해 있는 것이다.
새여,
알에서 깨어나
막, 은빛 날개를 퍼덕일 때
너희는 하늘만이 진실이라 믿지만
하늘만이 자유라고 믿지만
자유가 얼마나 큰 절망인가는
비상을 해보지 않고서는 모른다.
진흙 밭에 뒹구는
낟알 몇 톨,
너희가 꿈꾸는 양식은
이 지상에만 있을 뿐이다.
새여,
모순의 새여.

칼

깎지 않고서는 결코
돋우어낼 수 없다.
부르르 떠는 칼날 앞에
서 있는 목각인형木刻人形,
너는 지금 목으로 칼을 받지만
너에겐 죽음이 곧 완성이다.
부서져 내리는 목편木片들 속에서
황홀하게 드러내는 육체,
그러나
증오로 타는 눈빛 속에서만
의식은 선명하게 깨어난다.
어둠 속에 갇힌 존재여
칼을 받아라,
태초에 카오스에 비친 빛은
칼이었을지 모른다.

성냥

어둠 속에서
누가 칼을 가는가,
한밤에 깨어
성냥을 켜본 자는 안다.
곽 속에 갇혀 싸늘하게 쏘아보는
눈빛,
배신은 차가운 불이다.
이글이글 타는 숯불이 아니라
파랗게 빛나는 인광燐光.
누구나 끼리끼리
체온을 부비며 견디는 겨울,
마른 성냥개비는 결코 정情에
젖지 않는데
언 몸을 녹이려 ─팍,
성냥을 긋는다. 그러나
아뿔싸,
기름에 번지는 불길,
불이야!
함께 있어도 항상
홀로 깨어 있는 성냥은
배신을 노리는 칼이다.

봄날

봄날,
지표地表로 솟아나는 새싹은
불꽃이다.
흙 속에서
겨우내 지열地熱로 달아오른 밀알들이
일시에 터치는 폭발.
신들의 성냥개비다.
자유를 절규하는
목숨들을 보아라,
압제의 윤리는 배신인 것을,
흙 속에 갇혀
자유를 꿈꾸는 밀알들의 음모.
그것은 끝없는 방화다.
7월의 보리밭에서 지르는 불.
새싹이여,
인간은
불을 먹고 사는 짐승이다.

자정子正

길 잃은 별 하나
어린 딸의 꿈속에서 뜨고
길 잃은 빛 하나
책갈피 속에서 잠들고

자정에 깨어
추스르는,
행간行間이 뒤바뀐 활자 한 개,
귀뚜라미 소리로
귀 열고 있다.

유리창 틈새에 갇힌 나비는
밤새 퍼덕거리고…….

정전停電

아직
쓸 문장이 남아 있는데
팍, 꺼지는 전등,
식어버린 필라멘트의
정적을 본다.
더 이상 쓸 수 없구나,
마지막의 그 말이
설령
'안녕'이라 해도 그것은 더 이상
의미가 아니구나.
욕망으로 충전된 백열등은
꺼지고
육신은 구리줄로 뒹굴고
창밖에 늘어진 전깃줄 하나,
먼 하늘의 별빛을
보고 있다.
아직,
편지는 채 맺지 못했는데
'안녕'이란 말은 남아 있는데
충전의 절정에서
팍,
꺼지는 전등,

별빛으로 받아 쓸
한마디 말을 남기고
탁, 부러지는 한밤의
연필.

귓밥

내가 잠든 사이
아내는 몰래
나의 귓밥을 판다.
어둡고 좁은 갱坑의 막장에서
한 알의 보석을 캐듯
비밀을 캐는 그녀의
거칠어진 손.
무엇이 궁금했을까,
나의 조루早漏는
불면 탓인데,
나의 불면은
폭음 탓인데,
나의 폭음에는 원인이 없는데,
아내여
더 이상 귓밥을 파지 말아다오
내 보석은 이미
네 손가락의 반지에서 빛나고 있다.
귀를 막고 사는
어두운 시대의 시인,
귓밥이 없다.

푸르른 봄날엔

강가에 가면
깨진 사금파리로 남아 있을까.
잃어버린 젊은 날의 은구슬 하나.
꽃잎이 하롱하롱 지던
봄날 저녁,
결별의 싸늘한 손등 위에
떨어지던 눈물.
바다에 가면
찾을 수 있을까,
마른 갯벌 위에서 반짝이던 소금기,
파르르 떨던 손가락에
끼워준 금강석.

푸르른 봄날엔
강가로 가자,
그리운 봄날엔
바다로 가자.

그리움에 지치거든

―ㅈ에게

그리움에 지치거든
나의 사람아,
등꽃 푸른 그늘 아래 앉아
한 잔의 차를 들자.
들끓는 격정은 자고
지금은
평형平衡을 지키는 불의 물,
청자青磁 다기茶器에 고인 하늘은
구름 한 점 없구나,
누가 사랑을 열병이라 했던가,
들뜬 꽃잎에 내리는 이슬처럼
마른 입술을 적시는 한 모금의 물.
기다림에 지치거든 나의 사람아,
등꽃 푸른 그늘 아래 앉아
한 잔의 차茶를 들자.

화상火傷

봄에 피어나는 꽃들은
태양을 연인이라 생각하지만
아직 모른다.
그것이 얼마나 쓰린 아픔인가를,

부신 푸르름에 취해서
꿈꾸듯 걸어가는 길,
반짝,
빛나는 햇빛으로 어느새 두 눈은 멀고
태양은 정욕으로 타오르는데

봄에 피어나는 꽃들은
한사코 태양을 연인이라 우기면서
푸른 하늘을 자맥질한다.

지난 여름 화상 입은 내 사랑은
이 봄에도 아직 아물지 않았는데.

이마를 맞대고

잠든 영혼을 깨우는 게
절망이라면
잠든 돌멩이를 깨우는 건
강물이다.
흐르는 물속에서
버티는
돌,
돌은 돌이라서
이마를 맞대며 산다.

잠든 사랑을 깨우는 게
미움이라면
잠든 파도를 깨우는 건
바람이다.
설레는 바람에 부푸는
파도,
파도는 파도라서
가슴을 껴안고 산다.

잠든 육신을 깨우는 게
아픔이라면
잠든 보석을 깨우는 건

햇살이다.
비치는 햇살로 꿈꾸는
보석,
보석은 보석이라서
눈빛을 마주하며 산다.

봄 꽃자리

누가 불렀을까,
조르르 달려와 함빡 웃는
뜨락의 꽃들,
그새 어디로 외출했다가
이렇게 왔을까,
나요, 나요,
어지럽게 대답하는
봄 꽃자리,

누가 불렀을까,
일제히 내달아 깔깔 웃는
먼 하늘의 별,
그새 어디로 마실 갔다가
이렇게 왔을까,
내 이마 위에서
찬란하게 불 밝히는
밤 별자리,

행여 누군가 찾아올까 봐
빗장 풀어놓고 집 지키는
봄 한나절,
어느덧 하나, 둘 별이 뜨는데

뜨락엔 꽃잎이 벙그는* 소리,
먼 산엔 봄눈이 녹는 소리.

---

* 벙글다: 꽃봉오리가 피어나려고 벌어지다.

사랑의 저쪽

그릇
—그릇 1

깨진 그릇은
칼날이 된다.

절제節制와 균형均衡의 중심에서
빗나간 힘,
부서진 원은 모를 세우고
이성理性의 차가운
눈을 뜨게 한다.

맹목盲目의 사랑을 노리는
사금파리여,
지금 나는 맨발이다.
베어지기를 기다리는
살이다.
상처 깊숙이서 성숙하는 혼魂

깨진 그릇은
칼날이 된다.
무엇이나 깨진 것은
칼이 된다.

인간의 길
—그릇 16

잘못 배달된 봉투 한 장,
문간에
던져져 있다.
누가 보낸 것일까
그것은 하나의
터부,
하나의 주문呪文,
밝혀선 안 되는 신神의 언질.
길 잃은 편지는
절망하므로
하나의 사물이 된다.
갈잎도 길을 잃었을까
스산히 지는 낙엽,
꽃잎도 길을 잃었을까
분분히 지는 낙화.
출근 시간
잘못 배달된 봉투 하나 주워들고
나는 문을 나선다.
행방이 불확실한 인간의
길.

커피잔
―그릇 22

고기는 왜
칼로 잘라서 먹는가,
그릇이 날카로운 입이라면
잔은 부드러운 입술이다.
감미로운 키스처럼
입술에 와 닿는 잔,
잔에는 결코 젓가락을 대지 않는다.
칼과 이빨의
어지러운 축제는 끝났다.
칼을 잡은 손으로
이제 잔을 잡는 시간,
커피를 든다.
살의殺意에 떠는 이빨을 잠재우기 위해
촉촉이 젖는 입술,
인간은 누구나 밥으로만 살 수는 없다.
스스로 녹는 설탕의 절망 앞에서
사랑이 되는
증오.

흙의 얼음
—그릇 26

그 어떤 이념이
이토록 생각을 굳혀놨을까,
그에게서는 사랑을 찾을 수 없다.
관용도 그리고 미움도…….
부드러운 흙에 도는 따뜻한 물이
한 송이 꽃을 피우듯
부드러운 살에 도는 따뜻한 피가
사랑을 싹 틔울 텐데
어떤 이념이 그토록 싸늘하게
그의 육신을 얼려놨을까.

모래와 철근으로 더불어 굳어버린
시멘트,
생명을 완강히 거부하는 저
흙의 얼음.

낙과落果
—그릇 29

하늘을 향해 쑥쑥 자라는 나무는
지상의 가장 높은 곳에
열매를 맺고자 하지만
그는 모른다.
그 자란 높이만큼
떨어지지 않으면 안 된다는 것을,
그 자란 높이만큼
떨어지는 아픔도 크다는 것을,
아래로 아래로 추락하는 물만이
바다에 이르듯
나무는 더 이상 하늘에 닿을 수 없음을
깨달을 때, 비로소
절망을 배운다.
절망의 벼랑 끝에서
툭
떨어지는 눈물처럼
떨어지는
낙과.

붉은 넥타이
—그릇 32

찌든 때를 빨기 위해선
때려야 한다.
방망이 앞에
무참히 짓밟히는 빨래.

빨래는 더러우므로
강제로 물을 먹이우고
칠성판에 묶여
매를 맞는다.

두들기고, 치고, 문지르고, 비벼
마침내 까무러치게 하는
그 아득한 정신의 벼랑 아래서,

마지막으로 하얀 비누거품이
헝클어진 머리를 빨아 내릴 때
그는 알았다.
죄보다 무서운 이념이 있다는 것을,

깨끗하게 다림질한 순백의 칼라에
단정히 매인
붉은 넥타이.

사랑의 방식
―그릇 38

얼릴 수만 있다면
불은 아마도 꽃이 될 것이다.
끓어오르는 불길을
싸늘하게 얼리는
튤립,
불은 가슴으로 사랑하지만
얼음은 눈빛으로 사랑한다.
어찌할꺼나
슬프도록 화려한 이 봄날
나는 열병에 걸렸어라.
추위에 떨면서 달아오르는
내 투명한 이성理性,
꽃은 결코 꺾어서는 안 되는 까닭에
눈빛으로 사랑해야 한다.
밤새 열병으로 맑아진
내 시선 앞에서
싸늘하게 타오르는 한 떨기 튤립.

신神의 하늘에도 어둠은 있다

—그릇 39

내가 원고지의 빈칸에
ㄱ, ㄴ, ㄷ, ㄹ……
글자를 뿌리듯
신神은 밤하늘에
별들을 뿌린다.
빈 공간은 왜 두려운 것일까,
절대의 허무를
빛으로 메우려는 저, 신의
공간,
그러나 나는 그것을
말씀으로 채우려 한다.
내가 원고지의 빈칸에
ㄱ, ㄴ, ㄷ, ㄹ…… 글자를 뿌릴 때
지상에 떨어지는 씨앗들은
꽃이 되고 풀이 되고 또
나무가 되지만
언제인가 그들 또한
빈 공간으로 되돌아간다.
나와 너의 먼 거리에서
유성流星의 불꽃으로 소멸하는
언어,
빛이 있으므로 신의 하늘에도
어둠은 있다.

사랑의 묘약妙藥
—그릇 53

비누는
스스로 풀어질 줄을 안다.
자신을 허물어야 결국 남도
허물어짐을 아는 까닭에

오래될수록 굳는
옷의 때,
세탁이든 세수든
굳어버린 이념은
유액질의 부드러운 애무로써만
풀어진다.

섬세한 감정의 올을 하나씩 붙들고
전신으로 애무하는 비누,
그 사랑의 묘약.

비누는 결코
자신을 고집하지 않은 까닭에
이념보다 큰 사랑을 안는다.

꽃들은 별을 우러르며 산다

편지

나무가
꽃눈을 틔운다는 것은
누군가를 기다린다는 것이다.

찬란한 봄날, 그 뒤안길에서
홀로 서 있던 수국.
그러나 시방 수국은 시나브로
지고 있다.

찢어진 편지지처럼
바람에 날리는 꽃잎,
꽃이 진다는 것은
기다림에 지친 나무가 마지막
연서를 띄운다는 것이다.

이 꽃잎, 우표 대신 봉투에 부쳐 보내면
배달될 수 있을까.
그리운 이여,
봄이 저무는 꽃그늘 아래서
오늘은 이제 나도 너에게
마지막 편지를 쓴다.

슬픔

비 갠 후
창문을 열고 내다보면
먼 산은 가까이 다가서고
흐렸던 산색은 더욱 푸르다.
그렇지 않으랴,
한 줄기 시원한 소낙비가
더럽혀진 대기, 그 몽롱한 시야를
저렇게 말끔히 닦아놨으니.
그러므로 알겠다.
하늘은 신神의 슬픈 눈동자,
왜 그는 이따금씩 울어서
그의 망막을
푸르게 닦아야 하는지를,
오늘도
눈이 흐린 나는
확실한 사랑을 얻기 위하여
이제
하나의 슬픔을 가져야겠다.

그리운 이 그리워

그리운 이 그리워
마음 둘 곳 없는 봄날엔
홀로 어디론가 떠나버리자.
사람들은
행선지가 확실한 티켓을 들고
부지런히 역구를 빠져나가고
또 들어오고,
이별과 만남의 격정으로
눈물짓는데
방금 도착한 저 열차는
먼 남쪽 푸른 바닷가에서 온
완행.
실어 온 동백꽃잎들을
축제처럼 역두에 뿌리고 떠난다.
나도 과거로 가는 차표를 끊고
저 열차를 타면
어제의 어제를 달려서
잃어버린 사랑을 만날 수 있을까.
그리운 이 그리워
문득 타는 완행열차,
그 차창에 어리는 봄날의
우수.

이별의 말

설령 그것이
마지막의 말이 된다 하더라도
기다려달라는 말은 헤어지자는 말보다
얼마나
아름다운가.
이별은 말로 하는 것이 아니라
눈으로 하는 것이다.
"안녕",
손을 내미는 그의 눈에
어리는 꽃잎,
한때 격정으로 휘몰아치던 나의 사랑은
이제 꽃잎으로 지고 있다.
이별은 봄에도 오는 것,
우리의 슬픈 가을은 아직도 멀다.
기다려달라고 말해다오.
설령 그것이
마지막의 말이 된다 하더라도.

아득한 지상에서

압록강, 두만강에서
우리가 전력을 만들어내듯
신神은 은하銀河를 막아
전기를 만들 것이다.
그의 스위치는 어디 있을까,
밤하늘을
일시에 밝히는 별들.
그러나 별은
하늘에만 있는 것은 아니다.
야간비행을 해본 자는
알리라.
아득한 지상에서
무수히 반짝이는 별들을,
인간은 누구나
가슴에 하나씩 별을 안고 산다.
흐르는 물이 모여
지상의 꽃들을 환히 불 밝히듯
가슴에서 가슴으로 흐르는 전류,
지금은 밤이다. 사랑하는 이여,
어두운 내 방에도 스위치를 넣어다오.
나도 이제는 하나의
타오르는 별이 되고 싶다.

원시遠視

멀리 있는 것은
아름답다.
무지개나, 별이나, 벼랑에 피는 꽃이나
멀리 있는 것은
손에 닿을 수 없는 까닭에
아름답다.
사랑하는 사람아,
이별을 서러워하지 마라,
내 나이의 이별이란
헤어지는 일이 아니라 단지
멀어지는 일일 뿐이다.
네가 보낸 마지막 편지를 읽기 위해선
이제
돋보기가 필요한 나이,
늙는다는 것은
사랑하는 사람을 멀리 보낸다는
것이다.
머얼리서 바라다볼 줄을
안다는 것이다.

바닷가에서

사는 길이 높고 가파르거든
바닷가
하얗게 부서지는 파도를 보아라.
아래로 아래로 흐르는 물이
하나 되어 가득히 차오르는 수평선,
스스로 자신을 낮추는 자가 얻는 평안이
거기 있다.

사는 길이 어둡고 막막하거든
바닷가
아득히 지는 일몰을 보아라.
어둠 속에서 어둠 속으로 고이는 빛이
마침내 밝히는 여명,
스스로 자신을 포기하는 자가 얻는 충족이
거기 있다.

사는 길이 슬프고 외롭거든
바닷가,
가물가물 멀리 떠 있는 섬을 보아라.
홀로 견디는 것은 순결한 것,
멀리 있는 것은 아름다운 것,
스스로 자신을 감내하는 자의 의지가
거기 있다.

김치

겉절이라는 말도 있지만 김치는
적당히 익혀야 제격이다.
흰 배추 속처럼
마음만 고와서는 안 된다.
매운 고춧가루와
짠 소금,
거기다가 젓갈까지 버무린 전라도
김치,
김치는
맵고 짠 세월 속에서
적당히 삭혀야만
제 맛이 든다.
누이야,
올해의 김치 독은 별도로
하나 더 묻어두어라.
흰 눈이 소록소록 쌓이고
별들이 내려와 창문을 두드리는 어느 겨울 밤,
사슴의 발자국을 쫓아
전설처럼 그이가 북에서 눈길을 찾아오면
그때
새 독을 헐어도 좋지 않겠니?
평양 냉면에

전라도 동치미를 곁들인다면
우리들의 가난한 식탁은 또 얼마나
풍성하겠니?

나무처럼

나무가 나무끼리 어울려 살듯
우리도 그렇게
살 일이다.
가지와 가지가 손목을 잡고
긴 추위를 견디어내듯……

나무가 맑은 하늘을 우러러 살듯
우리도 그렇게
살 일이다.
잎과 잎들이 가슴을 열고
고운 햇살을 받아 안듯……

나무가 비바람 속에서 크듯
우리도 그렇게
클 일이다.
대지에 깊숙이 내린 뿌리로
사나운 태풍 앞에 당당히 서듯……

나무가 스스로 철을 분별할 줄 알듯
우리도 그렇게
살 일이다.
꽃과 잎이 피고 질 때를
그 스스로 나고 물러설 때를 알듯……

벚꽃

죽음은 다시 죽을 수 없으므로
영원하다.
이 지상에서
변하지 않는 것은 무엇일까,
영원을 위해 스스로
독배毒杯를 드는 연인들의
마지막 입맞춤같이
벚꽃은
아름다움의 절정에서 와르르
무너져내린다.

종말을 거부하는 죽음의 의식儀式,
정사情死의
미학.

양귀비꽃

다가서면 관능이고
물러서면 슬픔이다.
아름다움은
적당한 거리에만 있는 것.
너무 가까워도 너무 멀어도
안 된다.
다가서면 눈멀고
물러서면 어두운 사랑처럼
활활
타오르는 꽃.
아름다움은
관능과 슬픔이 태워 올리는
빛이다.

연꽃

불이 물속에서도 타오를 수
있다는 것은
연꽃을 보면 안다.
물로 타오르는 불은 차가운 불,
불은 순간으로 살지만
물은 영원을 산다.
사랑의 길이 어두워
누군가 육신을 태워 불 밝히려는 자 있거든
한 송이 연꽃을 보여주어라.
닳아 오르는 육신과 육신이 저지르는
불이 아니라.
싸늘한 눈빛과 눈빛이 밝히는
불,
연꽃은 왜 항상 수면에 잔잔한 파문만을
그려놓는지를.

나팔꽃
—6월 항쟁을 보고

땅이 아니라
아스팔트 위에서 피는 꽃도 있다.
어깨와 어깨를 메고
팔과 팔을 엮어
와와! 바리케이드를 넘는
그 향일성向日性,
넝쿨들의 부단한 항쟁,
너에게
억압이란 있을 수 없다.
항상 푸른 하늘을 향해 자라는 너는
오히려
장벽을 꽃밭으로 일구는구나.
초연硝煙 가신 광장의 깃발들처럼
울타리 가득 뻗어 올라 빛을 향해서
만세!
총궐기한
빛 고운 우리나라 6월 나팔꽃.

장미

타오르는 장미를
한 접시 등불이라고 하지만
피어오르는 장미를
한 떨기 별무리라고도 하지만
아니다! 장미는
장미다.
목에 칼을 대도 할 말을 하는
서슬 푸른 장미의
가시.
진흙밭 일궈 자갈밭 일궈
이 세상 꽃길 만드는 게 죄라면
나는 즐겁게
칼을 받겠다.
독재자의 가위에 싹둑 잘리는
그대의 머리,
그러나 장미는
대가 잘려야만 더욱 푸르다.
빛 고운 우리나라 5월 장미꽃.

1월

1월이 색깔이라면
아마도 흰색일 게다.
아직 채색되지 않은
신神의 캔버스,
산도 희고 강물도 희고
꿈꾸는 짐승 같은
내 영혼의 이마도 희고,

1월이 음악이라면
속삭이는 저음일 게다.
아직 트이지 않은
신의 발성법發聲法.
가지 끝에서 풀잎 끝에서
내 영혼의 현絃 끝에서
바람은 설레고,

1월이 말씀이라면
어머니의 부드러운 육성일 게다.
유년의 꿈길에서
문득 들려오는 그녀의 질책,

아가, 일어나거라,

벌써 해가 떴단다.
아, 1월은
침묵으로 맞이하는
눈부신 함성.

2월

'벌써' 라는 말이
2월처럼 잘 어울리는 달은 아마
없을 것이다.
새해 맞이가 엊그제 같은데
벌써 2월,
지나치지 말고 오늘은
뜰의 매화 가지를 살펴보아라.
항상 비어 있던 그 자리에
어느덧 벙글고 있는
꽃,
세계는
부르는 이름 앞에서만 존재를
드러내 밝힌다.
외출을 하려다 말고 돌아와
문득
털외투를 벗는 2월은
현상이 결코 본질일 수 없음을
보여주는 달,
'벌써' 라는 말이
2월만큼 잘 어울리는 달은 아마
없을 것이다.

3월

흐르는 계곡물에
귀 기울이면
3월은
겨울옷을 빨래하는 여인네의
방망이질 소리로 오는 것 같다.

만발한 진달래 꽃 숲에
귀 기울이면
3월은
운동장에서 뛰노는 아이들의
함성으로 오는 것 같다.

새순을 움틔우는 대지에
귀 기울이면
3월은
아가의 젖 빠는 소리로
오는 것 같다.

아아, 눈부신 태양을 향해
연녹색 잎들이 손짓하는 달, 3월은
그날, 아우네 장터에서 외치던
만세 소리로 오는 것 같다.

5월

어떻게 하라는
말씀입니까.
부신 초록으로 두 눈은 멀고
진한 향기로 숨 막히는데
마약처럼 황홀하게 타오르는
육신을 붙들고
나는 어떻게 하라는
말씀입니까.
아아, 살아 있는 것도 죄스러운
푸르디푸른 이
봄날,
그리움에 지친 장미는 끝내
가시를 품었습니다.
먼 하늘가에 서서 당신은
자꾸만 손짓을 하고.

8월

8월은 분별을
일깨워주는 달이다.
사랑에 빠져
철없이 입맞춤하던 꽃들이
화상을 입고 돌아온 한낮,
우리는 안다.
태양이 우리만의 것이 아님을,
저 눈부신 하늘이
절망이 될 수도 있음을,
누구나 홀로
태양을 안은 자는
상철 입는다.
쓰린 아픔 속에서만 눈뜨는
성숙,
노오랗게 타버린 가슴을 안고
나무는 나무끼리
풀잎은 풀잎끼리
비로소 시력을 되찾는다.
8월은
태양이 왜,
황도黃道에만 머무는 것인가를
가장 확실하게
가르쳐주는 달.

9월

코스모스는
왜 들길에서만 피는 것일까,
아스팔트가
인간으로 가는 길이라면
들길은 하늘로 가는 길,
코스모스 들길에서는 문득
죽은 누이를 만날 것만 같다.
피는 꽃이 지는 꽃을 만나듯
9월은 그렇게
삶과 죽음이 지나치는 달.
코스모스 꽃잎에서는 항상
하늘 냄새가 난다.
문득 고개를 들면
벌써 엷어지기 시작하는 햇살,
태양은 황도에서 이미 기울었는데
코스모스는 왜
꽃이 지는 계절에 피는 것일까,
사랑이 기다림에 앞서듯
기다림은 성숙에 앞서는 것,
코스모스 피어나듯 9월은 그렇게
하늘이 열리는 달이다.

10월

무언가 잃어간다는 것은
하나씩 성숙해 간다는 것이다.
지금은 더 이상 잃을 것이 없는 때,
돌아보면 문득
나 홀로 남아 있다.
그리움에 목마르던 봄날 저녁
분분히 지던 꽃잎은 얼마나 슬펐던가.
욕정으로 타오르던 여름 한낮
화상 입은 잎새들은 또 얼마나 아팠던가.
그러나 지금은 더 이상 잃을 것이 없는 때,
이 지상에는
외로운 목숨 하나 걸려 있을 뿐이다.
낙과落果여,
네 마지막의 투신을 슬퍼하지 마라.
마지막의 이별이란 이미 이별이 아닌 것
빛과 향이 어울린 또 한 번의 만남인 것을,
우리는
하나의 아름다운 이별을 갖기 위해서
오늘도
잃어가는 연습을 해야 한다.

겨울 들녘에 서서

사랑으로 괴로운 사람은
한 번쯤
겨울 들녘에 가볼 일이다.
빈 공간의 충만,
아낌 없이 주는 자의 기쁨이
거기 있다.
가을걷이가 끝난 논에
떨어진 낟알 몇 개.

이별을 슬퍼하는 사람은
한 번쯤
겨울 들녘에 가볼 일이다.
지상의 만남을
하늘에서 영원케 하는 자의 안식이
거기 있다.
먼 별을 우러르는
둠벙*의 눈빛.

그리움으로 아픈 사람은
한 번쯤
겨울 들녘에 가볼 일이다.
너를 지킨다는 것은 곧 나를 지킨다는 것,

홀로 있음으로 오히려 더불어 있게 된 자의 성찰이
거기 있다.
빈 들을 쓸쓸히 지키는 논둑의 저
허수아비.

---

* 둠벙: 웅덩이.

어리석은 헤겔

눈

순결한 자만이
자신을 낮출 수 있다.
자신을 낮출 수 있다는 것은
남을 받아들인다는 것,
인간은 누구나 가장 낮은 곳에 설 때
사랑을 안다.
살얼음 에는 겨울,
추위에 지친 인간은 제각기 자신만의
귀가 길을 서두르는데
왜 눈은 하얗게 하얗게
내려야만 하는가,
하얗게 하얗게 혼신의 힘을 기울여
바닥을 향해 투신하는
눈,
눈은 낮은 곳에 이르러서야 비로소
녹을 줄을 안다.
나와 남이 한데 어울려
졸졸졸 흐르는 겨울물 소리.
언 마음이 녹은 자만이
사랑을 안다.

황홀

아름다움은 시각을 통해서 오고
황홀은
후각을 통해서 온다.

봄에
뜻 없이 황홀에 젖어
스르르 눈꺼풀이 감기는 것은
천자만홍千紫萬紅
그 찬란한 색깔보다
향기 때문이다.

10대 소녀의 청순한
―백합,
20대 소녀의 순결한
―라일락,
30대 여인의 달콤한
―아카시아,
40대 숙녀의 요염한
―장미,
의
체취.

봄에 꽃들은
일제히 입을 벌리고
향기로 말을 쏟는다.

후각으로 오는
봄.

농부

시인과 농부는
원래 한 핏줄에서 났을지도 모른다.
나의 펜은 나의 쟁기,
쟁기가 부드러운 흙을 일궈 밭을 갈듯
나는 원고지를 갈아 씨를 뿌린다.
간다는 것은
뒤집어엎는다는 것,
혁명이
굳은 이념을 깨고 새것을 창조해 내듯
뒤집힌 흙에서만 씨앗은 새싹을
움틔운다.
그러나 나의 땅은 박질이다.
한 줄의 시에서도
돋아나는 새싹은 없다.
더 깊이 정신의 이랑을 파헤칠
내게
농부의 고운 노동을 다오.
이 잔인한 봄을 나는
놓치기 싫다.

눈물

물도 불로 타오를 수 있다는 것은
슬픔을 가져본 자만이
안다.
여름날
해 저무는 바닷가에서
수평선 너머 타오르는 노을을
보아라.
그는 무엇이 서러워
눈이 붉도록 울고 있는가.
뺨에 흐르는 눈물의 흔적처럼
갯벌에 엉기는 하이얀
소금기,
소금은 슬픔의 숯덩이다.
사랑이 불로 타오르는
빛이라면
슬픔은 물로 타오르는 빛,
눈동자에 잔잔히 타오른 눈물이
어둠을
밝힌다.

드라마

고인 물은 그림이 되지만
흐르는 물은
언어가 된다.

호수는 산을
바다는 하늘을 담은 수채화,
그 적막한 공간의
응시.

그러므로 흐르는 물은 말로
산과
하늘을 담고자 한다.
크고 작은 혹은
깊고 얕은 그의 음성,

꽃 덤불 지나면 속삭이고
여울 물 만나면 웅얼대고
바위에 부딪치면 고함 지르는
물은
아, 절벽이다.

격정의 순간에 파멸하는

주인공의 운명, 그
추락.
드라마는 떨어지는 물이다.

흐르는 물은 산문이 되지만
폭포의 떨어지는 물은
드라마가 된다.

음악

잎이 지면
겨울 나무들은 이내
악기가 된다.
하늘에 걸린 음표에 맞춰
바람의 손끝에서 우는
악기樂器,

나무만은 아니다.
계곡의 물소리를 들어보아라.
얼음장 밑으로 공명하면서
바위에 부딪혀 흐르는 물도
음악이다.

윗가지에서는 고음이,
아랫가지에서는 저음이 울리는 나무는
현악기,
큰 바위에서는 강음이
작은 바위에서는 약음이 울리는 계곡은
관악기.

오늘처럼
천지에 흰 눈이 하얗게 내려

그리운 이의 모습이 지워진 날은
창가에 기대어 음악을
듣자.

감동은 눈으로 오기보다
귀로 오는 것,
겨울은 청각으로 떠오르는 무지개다.

혁명

백색의 파시즘은 갔다.
갈색의 테러도 갔다.
거리에서
광장에서
오랜 공포의 침묵 끝에
터지는 말문.

—까르르
진달래 웃음은 붉다.
—훌쩍훌쩍
개나리 울음은 노랗다.
—와와
벚꽃의 함성은 분홍이다.

봄은 혁명인가.
억압에서 떨치고 일어나 산에 들에
색색으로 피는
꽃.

샹들리에

더 이상 나를 괴롭히지
말아다오.
하늘에서 고고하게 빛나는 별이 아니라
나는 타오르는 모닥불이 되고 싶다.
드높이 걸린 저 천장의
샹들리에,
황홀하게 쏟아지는 빛을 향해
너희는 술잔을 높이 들지만
나는 결코 너희들의 이념이
아니다.
더 이상 나를
허공에 매달지 말아다오.
나는 지상에서 타오르는 한 무더기
모닥불이 되고 싶다.
싸늘하게 식는 구리줄이 아니라
삭아서 없어지는 한 줌의 재가
되고 싶다.

비단 한 필

어느 손길이
그 하얀 솜털 구름에서 이렇듯
실비를 뽑아내었나,
소낙비, 여우비, 햇빛까지 더불어
어우르는 여름 한낮은
꼭
길쌈하는 여인네의 손놀림 같아라.
번쩍
번개처럼 움직이는 북,
철거덕
천둥처럼 요란히 울리는
베틀,
빗살과 햇살이 어울려
올과 날로 짜 올린 비단 한 필
걸려 있구나,

푸른 하늘에 빛 고운
무지개 하나.

노동

여름날
쟁기를 끄는 농부의
김이 모락모락 피어오르는 구릿빛
등을 보아라.
고운 노동에 흘린 땀은
꽃잎에 맺힌 이슬보다
아름답다.
쾌락의 결정結晶이 밤이 만들어낸 이슬이라면
노동의 결정은
낮에 만든 땀방울,
반짝,
이슬은 허공 중에 스러지지만
땀은 영롱한 소금을 만든다.
소금은
고통이 만들어낸 보석,
땀을 흘리자.
보석은 이슬보다 더 영원하다.

열매

세상의 열매들은 왜 모두
둥글어야 하는가.
가시나무도 향기로운 그의 탱자만은 둥글다.

땅으로 땅으로 파고드는 뿌리는
날카롭지만,
하늘로 하늘로 뻗어가는 가지는
뾰족하지만
스스로 익어 떨어질 줄 아는 열매는
모가 나지 않는다.

덥석
한입에 물어 깨무는
탐스런 한 알의 능금
먹는 자의 이빨은 예리하지만
먹히는 능금은 부드럽다.

그대는 아는가,
모든 생성하는 존재는 둥글다는 것을
스스로 먹힐 줄 아는 열매는
모가 나지 않는다는 것을.

연소燃燒

숯이 한때
타올랐던 불의 증거이듯
한恨은
살아 있음의 증거일지도 모른다.
완전히 연소하지 못한 장작은
숯이 된다.
완성에 이르지 못한 사랑이
한이 되는 것처럼……
흙이나 돌멩이나 쇠붙이나
살아 있지 않은 것은 그 어떤 것도
타지 않는 법,
탈 테면 깨끗이 타라.
풀이나 나무처럼 꺼져서 숯이 되지 말고
석유가 되어
석탄이 되어 항상
방화를 꿈꾸지 말고,
아, 그러나 지금 우리는
불을 꺼뜨리려 하고 있다.
조금만 더 태우자.
설령 그것이 죽음이라 하더라도
나는 영원한 죽음을
원한다.

뿌리

식물이 그 뿌리를
한사코 땅속으로 뻗는 것은
용암을 빨아들이기 위함이다.
그 뜨거운 욕정을 달랠 길 없어
꽃으로,
잎으로 피는 나무는
푸른 하늘을 유혹하지만
그의 입술에 와 닿는 것은
찬 이슬뿐이다.
인간이여,
잠든 에로스를 건드리지 마라,
스스로 타서
떨어지는 낙엽이 될지언정
수시로 분출하는 용암이 되어서는
안 된다.
일찍이 하늘과 이별하면서
대지 깊숙이 묻어둔
신神의 욕정,
땅은 잠들어 있는 그의
에로스다.

항공 티켓

그 길을 따라
로마로
혹은 파리로 간다 하지만
인간이 때로 여로에 오르는 것은
꼭
지상의 목표에 도달하기 위해서만은 아니다.
봄날 오후
하롱하롱 지던 꽃잎이 바람에 쏠려
하늘 길 가듯
가을 저녁
시나브로 지던 잎새가 강물에 실려
은하 길 가듯
인간이 때로 여로에 오르는 것은
그의 가슴에
밀물이 일기 때문이다.
목숨이란 지도상에 찍힌 점 하나
그 한 장의 지도를 들고
어디로 갈까,
하롱하롱 져서 바람에 날리는 꽃잎같이
로마로 혹은 파리로
항공 티켓을 끊는
봄날 오후.

낙엽

이제는 더 이상
느낌표도 물음표도 없다.
찍어야 할
마침표 하나.

다함없는 진실의
아낌없이 바쳐 쓴 한 줄의 시가
드디어 마침표를 기다리듯
나무는 지금 까마득히 높은 존재의 벼랑에
서 있다.

최선을 다하고
고개 숙여 기다리는 자의 빈손은
얼마나 아름다운가,
빛과 향으로
이제는 신神이 채워야 할 그의 공간,

생애를 바쳐 피워올린
꽃과 잎을 버리고 나무는
마침내
하늘을 향해 선다.

여백을 둔 채
긴 문장의 마지막 단어에 찍는
피어리어드.

비명碑銘

나 사는 동안
한낱 바위처럼 살리라.
바람 맞되 흔들리지 아니하며
비에 젖되 비켜서지 아니하며
저 산 이마 위에 우뚝 선 바위,
항상 푸른 하늘을 머리에 이고
흰 구름 우러러,
찬 별빛 우러러
천년을 하루같이 지켜 선 그 자리.
차라리 깨지되 삭지 않는
아, 그러나
천고千古에 푸르른 한 가지 마음이 있어
날 찾아 부르거든
내 그를 위해 가슴을 열고
피보다 붉은 비명碑銘을
새기게 하리니
나 사는 동안
한낱 바위처럼 살리라.

눈물에 어리는 하늘 그림자

순결

무엇이랄 수 있겠습니까.
당신이 보아준 적 없는
꽃,
의미 없는 무인칭의 그것.
무엇이랄 수 있겠습니까,
당신이 불러준 적 없는
숲,
이름 없는 미지칭의 아무것.
무엇이랄 수 있겠습니까,
당신이 밟으신 적 없는
풀,
감각 없는 부정칭의 어떤 것.
그러나 님이여,
나는 지금 당신의 화단에서 다소곳이 피는
한 떨기 장미가 되고 싶어요.
풀과 숲을 헤치고 내게 와서 이제
나를 장미라 불러주세요.
이 황막한 광야에 고운 길 하나
당신의 발길로 내주세요.

멀리서

차라리
멀리 있음과 같지 않음이여,

벼랑에 피는 꽃보다는
강 건너 등불이,
강 건너 등불보다는 바다 건너 무지개가,
바다 건너 무지개보다는
저 하늘의 별이 더 아름답나니

나는 벼랑 끝에서 우는 한 마리 암사슴이 되기보다는
창가에 앉아 별을 우러르는 일개
시인이 되리라.

사랑하는 이여, 그러므로
다시 만날 수 없거든 차라리
멀리 떠나갈지니

가까이 있으면서도 먼 것이
멀리 있으면서도 가까운 것보다 더
먼 까닭이니라.

그대

멀리 있음과 같지 않은
가까움이여,

봄은 무엇 하러 오는가

봄은 무엇 하러 오는가,
이 눈 녹으면
떡갈 마른 등걸에도 물기가 돌아
앞 다투어 새 잎을 피워내겠지.
바위틈에 자라던 제비초롱도
살포시 고개 들어 하늘 보겠지.
물웅덩이 얼어 있던 송사리 떼도
부지런히 햇빛 쪼아 새끼 치겠지.
종달새 지지배배 솟아올라서
서럽도록 옛이야기 쏟아놓겠지.
진달래, 산당화 제철을 맞아
온 산은 까르르 웃음판인데
봄은 무엇하러 오는가.
이 눈 녹으면
구만리 후미진 길 떠나갈 당신,
봄 강물 얼음 풀려 울어 예듯이
절벽 하나 감싸 안고 울어 예듯이
강물 따라 구만리 가야 할 당신.

먼 후일

먼 항구에 배를 대듯이
나 이제 아무데서나
쉬어야겠다.
동백꽃 없어도 좋으리,
해당화 없어도 좋으리,
흐린 수평선 너머 아득한 봄 하늘 다시
바라보지 않아도 된다면……
먼 항구에 배를 대듯이
나 이제 아무나와
그리움 풀어야겠다.
갈매기 없어도 좋으리.
동박새 없어도 좋으리.
은빛 가물거리는 파도 너머 지는 노을 다시
바라보지 않아도 된다면……
가까운 포구가 아니라
먼 항구에 배를 대듯이
먼 후일 먼 하늘에 배를 대듯이.

하늘의 시

어스름 깔리는 마당귀에는
감꽃만 수북이 떨어져 있었다.
사립 밖엔 한나절
물 나는 소리.
윤사월 조금날 썰물이 길어
바다가 빈 개펄 드러내듯이
아, 나도
가진 것이라곤 시의 묘망한 하늘뿐,
너를 두고 한세상 살아왔다.
애비 없이 태어난 나는
에미도 일찍 잃어
세 살에 든 열병을 아직도 고치지 못한 채
이마는 항상 뜨겁기만 하다.
내 시의 먼 하늘, 노을에 맺힌 그 이슬이
밤바다에 반짝이는 별이 될 수 없음을
나 너로 인해 비로소 알았으니
이제 더 이상 속지 않으리라.
네가 가고 또 그로 하여 시마저 버린다면
이 세상 슬퍼할 그 무엇이 아직
남아 있으리.

어떤 날

실비 내려
냉이 새순 초록물 들고
촉촉이 젖은 풀섶 구멍에선
꽃뱀 하나 실눈을 뜨고,

실비 내려
씀바귀, 엉겅퀴 가시 세우고
실개천 마른 여울 푸르게 피
도는 날,

어이할꺼나 초록 제비야,
자갈밭에 엎어진
돌쩌귀 하나.
어이할꺼나 초록 꽃뱀아,
진흙창에 모로 누운
돌미륵 하나.

텅 빈 나

나는 참 수많은 강을
건넜습니다.
강을 건널 때마다 거기엔
이별이 있었고
이별을 가질 때마다 나는 하나씩
내 소중한 것들을 내주었습니다.
헤엄쳐 건너면서
옷을 벗어주었습니다.
뗏목으로 건너면서
보석들을 주었습니다.
배로 건너면서
마지막 남은 동전조차 주어버렸습니다.

나는 참 수많은 산들을
넘었습니다.
산을 넘을 때마다 거기엔
이별이 있었고
이별을 가질 때마다 나는 하나씩
내 소중한 것들을 건네주었습니다.
벼랑에 매달리면서 슬픔을 주었습니다.
비탈에 오르면서 기쁨을 주었습니다.
고개를 넘으면서는 마침내

당신에 대한 그리움까지도
주어버렸습니다.

나는 참 수많은 산과 강을
넘고 건너왔기에
내겐 이제 아무것도 가진 것이 없고 더불어
당신께 드릴 것이 없습니다.
나는 텅 비어 있으므로
지금 나는 내가 아닙니다.
아무래도 나는 이제 아무것도 아닌 나를
당신께
드릴 수밖에 없습니다.
당신이
텅 빈 나를 더 반기실 줄
아는 까닭에……

나는 무엇입니까

나는 무엇입니까.
나는 나를 모르겠습니다.
내가 지하철의 유리창에
입김으로 당신의 얼굴을 그리고 있을 때
사람들은 나를 천치라 일렀습니다.

내가 비 내리는 서울역 광장에서
당신을 애타게 부르고 있을 때
사람들은 나를
미친 자라 일렀습니다.

내가 종로의 길바닥에
망연히 당신의 이름을 쓰고 있을 때
사람들은 나를
거지라 일렀습니다.

나는 정녕 무엇입니까,
당신의 입김이 되어
허공 중에 흩어지는 한 줄기 바람이라 일러도 좋습니다.
꽃이 꽃이듯
별이 별이듯
나는 당신의 무엇입니까,

하늘 문

느닷없이
마른하늘에서 치는
번개,
벼락과 천둥소리 사납다.
번쩍!
어두운 하늘이 열리자
이내 그치는
소나기,
동쪽 하늘에
빛 고운 무지개가 걸린다.

하늘 문 열고
당신이 내려주신 오색
사다리.
어떻게 오를까,
비루먹은 장미 잎새에서
막 깨어난 애벌레 하나
푸른 하늘을 향해
파르르——
나래를 편다.

당신의 피리

나는 당신의
피리인지 모릅니다.
당신의 부드러운 손길이 내 육신을 애무할 때마다
이, 목, 구, 비……
다섯 개의 구멍에서
솟아나는 음률,
푸르른 봄날 당신이
강 언덕에 앉아 피리를 불면
나는 아지랑이 되어
이 세상의 꽃봉오리들을 터뜨리고,
쓸쓸한 가을날 당신이
산언덕에 앉아서 피리를 불면
나는 갈바람이 되어
이 지상의 나뭇잎들을 떨어뜨리고,
나는 꿈꾸는 허공,
텅 빈 구멍,
당신의 피리인지 모릅니다.
아니, 당신의
피리랍니다.

발자국

누가 밟고 갔을까,
진흙밭에 찍힌 숲 속의 작은 발자국 하나
지난밤에 내린 빗물로
푸른 하늘이 고여 있다.
하늘에
흰 구름 하나 떠 있다.
나비 한 마리 나래 접고
적막하게 자신을 비쳐보는
오후,
초가을 단풍이 곱다.

내 가슴에 남겨놓은 당신의
발자국 하나.

외로움

보석이든, 눈물이든, 이슬이든
외로운 것들은 항상
투명할지니
나, 이 가을에
홀로 한 잔의 차를 드는 것도
그 외로움 때문이다.
더불어 전에
술잔을 가까이했음은
네 체취에 취하고자 함이었으나
지금 한 잔의 차를 드는 것은
잔에 어린 그대 눈빛을 보려 함이다.
보석이든, 눈물이든, 이슬이든
심지어 잔잔한 호수까지도
외로운 것들은
항상
맑고 푸른 눈을 지니고 있나니……

문밖에서

당신은
어디에 숨어 계십니까,
당신이 계신 곳을 찾으려고
나는
꽃의 문 앞에서 서성거렸습니다.
당신은 아름답기 때문입니다.

　—꽃의 문을 열자 향기가 있었습니다. 향기의 문을 열자 바람이 있었습니다. 바람의 문을 열자 하늘이 있었습니다. 하늘의 문을 열자 빛이 있었습니다. 빛의 문을 열자 무지개가 있었습니다. 무지개의 문을 열자 비가 내렸습니다. 비의 문을 열자 나무가 있었습니다. 나무의 문을 열자 다시 꽃이 있었습니다.

당신은 어디에 숨어 계십니까,
나는 항상 당신의
문밖에 서 있습니다.

모든 아름다운 것들은 언제나 문밖에
서 있습니다.

무심히

단풍 곱게 물드는
산山
아래
금 가는 바위.
아래
무너지는 돌미륵.
아래
맑은
옹달샘.
망초꽃 하나 무심히 고개 숙이고
파아란 하늘 들여다보는
가을,
상강霜降.

시인과 광인狂人

괴로움도
행복하다고 말했을 때
나를 가리켜 어떤 이는 미쳤다 하고
또 어떤 이는
시인이라고 하였습니다.
단지 나는 당신을 사랑하고 있을
뿐인데……

세상에는 아마
시인이나 광인狂人이 아닌 사람들도
사나 봅니다.

그러면 나는
광인이면서 시인입니까 아니면
시인이면서 광인입니까,
아닙니다.
나는 결코 이 두 사람이 아닙니다.

시인은 사랑에 미친 자이지만 광인은
미움에 미친 자이기 때문입니다.
나는 다만 당신의
시인일 따름입니다.

참다운 거짓

사실은 거짓이었나요.
나의 눈물로
영롱한 진주를 만들어주겠다는 그 말씀,
울어서 울어서 이제 내 가슴엔
눈물이 말랐답니다.

사실은 거짓이었나요.
나의 웃음으로
반짝이는 보석을 만들어주겠다는 그 말씀,
웃어서 웃어서 이제 내 얼굴엔
웃음도 말랐답니다.

나는 지금
바보,
속이 텅 빈 그릇,
스스로 자신을 태워 적막하게
공간을 밝히는
불,

그러나 이제 나는 알았습니다.
당신의 나라에선 기실
텅 빈 마음이 보석이라는 것을

당신을 맞이하기 위해선
미움도 사랑도
버려야 한다는 것을,

그러므로 당신은 진정
내게 약속을 지키셨습니다.
눈물과 웃음의 보석을 만들어주셨습니다.

천년의 잠

강변의 저 수많은 돌들 중에서
당신이 집어 지금
손 안에 든 돌,
어떤 돌은
화암사禾巖寺 중창 미타전彌陀殿의 셋째 기둥 주춧돌로
놓이기를 바라고,
어떤 돌은
어느 시인의 서재 한 귀퉁이에 나붓이 앉아
시가 씌어지지 않는 밤, 그의 빈 원고지 칸을 지키기를 바라고,
또 어떤 돌은
어느 순결한 죽음 앞에 서서 만대萬代의 의義를 그의 붉은
가슴에 새기기 바라지만
아, 나는 다만 당신이
물수제비 뜨듯 또다시 강가에 나를
팽개치지 않기만을……
아무도 깨워주지 않은 천 년의 잠은
죽음보다 더 잔인할지니
흙 위에 엎드려 잠들기보다는
급류 속의 일개
징검다리가 되리라.
그러므로 님이여, 장난삼아 던질 양이면 차라리
거친 물살에 던지시라.

그리하여 먼 후일 당신이 다시 찾아오시는 날,
나는 즐겨 내 몸을 당신 앞에 바치리니
당신은 주저 말고 내 등을 밟고
건너시기를……

겨울밤

창 밖엔 소록소록 하얀 눈이
내리고
방 안의 나는
열에 까무러치며
망연히 내 이름을 불러봅니다.
오늘같이 포근하게 추운 날에는
꿩, 비둘기, 토끼, 노루, 다람쥐 들도 어디선가
자신들의 보금자리를 틀고 있겠지요,
꿩 가족은 아마 아빠가 따온 빨간
산수유 열매를,
다람쥐 가족은 아마 엄마가 물어온 노오란
도토리 열매를
도란도란 까먹고 있을지 모릅니다.
창밖에는 하얀 눈이 소록소록
내리는데
방 안에는 촛불 하나 가물가물
이우는데
땀에 혼곤히 젖은 나는 열에서 막 깨어나
가만히 내 이름을 불러봅니다.
어쩐지 당신의 이름을 불러서는
안 될 것 같기 때문입니다.
꿩, 비둘기, 토끼, 노루, 다람쥐 들도 어디선가

자신들의 보금자리를 트는
겨울밤,
창 밖에는
소록소록 하얀 눈이 내리고……

아메리카 시편

햄버거를 먹으며

사료와 음식의 차이는
무엇일까.
먹이는 것과 먹는 것 혹은
만들어져 있는 것과 자신이 만드는 것.
사람은
제 입맛에 맞춰 음식을 만들어 먹지만
가축은
싫든 좋든 이미 배합된 재료의 음식만을
먹어야 한다.
김치와 두부와 멸치와 장조림과……
한상 가득 차려놓고
이것저것 골라 자신이 만들어 먹는 음식,
그러나 나는 지금
햄과 치즈와 토막 난 토마토와 빵과 방부제가 일률적으로 배합된
아메리카의 사료를 먹고 있다.
재료를 넣고 뺄 수도,
젓가락을 댈 수도,
마음대로 선택할 수도 없이
맨 손으로 한입 덥석 물어야 하는 저
음식의 독재,
자본의 길들이기.
자유는 아득한 기억의 입맛으로만
남아 있을 뿐이다.

랭군을 넘어서Beyond Rangoon*

아메리카를 좋아하는 딸아,
오늘만은 팝콘을 먹지 말아라.
버터 냄새가 물씬 나는
튀밥,
입으로 듣는 팝송,
네가 지금 보고 있는 저것은
솝 오페라**가 아니다.
마카로니 웨스턴***은 더욱 아니다.
자유란 시간을 죽일 수 있는 사람들의
미덕
시간을 죽이기 위하여 그들은
팝콘을 먹지만
감각을 달래기 위하여 그들은
팝송을 듣지만
너는 아직 아메리칸이 되기에는
멀다.
지금 화면에서 군홧발에 짓밟히는 저 여자는
아웅산 수지****,
줄리아 로버츠*****가 아니다.
너도 예전엔 자유를 위하여 거리로
뛰쳐나간 적이 있지 않았니?
내 딸아,

오늘만은 팝콘을 먹지 말고 영화를 보아라.
너는 아메리칸이 아니다.

---

* 〈랭군을 넘어서Beyond Rangoon〉: 미얀마 네윈의 군사독재를 고발한 미국의 영화.
** 솝 오페라soap opera: 눈물을 짜는 멜로드라마. 비누 회사의 광고료 후원으로 연속 상연되어 미국에서 국민적 인기를 얻은 TV 드라마에서 연유된 말.
*** 마카로니 웨스턴: 서부영화의 한 종류.
**** 아웅산 수지: 미얀마 민주화 투쟁의 영웅, 미얀마의 독립투사 아웅산의 딸.
***** 줄리아 로버츠: 미국의 여배우.

종이컵의 사랑

식기는 단지
음식을 담는 용기만은 아니다.
한 지어미의 정성이
고운 두 손에 받쳐 식탁에 오르는 접시,
그러므로 원만한 접시는 원만한 사랑 바로
그것이다.
눈보라 몰아치는 추운 겨울밤,
따뜻한 벽난로 옆 식탁에 마주앉아
한 덩이의 보리빵을 뜯는 부부의 평화스러운 얼굴을
창 너머로 보아라.
램프의 흐린 불빛에도
백보석같이 반짝거리는 사기컵의 웃음소리,
나이프와 포크가 접시에 부딪혀 어울러내는 저
밝은 실로폰 소리,
그러나 이제 식기는
단지 식기일 뿐이다.
맥도날드나 타코벨, 아니 어디든
아메리카의 식탁에 놓인 식기,
한 번 쓰고 간편히 버리는 일회용
종이컵 혹은 스티로폼 접시,
세상의 남편들이여, 지어밀 대하기를
깨질 그릇처럼 대하라는 말씀도

그러므로 이제
수정되어야 한다.
파경破鏡이란 원래
깨진 거울을 뜻하는 말이지만
필요 없는 부부는
결코 깨지는 것이 아니라
주저 없이 버려야 하는 까닭에…….
지어밀 대하기를 버려질 종이컵처럼
해야 하는 아메리카의 남편.

체크

공란에 체크하란다.
당신은 전에 일 년 이상 미국에 체류한 적이 있습니까,
예, 아니요.
당신의 피부색은?
흰색, 노랑색, 검은색, 갈색, 붉은색,
당신은 과거 마약을 먹어본 적이 있습니까,
예, 아니요.
현금은 사절하고 체크만 받는단다.
매달 내는 월부 집세,
P.G&E*와 전화 빌 그리고 인슈어런스,
이름과 주소와 사회보장번호**가 확실히 적힌
체크,
항상 체크하며 살라고 한다.
알람 체크, 도어 체크, 메일 체크, 어카운트 체크
컴퓨터 체크, 약속 체크……
그러나 오늘 나는
파킹 체크에 걸렸다.
규정된 시간에서 5분이 지나 체크당한 나의 차,
80불의 티켓을 손에 들고 트래픽을 체크하며
요리조리 거리를 빠져나오지만
아, 가도 가도 끝이 없는
체크 무늬 아메리카의 미로.

교수 임용 재계약을 원하면 서류의 공란에
체크하란다.
당신은 지난 일 년 동안
마약을 먹어본 적이 있습니까.
예, 아니요.

갖가지다

갖가지다.
구멍 낸 바지로 히프를 드러낸 소녀, 미니스커트를 터서 사타구니를 과시하고 걷는 아가씨, 찰싹 달라붙은 리넨 바지에 헐렁한 브라자만을 한 숙녀, 걸레 옷을 걸친 신사, 나체에 형겊으로 치부만을 가린 히피.

갖가지다.
코걸이를 한 아이, 귀걸이를 한 청년, 배꼽걸이를 한 숙녀, 눈썹걸이를 한 아가씨, 입술걸이를 한 여자, 유방걸이를 한 소녀, 허벅지걸이를 한 부인.

갖가지다.
스킨 헤드*, 모—호크**, 피그테일 브레이드***, 헤어 랩****, 말총머리, 변발, 반쪽 머리, 더벅머리, 진홍, 진초록, 진파랑으로 물들인 헤어 다이*****.

다양도 하구나.
소비자의 관심을 끌기 위하여
독특한 디자인으로 포장해서 진열한
쇼윈도의 상품들처럼
기발하게 자신을 드러내는 저 욕망의 시장.

'인터레스트Interest'란
관심을 끄는 것이 곧 돈이 되는 일이라는 뜻인데

자본주의의 개성은
남의 관심을 끌어서 자신을 팔고자 하는
상품인가,
관심을 끌지 못할 때는
대량학살의 충격도 마다 않는
유나바머의 폭탄.

---

* 스킨헤드skin head: 머리를 면도칼로 밀어버린 이발의 한 유형.
** 모-호크mo-hoak: 머리카락에 무스를 발라서 송곳처럼 만들어 여러 개 세운 헤어패션.
*** 피그테일 브레이드pig tail braid: 머리 전체를 밀어버리고 뒤통수의 몇 카락만 쥐꼬랑지처럼 땋아 내린 헤어 패션.
**** 헤어 랩hair wrap: 실가지를 넣어서 머리를 땋는 것.
***** 헤어 다이hair dye: 머리를 초록이나 빨간색 따위로 물들이는 것.

라스베이거스로

가자. 보물섬으로
콘크리트 정글이 무성하고
네온의 꽃들이 현란하게 피어 있는
그곳은
황금이 묻혀 있는 땅,
오아시스의 생수, 한 잔의 불타는
물로 목을 축이고
사막의 섬, 라스베이거스*로 가자.
일찍이 우리는 황금을 찾아서 여기 오지 않았던가.
황금을 찾아서 서부로 서부로
달려오지 않았던가.
그러나 지금 우리는
개 목의 꼬리표 같은
한 장의 플라스틱 카드를 얻었을 뿐이다.
개표를 버리고
울을 뛰쳐나와 시들 수 없는 아메리카의 꿈,
가자, 보물섬으로
한 장의 지폐로 지도를 삼아
네바다 사막에 뜬 한 점 섬
라스베이거스로 가자.

---

* 라스베이거스Las Vegas: 미국의 유명한 도박 도시.

브룩클린* 가는 길

제1의 백인이 걸어가오.
제2의 백인이 걸어가오.
제3의 백인이 걸어가오.
……
……
제13의 백인이 걸어가오.

길은 화려한 데파트먼트 앞 네거리가 적당하오.

제1의 백인이 가슴에 총을 숨겼다 해도 좋소.
제2의 백인이 가슴에 총을 숨겼다 해도 좋소.
제3의 백인이 가슴에 총을 숨겼다 해도 좋소.
……
……
제13의 백인이 가슴에 총을 숨겼다 해도 좋소.

총은 38구경 리볼버 6연발 피스톨이오.

제1의 흑인이 걸어가오.
제2의 흑인이 걸어가오.
제3의 흑인이 걸어가오.
……

......
제13의 흑인이 걸어가오.

길은 한적한 은행 빌딩 모퉁이가 적당하오.

제1의 흑인이 가슴에 총을 숨겼다 해도 좋소.
제2의 흑인이 가슴에 총을 숨겼다 해도 좋소.
제3의 흑인이 가슴에 총을 숨겼다 해도 좋소.
......
......
제13의 흑인이 가슴에 총을 숨겼다 해도 좋소.

그들은 모두 무서워하는 사람과 무서운 사람들뿐이오.

제1의 백인이 '하이' 하고 웃소.
제2의 백인이 '하이' 하고 웃소.
제3의 백인이 '하이' 하고 웃소.
......
......
제13의 백인이 '하이' 하고 웃소.

제1의 흑인이 '하이' 하고 웃소.

제2의 흑인이 '하이' 하고 웃소.
제3의 흑인이 '하이' 하고 웃소.
……
……
제13의 흑인이 '하이' 하고 웃소.

그들은 그렇게 무서우니까 웃는 사람과 무서워 웃는 사람들뿐이오.

'하이' 하고 제1의 황인이 걸어가오.

---

* 브룩클린Brooklyn: 뉴욕의 한 지명.

노여움 가시면 슬픔이 있듯

—산타펠리페Santa felipe 인디언에게

알브쿼크* 지나면
산타페* 있다.
사막의 외딴 섬
서러운 항구
매운 모래바람에 쫓기운 사람들이
어깨와 어깨를 보듬고 사는 곳,
격랑에 떠밀려 온 난파선처럼
산타페에서는
먼 사막을 향해 창문을 내고
저마다의 가슴에 불을 밝힌다.
뭍을 향해 깜박이는
등댓불처럼…….
알브쿼크 지나면
산타페 있다.
캑터스**, 에게비***꽃 밤에만 피고
별들은 언제나 지상에 뜨는
사막의 외딴 섬
서러운 항구,
노여움 가시면 슬픔이 있듯
알브쿼크 지나면

산타페 있다.

<hr>

* 알브퀘크Albuquerque, 산타페Santa Fe: 뉴멕시코 주의 사막에 있는 도시들. 원래 산타펠리페, 타오스 등 인디
언들의 땅이었음.
** 캑터스Cactus: 선인장.
*** 에게비Agave: 용설란.

미국의 대학에서 가르친 이상李箱의 〈날개〉

‘소꿉장난’ 이라는 말을

압니까?

이상의 〈날개〉를 강독하다가 문득 던진

나의 질문에

아무도 답하는 학생이 없다.

적당한 단어가 없는 영어로 말하자면

‘플레잉 애트 하우스 키핑playing at house keeping’ 인데

그 뜻을 또한 모르겠단다.

어찌 그렇지 않을 수 있으랴.

태어나서 우유로 자라고

TV로 말을 배우고

컴퓨터로 생각을 입력한 아이들인데

소꿉장난인들 한 적이 있었겠느냐.

꽃밭에서

각시와 신랑이 보금자리를 차리는

놀이 대신

컴퓨터에서

ID 소프트웨어의 DOOM II로

총질을 배운 아이들인데

어찌 ‘하우스 키핑house keeping’ 을 알 수 있으랴.

열 명 중 여섯 명의 부모가 이혼을 했거나 혹은 별거한

학생들을 앞에 놓고 오늘은

이상의 〈날개〉를 가르친다.
'소꿉장난'이라는 말을 압니까.

그러나 너희들은
결코 비상을 꿈꾸어서는 안 된다.
인간이 날 수 있는 공간은 여전히 환상일 뿐
비상을 위해 드러그를 먹어서는
안 될 테니까.

페스티사이드*

—아메리카 인디언에게

정원이나 공원이나 묘지나

미국의 잔디는 보기에 아름답다.

경계를 나누어

상가와 택지와 오피스 빌딩 사이에 조성한

자연 녹지 보존지역,

스프링클러가 공급하는 수분을

조석으로 빨아 먹고

정원사가 제공하는 비료를

밤낮으로 받아 먹고

무성한 푸르름을 자랑하지만

너희는 모른다.

너희가 왜 거기 있어야 하는지를,

너희에겐 왜 침묵이 필요한지를,

메뚜기도 개미도 진드기도 더 이상

더불어 살 수 없는

간헐적인 살충제 살포,

무덤보다도 더 고요한 그 정적.

경계를 나누어

이쪽을 공원지역이라 한다.

코파 야생동물 보존지역** 곁에 있는
파파고 인디언 보호지역***.

포스트 모던 포엠

어디 시라는 것이 있었다더냐.
아무도 읽지 않고 아무도 본 적 없는
가공의 시,
있단들
있다고 말할 수 있겠느냐,
이미 언어의 통제를 벗어난 의미
부서진 음소들의 파편과 쓰레기들을
포스트 모던의 상표로 포장한
아메리카 또 하나의 상품,
그는 오늘도 TV에 나와서
CM송을 부르듯 하모니카를 불며
시를 낭독하고 있지만
언어에 가해지는 그의 폭력, 광기의 몸부림을
언제까지 시라고 말할 수 있겠느냐,
있다면
상품의 광고문안 속에,
있다면
전화 앤서링의 안부 속에,
있다면
TV 앵커맨의 농담 속에 있는
아메리카의 시.

---

* 미국의 시인들은 가끔 TV에 출연하여 코미디언같이 시를 낭독한다.

마리화나

아무것도
믿을 것이 없다.
실재하는 것은 돈,
돈이 인간을 움직이고 사회를 움직이고
돈은 자본, 자본은 물질, 물질은 감각
감각밖에 없다.
믿지 못할 가정을 버리고 사회를 버리고
저 감각의 아이스크림,
정신의 시뮬레이션,
마리화나를 피우자.
허상답게
하얀 연기로 사라지는 현실을
애도하며
감각이 이루어낸 저 천국의 창틀에서
흘리는 한 방울의
눈물,
마리화나를 피우자.

뚱보의 나라

걸리버가
미답의 땅을 한 군데 남겨 놓았다는 것은
다행스런 일이다.
자본주의를 위해서
항상 새로움을 상품화하는
그 탐욕을 위해서…….
목하,
아메리카는 새로운 인종을 개량 중이다.
햄버거와 코카콜라와
핫도그에 의해서 비육된
뚱보의 나라,
예전엔 미래의 인간이
몸통은 작고 머리통만 덜렁 커지리라 상상했는데
아니다. 21세기의 새로운 인종은
달걀 몸통에 좁쌀 머리통의 체형,
그 무거운 체중의 유지에 따르는 식품을 팔아먹고
그 불편한 보행을 담보로 탑승수단을 팔아먹고
그 비활동성 취미를 이용해 비디오를 팔아먹고
그 무딘 지능을 대신해 컴퓨터를 팔아먹고
그 쇠잔해진 건강을 미끼 삼아 의약품을 팔아먹고
목하,
아메리카는 새로운 인종을 개량 중이다.

뚱보가 되는 원인이
'롱 푸드'*에서 기인한다는 견해도 있으나
아니다. 그 롱 푸드도 먹지를 못하여 에티오피아에서는
하루에도 수백 명씩 굶어 죽어가고 있지 않은가.
걸리버가
미답의 땅을 한 군데 남겨놓았다는 것은
자본주의를 위해서
정말 다행스러운 일이다.

---

* 롱 푸드wrong food: 핫도그, 햄버거 등 불량식품.

9자 한 자를 손에 들고

한국인이 4자를 싫어하듯
13을 싫어하는 그들이지만,
때론 엘리베이터 표지판에서
13층을 아예 지워버리기도 하는 그들이지만
구천九泉, 구만리장천九萬里長天, 구운몽九雲夢, 구십춘광九十春光, 구곡
간장九曲肝腸, 구중궁궐九重宮闕, 구품정토九品淨土……
한국인들이 9자를 좋아하듯
그들 역시 9자를 좋아한다.
아이리시 커피 라지 사이즈 1불 99전, 햄버거 더블 2불 99전, 피자 3불
99전에 토핑 추가 99전, 36 쇼트 코닥 필름 한 통에 6불 99전, 레블롱 립
스틱 네 개들이 한 세트 19불 90전, 리바이스 청바지 한 벌 39불 90전, 헤
네시Hennesy 코냑 X.O. 1765년산 한 병 399불, 소니 캠코더 CCD TR 92
년형 699불, 동급 한국 삼성 캠코더 299불, 95년형 포드 토러스 6기통 배
기량 3000cc 1만 5999불…….
항상 프라이스 태그*의 끝자리를 장식하는 9는
자본주의의 행운을 상징하는 숫자인가.
채 100불이 못된다는 생각에서 고른
정가 99불의 메이드 인 유에스에이. 시티 캐주얼 한 벌,
그러나 아뿔사 카운터에서는 세금 포함 108불을 지불하였다.
아름다운 여인을 얻으려고
모로코 왕이 제비로 헛짚은 포샤의 금 상자**처럼

졸지에 털린 미합중국 세계 태환권 현금 108달러,
9자는 물질을 낚는
자본주의의 숫자였던 것을…….
그러므로 9자 한 자를 들고 보아라.
낚싯바늘같이 생긴 9자, 덫의 올가미같이 생긴 9자,
튕겨 오를 형세의 트랩 용수철같이 생긴 그 9자.

---

* 프라이스 태그Price tag: 미국 상점의 물건 값은 대부분 끝자리가 9로 되어 있다.
** 포샤의 금 상자: 셰익스피어의 희극 〈베니스의 상인〉에서 여주인공 포샤가 배우자를 고를 때 사용한 속임수 상자.

왜 시가 망했는지 알겠다

혼자서 가는 길이 외롭지 않다면
시적詩的이지만
혼자서 가는 길이 외롭다면 그건
리얼리즘이다.
혼자 사는 것이 쓸쓸해
옛 모습대로 간직한 방에서 아들의 사진첩을 들고 쓰다듬으며
세월을 보내는 샌드라 할머니,
혼자 사는 것이 무서워
앵무새 한 마리, 고양이 한 마리, 그리고 귀뚜라미 한 쌍을
데불고 밤낮 몸부림치는 주니퍼 아주머니,
혼자 사는 것이 삭막해
주차장 한켠에 목공소를 채려놓고 틈만 나면 대패질, 톱질로
세월을 켜는 머피 아저씨,
혼자 사는 것이 불안해 허구한 날
멍하니 집 계단에 앉아 하늘을 바라는
콜먼 할아버지,
저 앞 공원 잔디밭에선 젊은 남녀애들이 짝지어
뒹굴고 있는데
저 옆 행길가 섹스숍에선 하나 둘 네온등이
반짝이기 시작하는데
혼자서 가는 길이 결국 외롭다면
그건 리얼리즘,

소설보다 신문기사보다 더 지독한
리얼리즘.

항구 난트켓*

난트켓은 항구다.
추억에 산다.
예전처럼
떡 벌어진 어깨에 불거진 근육의 사내들도 없고,
그 사내들이 내지르는 휘파람 소리도 없고,
그 휘파람 소리에 들떠
머리에 석류꽃 꽂고 모여들던
처녀들도 없다.
난트켓은 항구다.
바람은 지금도 대서양 쪽에서 불어오고,
조류는 여전히 카리브 해로 흐르고
황금빛 너울은 수평선 너머 멀리
가물가물 손짓하지만
이제 아무도 바다에 나가지 않는다.
한때 고래의 심장을 겨누던
은빛 작살과
힘의 긴장으로 반동하던 밧줄의 치차는
박물관 전시대에서 녹슬 뿐인데
난트켓은 항구다.
폐선이 되어 선창가에 묶인 배,
그 포경선의 갑판에는 이제 사내들이 음식을 나르고
처녀들은 술을 판다.

고래가 사라진 난트켓은
에이허브**도, 이스마엘**도 없는
목포처럼
그저 항구다.
추억에 산다.

---

* 난트켓Nantucket: 매사추세츠 주의 대서양 연안에 떠 있는 섬, 그리고 그 섬에 있는 동명의 항구. 19세기에 미국의 고래잡이 기지로 유명했다. 허먼 멜빌의 《모비 딕》의 배경이기도 하다.
** 에이허브, 이스마엘: 《모비 딕》의 등장인물.

블루스

마음이 슬플 때는 가세요. 남쪽 나라,
애슈빌* 지나 내슈빌* 지나
미시시피 강가의 작은 마을
클락스데일**로 가세요.
거기 가면 아무데나 이발소 찾아
귀밑머리 가지런히 다듬으세요.
이발사 아가씨의 검은 눈 속을
말없이 말없이 들여다보면
그 슬픔 소리 없이 빨려가리다.
마음이 아플 때는 두 눈을 감고
이발사 아가씨의 기타 소리에
고즈넉이 낮잠을 청해 보세요.
그 아픔 소리 없이 쏠려가리다.
그리고 살며시 눈을 뜨시면
코끝엔
아련한 오렌지 향기,
눈썹엔 파랗게 젖은 강바람,
귓불엔 애잔한 블루스 리듬,
당신은 아시나요. 저 남쪽 나라를
유도화, 올리브꽃 향그롭게 핀
미시시피 강가의 작은 읍,
애슈빌 지나 내슈빌 지나

블루스의 슬픔 어린
흑인의 땅.

---

* 애슈빌Ashiville, 내슈빌Nashiville: 각각 노스캐롤라이나, 테네시 주에 있는 도시.
** 클락스데일Clarksdale: 미시시피 주 미시시피 강가에 있는 작은 읍. 미국 블루스 음악의 발생지, 가수 냇 킹 콜의 고향. 이곳의 이발소에는 항상 악기가 준비되어 있어 손님이 이발을 하는 동안 이발사가 기타 등의 반주에 맞춰 블루스 음악을 선사한다고 한다. 윌리엄 포크너의 고향 옥스퍼드가 지척에 있다.

나파*의 와인은 쓰다고 하더라

태평양이 보이는 미 대륙의 끝
나파의 가을은
술 익는 계절,
집집마다 오크 통 속에서는
은은한 술 향기가 배어나온다.
해안에 상륙해서는 생존을 위해
맨 먼저 밀을 뿌리고
중부로 건너가선 서부로 달릴 말을 위해 콘을 심었거니
이제 마지막으로 대륙을 정복하고선
보르뉴 원산, 유럽의
포도나무를 심었구나.
나파의 와인은 쓰다고 하더라.
인디언의 피가 짙게 배인 아메리카 산의 포도인데
어찌 그렇지 않을 수 있으랴.
화약 연기를 거두고
손에 적신 피를 씻고
하얀 상보의 식탁에 마주 앉아 드는
한 글라스의 와인,
밖에는 잎 진 포도밭의 나뭇가지들이 앙상한데
만족과 허망의 이 풀 수 없는 아이러니를
쓸쓸한 입맛으로 감추는
나파의

아메리카 산 백포도주 한 잔.

---

* 나파Napa: 샌프란시스코 동북쪽에 있는 지역으로 세계적인 포도 및 포도주 산지.

에너렉시아*

차라리 굶는다.

굶어 죽는 편이 더 낫다.

사람들은 그것을 다이어트라 하지만

날씬한 몸매를 가꾸기 위해서라 하지만

앙상한 몰골, 퀭한 눈초리를

어찌 아름답다 할 수 있겠느냐.

이 시대의 음식이란 먹는 것이 아니라 먹여지는 것,

뚱보를 만들어내는 사료.

그 사육의 단맛을 끊기 위하여

감옥에 갇힌 우리의 유관순 누나처럼

대마도에 유배된 우리의 최익현 선생처럼

한사코 먹지 않는다.

다이어트란

날씬한 몸매를 가꾸기 위해서가 아니라

자유인이 되기 위해서 하는 것,

울 안의 가축으로 살기보다는

울 밖에서 차라리

굶어 죽는 편이 더 낫다.

---

* 에너렉시아Anorexia: 뚱보가 되는 것에 대한 공포감에서 음식 먹기를 혐오하여 스스로 굶주리는 병, 거식증拒
食症. 미국에서는 이 병으로 연간 수만 명이 사망한다는 통계가 있다.

벼랑의 꿈

속구룡사*시편續龜龍寺詩篇

한 철을 치악雉岳에서 보냈더니라.
눈 덮인 묏부리를 치어다보며
그리운 이 생각 않고 살았더니라.
빈 가지에 홀로 앉아
하늘 문 엿보는 산까치같이,

한 철을 구룡龜龍에서 보냈더니라.
대웅전 추녀 끝을 치어다보며
미운 이 생각 않고 살았더니라.
흰 구름 서너 짐 머리에 이고
바람 길 엿보는 풍경風磬같이,

그렇게 한 철을 보냈더니라.
이마에 찬 산그늘 품고,
가슴에 찬 산자락 품고
산 드릅** 속눈 트는 겨울 한 철을
깨어진 기와처럼 살았더니라.

---

* 구룡사龜龍寺: 치악산에 있는 고찰.
** 드릅: 두릅.

집만이 집이 아니고

출가出家라니
정녕 어디로 간단 말이냐.
머리 깎아 바랑 메고
산으로 간단 말이냐.
장삼 걸쳐 법장法杖 짚고
바다로 간단 말이냐.
바람 따라 향기 쫓아 이른 계곡엔
도화桃花는 시나브로 꽃잎 지는데
하염없이 개울물은 흘러가는데
강물 따라 소리 쫓아 이른 바다엔
파도는 실없이 부서지는데
출가라니
누굴 따라 어디로 간단 말이냐.
집만이 집이 아니고
집 밖에 있는 것이 또 집인데
비로봉 만물상 곰바위 밑에
앉은뱅이 민들레나 되란 말이냐,
지리산 세석대 널바위 밑에
가지 꺾인 소나무나 되란 말이냐,
출가라니
집 밖이 또 집인데
정녕 어디로 가란 말이냐.

적막寂寞

'아' 하고 외치면 '아' 하고 돌아온다.
'아' 다르고 '어' 다른데
'아' 와 '어' 틀림없이 다르게 돌아오는 그
산울림,
누가 불렀을까,
산벚나무엔 다시 산벚꽃 피고
산딸나무엔 다시 산딸꽃 핀다.
미움과 사랑도 이와 같아라.
눈물 부르면 눈물이,
웃음 부르면 웃음 오나니
저무는 봄 강가에 홀로 서서
어제는 너를 실려 보내고 오늘은 또
나를 실려 보낸다.
흐르는 물에
텅 빈 얼굴을 들여다보는
눈이 부시게 푸르른 봄날 오후의 그
적막.

겨울 노래

산자락 덮고 잔들
산이겠느냐.
산그늘 지고 산들
산이겠느냐.
산이 산인들 또 어쩌겠느냐.
아침마다 우짖던 산까치도
간데없고
저녁마다 문살 긁던 다람쥐도
온 데 없다.
길 끝나 산에 들어섰기로
그들은 또 어디 갔단 말이냐.
어제는 온종일 진눈깨비 뿌리더니
오늘은 하루 종일 내리는 폭설.
빈 하늘 빈 가지엔
홍시紅柿 하나 떨 뿐인데
어제는 온종일 난蘭을 치고
오늘은 하루 종일 물소릴 들었다.
산이 산인들 또
어쩌겠느냐.

기다림

지난 봄 새순 말려 띄운
작설雀舌을,
늦가을 해어름에 비로소 뜯네.
기다려도 올 이 없는 산 중 삶인데
고이고이 간직해 온 심사는 뭘까.
뒤뜰엔 산수유山茱萸 열매가 붉어
메꿩 몇 마리 부리 쪼는데
찌르레기 샘물 찍어 하늘 바라듯
늦가을 홀로 앉아 차를 마시네.
기다려도 올 이 없는 외진 산방山房에
가을 산과 대좌하여 드는 작설은
지난봄 이슬에 젖은 찻잎이
오늘은 서릿발에
향기도 차네.

라일락 그늘에 앉아

맑은 날,
네 편지를 들면
아프도록 눈이 부시고
흐린 날,
네 편지를 들면
서럽도록 눈이 어둡다.
아무래도 보이질 않는구나.
네가 보낸 편지의 마지막
한 줄,
무슨 말을 썼을까.

오늘은
햇빛이 푸르른 날,
라일락 그늘에 앉아
네 편지를 읽는다.
흐린 시야엔 바람이 불고
꽃잎은 분분히 흩날리는데
무슨 말을 썼을까.
날리는 꽃잎에 가려
끝내
읽지 못한 마지막 그
한 줄.

어이할거나

어이할거나.
찌푸린 하늘에선 싸락눈만 내리고,
어이할거나.
마른 나뭇가지에선 까마귀만 울고,
어이할거나.
빈 들엔 스산히 바람만 불고.

언뜻 걷힌 산자락 사이로 너를 본 날,

한 나절은 산문山門에 기대어
싸락눈을 맞고,
한 나절은 바람벽에 기대어
먼 산만을 바라고,
한 나절은 활활 타오르는 화주火酒로
울음을 태우던
날.

태평양엔 비 내리고

너를 보았다.
샌프란시스코에서, 산 호세에서
무심히 인파 속으로 사라지는
너를 보았다.
서울의 공항에서,
하얗게 하얗게 손을 흔드는
네 얼굴은 보이지 않고,
이耳, 목目, 구口, 비鼻,
눈썹의 이슬은 보이지 않고
하얗게 하얗게 흔드는 손만이
안개 속으로 흐려지는
태평양엔 비가 내리고,
너를 보았다.
망초꽃 언덕 너머 사라지는
하얀 나비.

오오, 너의 것이냐.
문득 창밖에 어리는 그림자 하나,
불현듯 토방에 내려섰더니
빈 뜰엔 가득히 달빛만 차다.
이슬 함초롬히 받고 선
자정의

분꽃.

너를 꿈꾼 밤.

바람의 노래

바람 소리였던가.
돌아보면
길섶의 동자童子꽃 하나,
물소리였던가.
돌아보면
여울가 조약돌 하나,
들리는 건 분명 네 목소린데
돌아보면 너는 어디에도 없고
아무데도 없는 네가 또 아무데나 있는
가을 산 해질녘은
울고 싶어라.
내 귀에 짚이는 건 네 목소린데
돌아보면 세상은
갈바람 소리.
갈바람에 흩날리는
나뭇잎 소리.

언제인가 한 번은

우지 마라 냇물이여,
언제인가 한 번은 떠나는 것이란다.
우지 마라 바람이여,
언제인가 한 번은 버리는 것이란다.
계곡에 구르는 돌처럼,
마른 가지 흔들리는 나뭇잎처럼
삶이란 이렇듯 꿈꾸는 것.
어차피 한 번은 헤어지는 길인데
슬픔에 지치거든 나의 사람아,
청솔 푸른 그늘 아래 누워서
소리 없이 흐르는 흰 구름을 보아라.
격정激情에 지쳐 우는 냇물도
어차피 한 번은 떠나는 것이란다.

능단금강반야바라밀경能斷金剛般若波羅密經

능단금강반야바라밀경이더냐.
대방광불화엄경大方廣佛華嚴經이더냐.
경전을 앞에 두고 단정히 꿇어앉은
백두白頭 절벽絶壁의 서늘한
이마,
어제는 지면에 도화꽃 시나브로 지더니
오늘은 갈잎이 스산하구나.
명경지수明鏡止水 어리는 높푸른 하늘,
흰 구름 한자락 가는 곳 어디인지
책장을 넘길 때마다 어두웠다 밝아지는
이승의 밤과 낮은 흐르는 강물인데
낭랑하게 경을 읽는
계곡물 소리.

강물과 마주하고
단정히 꿇어앉은 백두절벽의 그
서늘한 이마.

단풍 숲 속을 가며

무어라 말씀하셨나,
돌아서 옆을 보면
화들짝 붉히는 낯익은 얼굴
무어라 말씀하셨나,
돌아서 뒤를 보면
또 노오랗게 흘기는 그 고운 눈빛
가을 산 어스름 숲 속을 간다.
붉게 물든 단풍 속을 호올로 간다.
산은 산으로 말하고
나무는 나무로 말하는데
소리가 아니면 듣지 못하는
귀머거리 하루해는
섧기만 하다.
찬 서리 내려
산은 불현듯 침묵을 걷고
화려하게 천자만홍千紫萬紅 터뜨리는데
무어라 말씀하셨나.
어느덧 하얗게 센 반백의
귀머거리,
아직도 귀 어두운 반백의
철딱서니.

책장을 넘기며

샛바람 불어
지면은 온통 만남의 이야기다.
연분홍 처녀들의 다소곳한 기다림과
물 건너서 달려온 초록 사내들의 다정한
눈길,
마파람 불어
지면은 온통 사랑의 이야기다.
격정에 휘몰아치던 그날 밤의 폭우와
땀에 흠뻑 젖은 숲들의 가쁜
숨결,
하늬바람 불어
지면은 온통 이별의 이야기다.
잿빛 노을 앞에서
쓸쓸히 손 흔들며 돌아서는 그의
빈 어깨,
된바람 불어
지면은 이제 온통 그리움의 이야기다.
백지 위의 나뒹구는 연필심처럼
눈밭에 우두커니 서 있는 한 그루의 부러진
나목,

바람이 분다

책장들을 넘긴다.
다시 살아야겠다.*

---

* 발레리의 시구.

왜 비켜 가려 하지 않는가

꽃 피는구나.
살구꽃, 복사꽃, 앵두꽃, 치자꽃…….
비켜 가지 않고
꽃은 왜 울 안까지 들어와 피는가,
운두령雲頭嶺 너머 자하동紫霞洞 지나 먼 바닷가,
막지 마, 막지 마,
차오르는 보름사리 밀물 때문일까,
검은 들 지나 소리재 너머 먼 하늘가,
잡지 마, 잡지 마,
부푸는 영등靈登할미 바람 때문일까,
먼 바다 처녀 볼에 분홍물 들고
먼 하늘 사내 심줄 굵어지는데
사립 닫고 벽 바라기
어두운 눈,
먹물 장삼에도 꽃빛 어리어
천지는 온통 깔깔깔
웃음판인데,
꽃이 피다니
꽃은 왜 비켜 가지 않고 이처럼
울 안까지 들어와서 피는가.

나를 지우고

산에서
산과 더불어 산다는 것은
산이 된다는 것이다.
나무가 나무를 지우면
숲이 되고,
숲이 숲을 지우면
산이 되고,
산에서
산과 벗하여 산다는 것은
나를 지우는 일이다.
나를 지운다는 것은 곧
너를 지운다는 것,
밤새
그리움을 살라 먹고 피는
초롱꽃처럼
이슬이 이슬을 지우면
안개가 되고,
안개가 안개를 지우면
푸른 하늘이 되듯
산에서
산과 더불어 산다는 것은
나를 지우는 일이다.

먼 하늘

바람이 분다.
하늬바람이 불어온다.
백양나무 흰 물결이 쏠려가고
단풍 물이랑도 어느덧 잦느니,
가을 산은
썰물이 진 갯벌,
드러난 암초의 앙상한 해초들 속에서
낙과落果를 줍는
나는 조개잡이였구나.

바람이 분다.
마파람이 불어온다.
마른 잔디엔 벙벙히 초록물 들고
숲은 거대한 파도 소리로 우느니,
봄 산은
밀물이 든 바다,
크고 작은 능선의 푸른 파도를 타고
산을 오르는
나는 뱃사람이었구나.

산이 물이요 물이 산인데
산을 어찌 산이라 이르겠는가.

물이 산이듯 산이 물이듯
산문山門에 기대어 바라보는

먼 하늘.

상형문자象形文字

사미沙彌야
그만 책을 덮으렴,
도란도란 멀리서 글 읽는 소리가
들리지 않니?
저것은 나무와 나무들이 이루어낸 한 문장의 시행,
저것은 숲과 숲들이 엮어낸 한 단락의 산문,
저것은 행간을 건너 띄는 계곡의 침묵,
달빛에
온 산은 글 읽는 소린데
사미야, 부질없이 촛불은 켜서 무엇하랴,
꽃들의 상형문자象形文字를 지나서
나무들의 설형문자楔形文字를 지나서
마침내 절벽 앞에선
바위의 피어리어드.
사미야,
세상을 읽는 저 운명의 바람 소리가
들리지 않니?
우주는 한 편의 긴 드라마
사미야,
오늘 밤에는 숲에
달빛 쌓이는 소리를 듣지 않으련?

산의 잠

어젯밤 하늘이 몰래 내려와
산과 잠자고 가더니
이 아침
고사리 새순 도르르 말려
그것이 한 개 우주로구나.
풀잎에 떨어뜨린 별들을 보고
내 알았지,
쫑긋 귀 기울여 천둥소리 듣고
배시시 눈 떠 흰 구름 보고…….

그러므로 누구에게 물어보랴.
한 방울의 이슬 속에서 푸른 하늘을 보거니.*

---

* 윌리엄 블레이크의 시에 유사한 시구가 있음.

길 하나

길 하나 어둠 속에 사라지는
외딴 암자,
반디 불빛 새어나오는 창호지 틈 사이로
눈썹 파아란 비구니의 밤새
글 읽는 소리,

갈잎 스산하게 흩날리는
빈 가지,
별빛 어리는 마지막 잎새에 앉아
귀 밝은 베짱이의 밤새 또
글 읽는 소리,

먼 하늘 찬 이슬에
목을 축이고.

적멸寂滅의 불빛

아름다운 암흑

산이 산이고
물이 물이라지만
둘러보면 어디에도 물인 물,
산인 산은 없다.
이 세상은 하나의 큰 수렁,
땅인 줄 알고 밟은 곳이 정작
진창길인데
이성理性에서 한 발을 애써 빼내면
다른 발은 이미 감정에
빠진다.
어차피 산이 산이 아닐 바에
굳이 수렁에서
몸을 뺀들 무엇하랴,
연꽃도 진흙 속에서 피는 것을.
할 수만 있다면 연꽃이 될까.
아니라면
암흑이 아름다운
한 마리 우렁이가 되리라.
사랑에 눈멀어 헤매기보다는 차라리
눈 없이 사는 적막寂寞이 더 나을지니
나 오늘 강화江華의 뻘밭가에 서서
쓰린 소금기로 흐려진 눈을
씻는다.

보석 2

그것을 불러 보석이라 이름한다.
햇빛에
눈부신 그 반짝거림,
강변 모래언덕에
사금파리 하나 반쯤 묻혀 있다.
보석이란 가장 소중한 마음을 이르는 것이려니
우리 어린 날,
네게 바친 이 순수한 영혼의 징표보다
더 아름답고 고귀한 것이 이 세상 또
어디에 있으랴.
깨진 것은 모두 보석이 된다.
한때 값진 도자기였을지라도,
한때 투박한 사발이었을지라도,
그것은 한낱
장에 갇힌 그릇일 뿐.
깨지는 것은
완전한 자유에 이른 까닭에
보석이 된다.
그 봄날의 풀꽃 반지도
그 강변의 모래성도
지금은 모두 강물에 씻겨갔지만
우리들의 강 언덕엔

눈부신 보석 하나
푸른 하늘을 지키고 있다.
영원처럼……

나는 누구?

도서관은 골 깊은 산이다.
등산하듯 층계를 올라
어두운 서고書庫를 뒤진다.
이 골짜기는 역사 서가書架, 저 산봉우리는 철학 서가,
저 능선은 과학 서가
고서古書는 이끼 낀 바위로 앉아 있고
사서史書는 칡넝쿨로 얽혀 있다.
이곳저곳 걸으며
화두話頭 하나 참구한다.
나는 누구일까
청노루, 백사슴 다 아는 산길에서
길을 잃고 망연히 헤매는데
앞에는 문득
깎아지른 듯 가로막고 서 있는 절벽.
그 까마득한 벼랑에 핀
꽃
한 그루.

집

추운 겨울에
2층 주방에서 지층으로 내려가는
하수도가 얼어붙었다.
순식간에 집은 마비,
새 집을 지으면서 가장 신경을 썼던 것이
상하수도 파이프, 보일러 배관이었는데
무엇이 잘못된 것일까
생각해보면
집의 중추는 방이나 거실이 아니라
위아래를 관통하는
빈 파이프다.

파 껍질을 벗기는 아내여,
자꾸 벗기지 마라.
파는 원래 껍질밖에 없다.
실은 인간도 나무도
파와 같은 것
입에서 항문으로 뻥 뚫린 공간 하나
지탱해 주는 것이 아닌가.
하수도의 빈 파이프처럼
허공에서 뚫려 허공으로 가는
육신의 집.

어느 오후

긴 겨울 방학도
속절없이 끝나는구나
내일모레가 개학날인데
해놓은 숙제는 아무것도 없다.
입춘立春 되어
학교에 모인 나무들은
화사한 꽃잎, 싱싱한 잎새,
달콤한 꿀,
제각기 해온 과제물들 펼쳐놓고 자랑이지만
등교를 하루 앞둔 나는 비로소
책상 앞에 앉아본다.
사랑의 일기장은 텅 비었다.
베풂의 학습장은 낙서투성이
개학해서 선생님을 뵙게 되면
무어라고 할까.
방학도 다 끝나가는 날,
이것저것 궁색한 변명을 찾아보는 노경老境
어느 오후.

이별의 날에

이제는 붙들지 않을란다.
너는 복사꽃처럼 져서
저무는 봄 강물 위에 하염없이 날려도 좋다. 아니면
어느 이별의 날에
네 뺨을 타고 흐르던 눈물의 흔적처럼
고운 아지랑이 되어 푸른 하늘을 아른거려도 좋다.
갇혀 있는 영원은 영원이 아니므로
금속 테에 갇힌 보석 또한
진정한 보석이 아닌 것
아무래도
네 손가락에 끼워준 반지에는
영원이 있을 성싶지 않다. 그러므로
네 찬란한 금강석의 테두리에 우리 더 이상 서로를
가두지 말자.
이제 붙들지 않을란다.
너는 복사꽃처럼 져서
저무는 봄 강물 위에 하롱하롱 날려도 좋다. 아니면
어느 이별의 날에
네 뺨을 적시던 눈물의 흔적처럼
고운 아지랑이 되어 푸른 하늘을 어른거려도 좋다.

조깅

생명이 한줄기 바람이라는 것은
마지막 거두는
숨을 보면 안다.

바람 부는 날
높이높이 나는 독수리의
두 날개는
부푼 양력으로 팽팽하지만
그 그림자를 쫓아 뛰는
지상의
내 심장은 어지럽구나.

가쁜 숨결들을 모아 그날 밤
애비 에미가 풀무질하여
내게 가득히 넣어준 바람을 시나브로
소진하고

빈 풍선 같은 육신에 다시 채우려 바람을 받아
오늘도 헉헉 숨을 몰아 뛰는
한낮의 조깅.

사랑의 고통

한밤 동안
가습기에 갇혀 펄펄 끓던 물이
아침 되어 모두 증발해 버리고 없다.
고통 속에 신음하고 나뒹굴던 육신이
이제 지상을 벗어나
완전한 자유를 찾았구나.
날개도 부질없는 것,
스스로 가벼워져 기화氣化되지 않고선
그 누구도 천상에
도달할 수 없다.
네 이마에 맺히는 이슬
심장의 뜨거운 열
인간도 피를 데워서 끓이는
가마솥이 아닐까.
불로서 물을 끓이듯
심장을 달구는 불꽃은 사랑의 기쁨이 아니라
그 고통일지도 모른다.

적의敵意

물이 차가운 얼음이 되듯
증오가 굳으면 싸늘한
침묵이 된다.

말이 없다고 해서 호사롭다 하지 마라
화약은 소리를 내지 않는다.
어둡고 밀폐된 약실藥室에 갇혀
한순간의 격발을 노리는 그
적의.

순종은 오직 사랑에서만 오는 것
갇힌 모든 것은
반항으로 전율한다.
사랑도 굳으면
마약이 되지 않던가. 필로폰
하얀 분말의 그 달콤한 살의殺意

싸늘하던, 달콤하던 굳은 것은 모두
침묵이 된다.
화약처럼, 마약처럼……

유성流星

밤하늘은
별들의 운동장
오늘 따라 별들 부산하게 바자닌다.*
운동회를 벌였나
아득히 들리는 함성,
먼 곳에서 아슴푸레 빈 우렛소리 들리더니
빗나간 야구공 하나
쨍그랑
유리창을 깨고
또르르 지구로 떨어져 구른다.

---

* 바자니다: 바장이다. 부질없이 짧은 거리를 오락가락 거닐다. 마음에 걸리는 것이 있어서 머뭇머뭇하다.

눈물

인생이란
기쁨과 슬픔이 짜아 올린 집,
그 안에 삶이 있다.
굳이 피하지 마라. 슬픔을
묵은 때를 씻기 위하여 걸레에
물기가 필요하듯
정신을 말갛게 닦기 위해선
눈물이 있어야 하는 법,
마른 걸레는 아무런
쓸모가 없다.
오늘은 모처럼 방을 비우고 걸레로
구석구석 닦는다.
내일은
우리들의 축일祝日 아닌가.

돌

이성理性을 굳히면 얼음이 되듯
감정을 굳히면 돌이 될지 모른다.
한 번만 참았더라면 좋았을걸
유성遊星의 희롱 때문이었을까. 아니면 태양?
수억만 년 전
격정에 휘말린 지구는
고혈압 환자의 터져버린 피처럼
폭발하다 응고하여 돌이 되었다.
싸늘하게 굳어버린 불,
굳힌다는 것은 가둔다는 것.
무심하게 보이지만
이 세상의 돌들은 모두 가슴에 하나씩
슬픈 불을 안고 있다.
그러므로 오늘도 정성껏
돌을 쪼고 있는 석공이여,
너는 시방 형상을 짓는다고 생각하지만
실은 하나씩
갇힌 불을 풀어주고 있는 것이다.
이 세상의 모든 조각들을 보아라. 거기엔
슬픔과
사랑과
미움이
활활 타오르고 있지 않던가.

하늘의 집

흔들리는 갈대라지만
꺾이는 갈대란 없다.
내 오늘 새삼
느티나무 가지 끝에 아슬아슬 매달린
빈 까치집을 보거니
세찬 겨울바람에도 끄떡없구나.
사무실, 상가, 아파트,
지상의 집들은 모두 견고하지만
견고함이 항상 스스로를 무너지게 하지 않던가.
하늘에 짓는 집은 흔들리는 집,
목숨 한 배 길러
은하 멀리 날려 보낸 지 이미 오래나
바람에 흔들리면서도 의연히 자신을 지키는
느티나무 가지 끝의 빈 까치집을
내 오늘 문득 보거니.

별

암흑의 저 건너에서
반짝반짝 가냘프게 빛나는 존재를
별이라 이르거니
누구나 인간은 그 별 하나를 가슴에 안고
한 생애를 산다.
별을 보고 어둠 속에서 길을 찾고
별을 향해 걸어간다.
그러나 내 오늘 문득 서녘 하늘에
유독 찬란하게 빛나는 것 하나 있어
그를 쫓아 따라갔다만
인공위성이었구나.
별을 또한 스타라 부르거니
스타를 꿈꾸는 딸아,
세상이 아무리 어둡고 춥다 하더라도
가까이서 황홀하게 빛나는 불빛에
속지 마라.
멀리서 가물가물 빛나는
그것이 별이란다.

젖은 눈

세숫물에 마른 갈잎 하나 파르르
떨어져 가을이다.
한 움큼 물을 뜨다 만 채 물끄러미
들여다보는 수면水面,
흔들리는 파문 사이로
하얗게 머리 센 사내 하나가
하늘 끝자락을 붙들고 망연히
나를 치어다보고 있다.
어디서 보았을까. 깊고 짙은 속눈썹,
그 젖은 눈에
하얗게 소복한 어머니의 손을 잡고
초등학교 운동장을 들어서던
어린 소년이 보이고
팔랑팔랑
나비처럼 뿌리치고 사라지던
꽃밭의 소녀가 보이고
바람벽을 등지고 쓸쓸히
소주잔을 기울이던 원고지 칸 사이의
사내가 보인다.
한 움큼의 세숫물마저
손가락 사이로 흘러내려 텅
비어버린 손바닥,

문득
이가 시리다.

푸르른 하늘을 위하여

사랑아,

너는 항상 행복해서만은 안 된다.

마른 가지 끝에 하늬바람 불어

푸르게 열린 하늘,

그 하늘을 보기 위해선

조금은 슬픈 일도 있어야 한다.

굽이쳐 흐르는 강,

분분한 낙화

먼 산등성에 외로 서 문득 뒤돌아보는

늙은 사슴의 맑은 눈,

달더냐,

수밀도 고운 살 속 눈먼 한 마리 벌레처럼

붉은 입술을 하고서 사랑아,

아른아른 피던 봄 안개는,

여름내 쩡쩡 울던 먹구름 속의 천둥은

이미 지평선 너머 사라졌는데

하늬바람 불어

푸르게 열리는 그 하늘을 위해선 사랑아

조금은 슬픈 일도 있어야 한다.

신념

꽁꽁 얼어붙은 겨울 밭에 무 하나
땅에 묻힌 채
강그라지고* 있다.
돌아보면 텅 빈 들판, 강추위는 몰아치는데
분노에 일그러져 시퍼렇게 하늘을
노려보는 그 눈,

뽑혀 생명을 보전하다가
일개 먹이로 전락하기보다는
차라리
뿌리를 대지의 중심에 내리고
스스로 죽는 길을 선택했구나.

승산 없는 전투가 끝난 전선,
지휘관을 따라 부대는 모두 투항해 버렸는데
끝까지 항복을 거부하다
비인 들녘에서 외롭게
총살당한
푸른 제복의 병사 하나.

---

* 강그라지다: 자지러지다의 전남 방언.

가을 비 소리

바람 불자
만산홍엽萬山紅葉, 만장輓章으로 펄럭인다.

까만 상복喪服의
한 무리 까마귀 떼가 와서 울고

두더쥐, 다람쥐 땅을 파는데

후두둑
관에 못질하는 가을 비 소리.

힘

일어서기 위하여
온 힘을 쏟아내기 위하여
한겨울 물은 굳어 있던가.

봄 되어
위로 위로 일어서는 물을 보았다.
마른 흙을 헤치고
하늘로 하늘로 솟아오르는 새
순.

새벽 잠자리에서
참을 듯 참을 듯
벌떡 일어서는 사내의 새파아란
힘줄같이
위로 위로 뻗쳐, 아
터트리는 꽃 물.

아래로 아래로 흐르는 물이라고
말하지 마라.
일어서지 않고 사는 삶이란
이 세상에 없다.

봄은 바이러스처럼

바위 속보다 더 무거운
적막,
과일 속보다 더 달콤한 잠,
나는[飛] 새도 능구렁이도 윙윙거리던 벌 떼들도
다 어디를 갔나.

이 어둡고 추운 날을 살아남기 위해선, 선아 나는 이제
열병이라도 앓아야겠다.
항생제도 없이……

바이러스로 침투하는 봄.

봄은 바이러스처럼

봄은 전쟁처럼

밤에 호올로

한밤 호올로
컴퓨터 키를 두드린다.
모니터에는
파일에서 떠 올려진 시행 몇 줄,
'인간은 누구나
가슴에 하나씩 별을 안고 산다' *
커서를 '별'에 대고
지울까 말까 망설인다.
인간은 누구나
무거운 바위를 하나 가슴에 안고 사는 것은 아닐까,
아니 인간은 누구나 가슴에
칼을 하나 갈면서 사는 것은 아닐까,
하늘의 별과 지상의 바위 사이를
스크린은 텅 빈 공백으로 남겨놨는데
문득 내다보는 밤하늘엔
……반짝……
섬광을 내며
지상으로 떨어지는 유성 하나,
그도 하늘에서 컴퓨터를 두드리는 것일까.
밤에 호올로 시를 쓴다는 것은
무섭도록 고독한 일이다.

---

* 졸시 〈아득한 지상에서〉(《꽃들은 별을 우러르며 산다》 수록)의 한 구절.

타잔

한밤의 고층 빌딩
인터넷 키보드를 두드리다 문득 창밖을
내려다본다.
꽃들인가. 계곡에 난만爛漫히 핀
네온의 불빛,
강물인가. 까마득히 아래에서 반짝거리는
헤드라이트 물결,
일순, 도시는 원시의 정글인데
홀로 홈페이지를 검색하는 나는
야행성 동물,
말에 굶주린 숲 속의 타잔같이
늘어진 한 가닥 코드에 매달려
절벽과 절벽을 건너뛴다.
생명이란 구리줄에 흐르는 한 줄기 전류,
그 전원이 켜 있는 동안
홀로 컴퓨터를 두드린다.
계곡의 꽃 덤불 속에 숨어 있을까,
강가의 자갈밭 속에 숨어 있을까.

말의 칼

때와 장소를 가리지 않고
싸워야 한다.
걸어오면 받아쳐야 할 한마디 말을
폐부 깊숙이 감추고
집을 나서는 이 아침
지하철 역 플랫폼을 울리는 휴대폰의
신호음 소리,
한번 빼면
썩은 무라도 쳐야 하는 칼인데
승산을 저울질하며
뺄까 말까 망설인다.
예전엔 맨손과 맨손들이 싸우다가
칼로 바뀐 것이 엊그제.
자본의 시장에서는 이제
말로 싸우는구나.
허리에 칼 대신 휴대폰을 차고
오늘도 출근길을 서두르는 하루의
시작.

휴대폰 1
—목걸이

외출할 때 꼭 소지해야 하는
휴대폰
어떤 이는 손에 쥐고,
어떤 이는 허리에 차고, 또 어떤 이는
목에도 건다.
"자기야" 하고 부르면 펄쩍 뛰어 달려가
시장을 봐오고,
"오 팀장" 하고 부르면 얼른 쫓아가
덥석 돈 가방을 물어온다.
나는 누구일까.
가슴 설레는 마음으로 네가 걸어준
그 은 목걸이는 어디 갔을까.
목덜미에 남겨놓은 그대 첫 키스의 황홀은……
오늘도 외출을 하면서
개띠를 건다.
휘파람 대신 벨이 울리면
눈에 보이지 않는 줄에 매달려 냉큼 누군가를
물어오고 또 물어뜯기 위해.

휴대폰 2
—수용소

창조는 자유에서 오고,
자유는 고독에서 오고,
고독은 비밀에서 오는 것.
사랑하고, 글을 쓰고, 생각하는 일은
모두 숨어 하는 일인데
어디에도 비밀이 쉴 곳은 없다.

이제 거대한 아우슈비츠 수용소가 되었구나.
각기 주어진 번호표를 가슴에 달고
부르면 즉시
알몸으로 서야 하는 삶.

혹시 가스실에 실려가지 않을까,
혹시 재판에 회부되지 않을까,
혹시 인터넷에 띄워지지 않을까,
네가 너의 비밀을 지키고 싶은 것처럼
아, 나도 보석 같은 나의 비밀 하나를
갖고 싶다.

사랑하다가도, 글을 쓰다가도,
벨이 울리면
지체 없이 달려가야 할 나의 수용소 번호는
016-909-3562.

휴대폰 5
―동물왕국

추운 겨울밤
빙판길에서 미끄러진 취객 하나, 아뿔싸
공사장 하수구에 빠져버렸다.
탈출 난망……
그러나 얼어붙은 육신을 움츠리고
죽음을 기다리는 그 순간 어디선가 문득
"삐삐……"
울리는 기계음 소리.
망연자실
술에 취해 잊고 있었던 자신의
휴대폰 소리.

조간신문을 접고 출근길, 막 현관을 나서는데
아내가 재빨리 목에다 채워준다.
멸종 방지를 위해
시베리아 황새의 목에 걸어주던
그 전파 발신기.

화약

무색으로 녹는 물이 있다면
하얗게 굳는 불도 있다.
녹기만은 싫다.
굳고 굳어서 더 이상 자신을 지키지 못할 땐
차라리
부서져 가루가 되리라.
우정도 사랑도 이 세상 모두가 싫어
오직 잠들 수 있는 곳은 소외된
약실藥室뿐,
깨우지 마라.
이 불안한 평화를 깨뜨리고 싶지 않다.
분노는
총구에 든 화약,
증오는
한순간의 격발擊發.

정사情事

타악음인지도 몰라.
두드려 울려내는 신음소리,
현악음인지도 몰라.
간질여 흘려내는 웃음소리,
관악음인지도 몰라.
몸부림쳐 토해 내는 울음소리.

누구의 악기인가.
인간의 일상은 소나타지만
신神은 가끔
교향악이 듣고 싶다.

이별이던가 혹은 사랑이던가,
모든 운명적인 것이어.

오랜 기다림 끝에
맨몸과 맨몸이 하나로 아울려
웃음과 울음과 신음이 범벅된
한밤의
정사情事.

법에 대하여

법이란
냉장고의 칸막이 같은 것,
김치와 우유가,
육류와 젓갈이 행여 섞이지 않도록
해야 할 일과 해서는 안 될 일을,
좋아할 일과 좋아해선 안 될 일을
칸칸이
구분해서 서랍에 넣어두고
언제나 분수를 지키도록 감시하는……
그러나 일상은 쉬이 부패하기 쉬우므로
항상 차가워야 하나니
누가 그랬던가.
법은 얼음 같아서
냉철한 이성이 아니면 날이 서지 않는다고……
그래도
냉장고는 알리라.
뜨거운 전류가 또한
차가운 얼음을 만든다는 것을.

불륜不倫

집에 배관된 두 전선의
양전기와 음전기가
필라멘트의 황홀한 빛으로 타오르는
사랑이여,
밝음이여,

그러나 과부하 된 전선은
문밖 가로등에서
합선을 일으킬 수도 있나니
불륜으로
피지직 타오르는 퓨즈,
그 식어버린 필라멘트의 정적이여,
어둠이여.

욕정

갑작스런 화재로 온 집이 전소되었다.
화인은 난로의 과열,
아빠는 죽고 엄마는 화상 입고
단란한 가정은 깨져버렸다.
물질도 때로는 욕정으로 몸부림을 치는 것일까.
콘센트에 플러그를 꽂자 일순,
쇠붙이는 본능의 전율로
뜨겁게 달아오른다.
건드리지 마라
오늘밤 나는 너와 더불어 온몸을
불사를 수도 있다.
전류,
밤마다 정사情死를 꿈꾸는 물질의
에로스.

도시의 사내

이빨을 닦다 말고 물끄러미 들여다본
거울 속의 얼굴,
치약이 반쯤 흘러내린 입술 사이로
반짝
송곳니가 빛난다.
툭 튀어나온 턱에 유달리 날카로운 눈,
내 얼굴일까,
어젯밤 장롱 속의 문갑을 쏠던
쥐 낯짝, 아니면
여우?
아침에 일어나 맨 먼저
이빨을 닦는다.
상대의 폐부 깊숙이 찌를 한마디
말을 위하여
날카롭게 이빨을 간다.
철 늦게 돋아 앓기만 하던 사랑니는 이미
빼버린 지 오래,
오늘도 하루의 사냥을 위하여
칼을 갈듯 이빨을 가는
출근길
도시의 사내.

도시의 여자

맞서 싸우기 위해서
간편한 바지를 입을까,
함정으로 유인하기 위해서 현란한
스커트를 입을까,
머리를 풀어헤쳐 사자 흉내를 내본다.
머리를 틀어 올려 꽃뱀 흉내를 내본다.
그러나 이 시대의 실세는 아무래도
IMF,
맞붙어 싸우고 명예퇴직을 당하기보다는
또아리를 틀고 기다리는 뱀이 더
현명하겠다.
출근길,
날렵하게 스커트를 걸치고
거울 앞에 서보는 도시의 여자,
무슨 탈을 쓸까,
붉은 루주를 입에 물고
우는 얼굴 위에 그려 넣는 웃는 얼굴,
슬픈 얼굴 위에 그려 넣는 즐거운 얼굴.

새로운 신神

야훼, 제우스, 알라,
예부터 신들은 모두
하늘에서 침묵으로 말씀하셨다.
뜻을 받들기 위해
높이 쌓아 올린 탑,
그러나 오늘의 우리들은 첨탑 대신
날카로운 안테나를 세운다.
안테나에 매달려
매일매일 듣는 하늘의 말씀
전파는 새로운 하느님이다.
아무도 거역할 수 없다,
하늘에서 떨어지는 그 명령.
옛 신의 믿기지 않은 침묵 대신
그것은 얼마나 확실한 신앙이던가.
오늘도 새들은 높은 가지 끝에 앉아
가갸거겨……
천기를 누설하지만
인간이 사라진 도시에선 아무도
듣는 자가 없다.
안테나에는
결코 앉지 않는 새.

봄은 전쟁처럼

산천山川은 지뢰밭인가
봄이 밟고 간 땅마다 온통
지뢰의 폭발로 수라장이다.
대지를 뚫고 솟아오른, 푸르고 붉은
꽃과 풀과 나무의 여린 새싹들.
전선엔 하얀 연기 피어오르고
아지랑이 손짓을 신호로
은폐 중인 다람쥐, 너구리, 고슴도치, 꽃뱀……
일제히 참호를 뛰쳐나온다.
한 치의 땅, 한 뼘의 하늘을 점령하기 위한
격돌,
그 무참한 생존을 위하여

봄은 잠깐의 휴전을 파기하고 다시
전쟁의 포문을 연다.

짓거리

총이란 원래
살생을 목적으로 만든 무기임에도
하늘에다 대고 쏘면서 일컬어
축포라 한다.
진정한 축복은 하늘이 스스로 내릴진저,
부처님 당대에는 상서로운 날에
무시로 하늘에서 꽃비가 나렸다는데
신神을 위협해서
꽃비를 받자함일까.
인간의 오만은 끝 간 데를 몰라
자신이 만든 총으로 필경 자멸에 이르게 될지니
삼엄한 군대를 도열시키고
그 앞에 버티고 서서
하늘에다 펑펑 대포를 마구 쏘아대는 것은
정녕 신의 죽음을 믿거나
그 신성神性에 토대한 인간의 존엄을
부정한 이후부터의
짓거리일 것이다.

서울은 불바다 1

적 일 개 군단
남쪽 해안선에 상륙,
전령이 떨어지자 갑자기 소란스러워지는
전선戰線,
참호에서, 지하 벙커에서
녹색 군복의 병정들은 일제히 하늘을 향해
총구를 곧추세운다.
발사!
소총, 기관총, 곡사포, 각종 총신과 포신에
붙는 불,
지상의 나무들은 다투어 꽃들을 쏘아 올린다.
개나리, 매화, 진달래, 동백……
그 현란한 꽃들의 전쟁,
적기다!
서울의 영공에 돌연 내습하는 한 무리의
벌 떼!
요격하는 미사일,
그 하얀 연기 속에서
구름처럼 피어오르는 벚꽃.

봄은 전쟁인가,
서울을 불바다로 만든
이 봄의 핵 투하.

꽃씨는 손으로 심는다

짙푸른 녹음은 얼마나 무서운가.
메뚜기 한 마리 날지 않는 그
절대의 침묵은…….
우리는 그것을 잘 자란 보리밭이라고 말한다.
잡초 한 그루 허용치 않는 초록은 동색同色
그 무성한 여름을 위하여
트랙터는 사정없이 부드러운 흙을 뒤집어엎고
고엽제를 연무처럼 뿌려대지만
아니다.
꽃씨는 손으로 심는 것,
꽃들은 결코 동색일 수 없다.

컴퓨터를 버리고 펜을 잡는다.
아직도 펜을 들어야만 씌어지는
나의 시.

시간의 쪽배

삭풍朔風

감싸기만 해선 안 된다.
당당한 낙락장송으로 키우기 위해선
때론 맞을 매는 맞아야 한다.
봄의 그 귀여운 꽃잎,
여름의 그 늠름한 녹음,
늘 칭찬만 받더니 어느 사이엔가
비뚜로 뻗는 줄기.
겨울 되어
알몸 드러낸 종아리를 사정없이
회초리 친다.
매서운 삭풍에
온 산이 운다.

학교

봄 반은 미술 시간,
스케치하는 손놀림이 부지런하다.
목탄으로 그리고 지우고……
어느새 캔버스엔 한 세상의 윤곽이 선명하게
떠오른다.
이제는 붓끝으로 툭 쳐
사물들을 하나씩 잠에서 깨울 차례
파아란 물감 풀어 하늘,
초록 물감 풀어 산, 그리고
노오란 물감 풀어 들,

여름 반은 체육 시간,
세상은 커다란 운동장이다.
시끌벅적
숲들이 벌이는 한 마당의 씨름판,
헐레벌떡
바다로 달려가는 강물들의 뜀박질,
교정의 한 모퉁이에선 쫓고 쫓기는
짐승들의 술래잡기가 한창이다. 그리고
일순의 폭우, 그 상쾌한 샤워,

가을 반은 독서 시간,

여기저기 온통 글 읽는 소리다.
풀잎은 풀잎대로, 숲은 숲대로, 개울은 개울대로
스산한 갈바람에 목청을 실어……
오늘은 베짱이와 매미의 순서다.
이야기의 주인공은 태양과 달 그리고
은하 건너 멀리 떠난 별들의 로망스,

겨울 반은 시험 시간,
이제 더 이상 배울 것은 없다.
밤새 싸락눈 내려
세상은 하이얀 한 장의 백지,
그 여백에
무엇을 쓸까, 망설이는데
아아, 갈잎처럼 북풍에 날려버린
나의 답안지.

경건敬虔

온천지
혹독하게 얼어붙은 겨울 들판에
초가집 굴뚝에서 모락모락 피어나는
가냘픈 연기,

코로 따뜻한 숨을 내뿜는
그 살아 있음의
경건함이여.

봄비

꽃 피는 철에
실없이 내리는 봄비라고 탓하지
마라.
한 송이 뜨거운 불꽃을 터뜨린 용광로는
다음을 위하여 이제
차갑게 식혀야 할 시간,
불에 달궈진 연철도
물속에 담금질해야 비로소
강해지지 않던가.
온종일
차가운 봄비에 함빡 젖는
뜨락의
장미 한 그루.

등불

주렁주렁 열린 감,
가을 오자 나무들 일제히 등불
켜 들었다.
제 갈 길 환히 밝히려
어떤 것은 높은 가지 끝에서 어떤 것은 또
낮은 줄기 밑둥에서
저마다 치켜든 붉고 푸른
사과 등,
밝고 노란 오렌지 등,
……
보아라 나무들도
밤의 먼 여행을 떠나는 낙엽들을 위해선 이처럼
등불을 예비하지 않던가.

감자를 캐며

눈에 보이는 것보다
보이지 않은 것의 현신現身은
얼마나 찬란한 경이이더냐.
음陰 6월 해가 긴 날의 어느 하루를 택해
호미로 밭두렁을 허물자
우수수 쏟아지는 감자, 감자,
겉으로 드러난 줄기와 잎새는
시들어 보잘것없지만
흙 속에 가려 묻혀 있던 알맹이는
튼실하고 풍만하기만 하다.
부끄러워 스스로를 감춘 그 겸손이
사철 허공에 매달려 맵시를 뽐내는
능금의 허영과
어찌 비교할 수 있으랴.
보이지 않는 것은 보이는 것의 어머니,
세상이란 보이지 않는 반쪽이 외로 지고 있을지니
눈에 보이는 것보다
보이지 않는 것의 현신은
얼마나 아름다운 경이이더냐.

들꽃

젊은 날엔 저 멀리 푸른 하늘이
가슴 설레도록 좋았으나
지금은 내 사는 곳 흙의 향기가
온몸 가득히 황홀케 한다.

그때 그 눈부신 햇살 아래선
보이지 않던 들꽃이여,

흙냄새 아련하게 그리워짐은
내 육신 흙 되는 날 가까운 탓,
들꽃 애틋하게 사랑스럼은
내 영혼 이슬 되기 가까운 탓,

쿠처*에서

오아시스에서의 만찬은
항상 아름다워라.
백옥의 별들이 반짝거리는 한 알의 석류와
빨갛게 태양이 이글거리는 수박과
노오란 달덩이 같은 난**과
그리고 몇 조각 양고기.
비록 가난하지만
이교도의 식탁은
한낱 우주로 돌아가는 제식祭式 일지니
내 한 알의 석류를 먹어 별이 되고
한 덩이 수박을 먹어 태양이 되고
한 조각의 난을 먹어 달이 되리라.
그리고 남는 몇 점의 양고기는
희생의 제물,
당신께 바치는 내 마음의 아픔이오니
알라여,
생生을 지기 위해 죄를 짓는 또 다른 한 생이 되지 않도록
죽으면 내 영혼 다시 이 땅으로
돌려보내지 마시기를……

---

* 쿠처[庫車]: 톈진 산맥[天山山脈] 남쪽 기슭 타클라마칸 사막의 오아시스 도시, 쓰바시 고성이 남아 있다.

** 난: 밀가루로 펑퍼짐하며 동그랗게 구워낸 빵, 아랍, 인도, 중앙아시아 지방 사람들이 주식으로 먹는다. 인도에서는 차파티라고 한다.

허텐에서

그 유명한 쿤룬[崑崙]*의 옥玉은
허톈**의 강변에서 찾아야 한다.
굳이 캐자면
산에서 얻지 못할 것도 아니지만
그런 까닭에
끌과 망치로 조탁한 옥이
스스로 빛을 내는 저 하상河床의 그것보다
더 아름다울 순 없지 않겠는가.
몇천 년을 두고
쿤룬에서 발원한 강물과 함께
물에 씻기고, 돌에 갈리고, 흙에 닦여서
비로소 허톈의 강가로 흘러든 옥,
인간 또한 그렇지 않던가.
개성은 고독 속에,
성품은 세상의 대하大河에서 길러진다고***

---

* 쿤룬 산[崑崙山]: 타클라마칸 서남쪽에 티베트와 경계를 이루며 길게 뻗쳐 있는 산맥. 옥의 주산지로 알려져 있다.

** 허톈[花田]: 타클라마칸 서남쪽 쿤룬산의 기슭에 자리한 오아시스 도시. 쿤룬산에서 발원한 백강白江과 흑강黑江이 만나는 지점에 있다. 쿤룬산에서 휩쓸려오는 이 강물의 토사 속에 질이 좋은 옥들이 섞여 있어 예부터 옥의 생산과 가공으로 유명하다.

***괴테의 잠언.

예챙*에서

서역의 오아시스는
사막에 뜬 백화나무**의 섬과
당나귀 방울 소리와
슈르파*** 굽는 냄새.

하늘을 찌를 듯이 키가 큰 백화나무들이
일렬로 쪽 늘어선 모랫길을
딸랑딸랑
당나귀는 분주하게 이륜마차를 끄을고,

서역의 오아시스는
사막에 드리운 백화나무의 푸른 그늘과
당나귀 우는 소리와
슈르파 굽는 냄새.

---

* 예챙[葉城]: 타클라마칸 서남쪽에 있는 사막 도시, 티베트와 파미르로 가는 두 길이 나뉘는 지점에 있다.
** 백화나무: 백양나무 혹은 자작나무라고 불린다. 모래바람을 막기 위하여 마치 성벽처럼 사막과 오아시스의 경계에 심었으며 도시 안에도 이들 나무 이외에는 다른 나무가 거의 없다.
*** 슈르파: 위구르인들이 즐겨 먹는 양고기 음식.

카슈가르[喀什]에서

하늘을 닮아

눈이 파아란 위구르의 계집애야

피부가 눈같이 희어

마음이 어쩐지 슬플 것만 같구나.

휘어져 뻗는 손은

바람에 날리는 석류 꽃잎 같고

휘도는 허리는 하늘대는

예살라이*의 꽃술 같다.

지금 오현금五絃琴이 켜는 리듬은

사랑의 가파른 상승곡조,

사막을 건너는 소낙비의 템포로

너의 두발은 재재발리 스텝을 차고 있다만

설령

내 눈이 네 시선을 맞추었다고 해도

고개를 돌리지 마라.

부끄럽기는 차라리 죄 많은 이 이교도異敎徒의 마음일지니

하늘을 닮아

눈이 파아란 위구르의 계집애야

향비香妃**의 딸아,

어쩐지 슬퍼만 보이는

서역의 색목녀色目女***야

* 예살라이[野沙賴]: 파미르 고원의 들꽃.

** 향비香妃: 청나라 건륭황제가 사랑했던 위구르의 왕녀, 정혼한 연인이 있었으므로 건륭황제의 사랑을 끝까지 거부하다가 자금성에서 자살했다는데 그의 시신은 타클라마칸의 오아시스 도시 카슈가르[喀什]에 묻혀 있다. 태어날 때부터 온몸에서 아름다운 향기가 배어나왔다고 한다.

*** 색목녀色目女: 신라시대부터 우리 사서史書에서는 서역인 혹은 아랍인들을 색목인 즉 눈이 파란 사람들이라 불렀다.

파미르고원

칼바위산 초르타크*를 넘어

불타는 땅 타클라마칸을 건너

얼음산 무스타거**을 올라

마침내 나 파미르에 섰다.

해발 6500피트, 위에서 굽어보는 세상은

어지럽기만 하다.

현기증과 두통과 무기력으로 지샌

고원의 하룻밤은 고달팠지만

실상 나는 뱃멀미에 시달리고 있었노라.

아, 파미르

거대한 시간의 호수.

예서 더 흐를 수 없는 시간의 쪽배에 앉아

내 지금 찰랑거리는 수면을 들여다보노니

과거, 현재, 미래라는 것이

이 얼마나 부질없는 말이뇨.

서역西域을 정복한 고선지高仙芝***가

백만의 대군을 거느리고 개선했던 고성古城, 스토우텅****

그 폐허에 핀 봉숭아 꽃잎*****이

눈물겹고나.

* 초르타크Chortag: 타클라마칸의 오아시스도시 쿠차[庫車]에서 키질Kizil 석굴로 가는 길에 있는 거대한 암산. 흡사 수많은 칼들을 세워놓은 모습이다.

** 무스타거Muztagata산: 파미르 고원에 있는 얼음산. 해발 7546m.

*** 고선지: 당나라 장군이 된 고구려 유민. 당 현종玄宗 때(747) 파미르 고원을 넘어 서역을 정복하였음.

**** 스토우팅: 석두성[石頭城]. 파미르 고원의 탁시쿠르칸[塔什庫爾干] 협곡을 지키는 산성山城으로 한나라 때 축조됐다.

***** 파미르 고원에는 봉숭아꽃이 많다. 봉숭아는 불교의 전래와 더불어 우리나라에 정착한 것으로 추측된다.

고비 사막 3

흐느낌 같다.
비웃음 같다.
무섭도록 침묵한 공간을
가냘프게 울리는 저 휘파람 소리
가도 가도 지평선은 아득기만 한데
태양이 우는 것인가.
낮달이 웃는 것인가.
사구砂丘에 낙타를 멈추고 문득
뒤돌아본다.
지지초우[极箕草] 그늘 아래서 하얗게 삭아가는 백골白骨
속을 비운 그 정강이 뼈 하나
바람에 실없이 울고 있다.
적막한 우주에 던져진 그
피리 하나.

고비 사막 5

예서 나 죽으면 어찌할꺼나
―꽃으로 환생하지도 못하고
―짐승으로 다시 태어나지도 못하고
내 영혼
밤마다 저 황막한 사구砂丘를 방황할지니
흰 정강이 뼈 간당*으로 만들어져
휘휘 휘파람 소리나 낼까.
부서진 두개골 다마르**로 만들어져
덩덩덩 북 소리나 낼까.
가도 가도 끝이 없는 열사熱砂의 땅,
가끔 눈에 띄는 것은
하얗게 바랜 사체의 뼛조각들뿐인데
예서 이제 나 죽으면 어찌할꺼나
―윤회전생輪廻轉生도 끊기고
―부활승천도 끊기고

---

* 간당: 사람의 정강이뼈로 만든 피리로 라마교에서 제식 때 사용된다.
** 다마르: 사람의 두개골로 만든 북으로 라마교에서 제식 때 사용된다.

아, 타클라마칸 2

사구砂丘의 아름다움을 보아라.
세상의 곡선들이
다 여기에 모여 있다.
어떤 것은 나부裸婦의 둔부臀部를 그리고
어떤 것은 장미의 화관花冠을 그리고
어떤 것은 사슴의 눈매를 그리고……
그 순연한 자태에는 차마
발자국을 남길 수 없다.
그러나 아름다움 속엔 항상
죽음이 도사리는 법,
바람이 분다.
모래가 살아 움직인다.
곡선들이 꿈틀대며 올무를 만든다.
마황초馬黃草* 한 떨기가 부르르 떤다.

---

* 마황초: 고비 사막이나 타클라마칸 사막에서 자라는 키 작은 떨기 풀.

아, 타클라마칸 3

사막은
서 있기를 허락지 않는 땅,
사구砂丘도 누워 있고, 산맥도 누워 있고,
멀리 나른하게 지평선도 누워 있고,
사막은
가로 누운 선線,
흰 자크*는 누워서 꽃을 피우고,
대상隊商은 낙타 등에 누워서 가고
아, 그러나 바람이 불면
사막도 수직垂直의 꿈을 꾼다.
나무와 같이,
야수와도 같이
일시에 곧추서 하늘을 노려보는
모래의 저 용오름.

---

* 자크: 남 고비 사막에서만 자라는 키 작은 다년생 떨기 풀. 아주 작은 하얀 꽃들을 방울처럼 달고 있다.

아, 타클라마칸 4

모래바람 그치고
무섭도록 적막에 휩싸인 하늘을
독수리 한 마리가 난다.*
너는 영혼을 데불고 갈
천상의 사자
내 죽을 때를 기다려 유유히
그림자를 쫓는다.
나는 한 번도 남에게 진실한 사랑을 베푼 적 없어
심장이 병들고
한 번도 맑은 생각을 가진 적이 없어
살이 썩었나니
독수리야,
내 육신을 차라리
이 비정의 모래밭에 버려두어
하얀 촉루가 되게 해다오.
그리하여 그 뼈는
어느 배화교도拜火教徒의 신전에 놓여
신을 찬미하는 한 개
피리가 되게 해다오.

---

* 라마교나 배화교에서는 사람이 죽었을 때 그 시신을 독수리 먹이로 내어준다. 이렇게 조장鳥葬을 하는 것은
독수리가 죽은 자의 영혼을 천상으로 인도한다는 믿음 때문이다.

산문

현실과 영원 사이

1

며칠 전 우연히 장욱진張旭鎭 화백의 그림 한 폭을 얻었다. 화집畫集에도 오르지 않은 2호 정도의 소품에 불과했지만 이젠 내게 있어 값진 보물과 다름 아닌 것이다. 그러나 기쁨도 잠시, 어느 날 이 그림을 감상하러 왔던 친구 화가가 "훌륭하긴 하지만 매직펜으로 그려진 게 흠이로군, 오래 보관할 수가 없거든. 머지않아 잉크가 증발해 버리면 그림이 퇴색하게 될 걸" 하는 것이 아닌가. 좀 더 오래 보전하는 방법으로 특수코팅이 있긴 하지만 그것도 결국 영원할 수 없다는 이야기이다. 그날부터 나는 이 그림의 존재성에 대해 일말의 회의를 가지지 않을 수 없었다.

그러나 생각해 보면 '오래 보전함'이란 무엇일까, 영원성이란 무엇일까, 매직펜으로 그려지지 않은 다른 그림들 예컨대 수채화水彩畫나 유화油畫는 영원할 수 있을까. 아니, 더 나아가 대리석으로 조각된 로댕의 작품들, 석굴암石窟庵의 석불石佛, 스핑크스, 희랍의 신전 등은 영원할 수 있을까. 결코 그렇지는 못하리라. 인생은 짧고 예술은 길다지만 그 또한 유한하다. 엄밀히 말해 이 세상에선 어떤 예술도 영원할 수는 없는 것이다. 그렇다면 나의 시 쓰는 행위란 무엇일까.

그럼에도 불구하고 우리가 아는 한 그래도 예술만이 인간에게 영원에의 가능성, 현실의 유한성에서 벗어날 수 있는 최선의 방법을 가르쳐주기 때문이라고 대답해야 한다. 특히 시의 경우가 그렇다. 이는 시만이 텍스트의 복사가 가능하며 그 복사 행위가 원작에 담겨진 이데idée에 아무런 손상을 가져오지 않는다는 사실 때문이다. 상상해 보라. 로댕의 조각을, 피카소의 그림을 어떻게 완전히 복사할 수 있을 것인가. 그러나 우리는 단테의 작품을, 오이디푸스의 비극을 수백 수천 번 재판再版할 수 있다. 그리고 그 복사판이 단테나 오이디푸스의 내면세계를 원작과 다르게 굴절시키지 않음은 물론이다. 예술 작품을 랑그와 파롤의 관계로 이해할 때 독자가 실제 접하는 매체는 구체적 작품 즉 파롤이다. 독자는 오직 파롤을 통해서 작품의 랑그를 이해할 수 있을 뿐이다. 그런데 예술 가운데에는 파롤이 물질화된 것도 있고 언어화된 것도 있다. 그리고 특히 언어는 약속된 기호체계라는 점에서 관념성을 지향하는 것이 사실이며 그 결과 예술이 물질예술과 관념예술로 나뉘는 것은 당연하다. 시가 회화나 조각과 같은 물질예술보다 영원할 수 있는 이유가 여기에 있는 것이다.

시는 미술이나 음악과 달리 관념예술이다. 니체가 예술을 디오니소스적인 것과 아폴로적인 것으로 나누었던 것, 슐레겔이 조각이나 회화보다도 서정시나 음악에 그 우위성을 부여했던 것도 다 이 때문이다.

2

영원성의 탐구만이 시의 전부인가, 현실적인 것, 순간적인 것, 그리고 시대적인 것은 무가치할까. 그렇지는 않다. 우리가 바라는 진정한 의미의 영원이란, 현실을 초월하는 데 있는 것이 아니라 거기에 현실이 담겨져 있다는 뜻으로서의 영원이어야 한다. 우리의 실제 삶을 버리는 데 영원이 존재한다면 영원성을 지향하는 모든 예술은 결국 죽음에 이르는 길을 가르쳐주는 것 이외 아무것도 아닌 까닭이다. 현실이 추상화된 영원은 이렇게 액슬Exel이 체험한 미학적 허무주의에 도달할 뿐이다.

그럼에도 불구하고 현실과 영원은 모순의 관계에 놓여 있다. 적어도 일상의 의식, 일상 삶의 범주에 있어서는 그렇다. 그러므로 시란 일상 삶에 있어서는 모순의 관계에 놓인, 영원과 현실이라는 이 두 차원을 어떻게 일원화하느냐 하는 데 그 본질이 있다 해도 과언이 아니다. 나는 지금 작품에 담겨진 실재實在의 영원성에 관해 이야기하고 있지만 시가 왜 그 존재 양태에 있어서 회화나 조각보다 더 영원할 수 있는가는 앞에서 살펴보았다. 그리고 그 해답은 시가 언어화言語化 즉 관념화된 예술이라는 사실에 있었다. 그렇다면 '관념화됨으로써 보다 영원할 수 있는' 이유는 무엇일까. 그것은 물론 언어가 대상referent에 대한 언중들의 약속된 기호 체계라는 것, 따라서 언어는 기호의 속성상 약속을 나눈 언중言衆들 사이에는 필연적으로 어떤 공유된 보편성과 추상성을 지닐 수밖에 없기 때문이라고 말할 수 있다. 물질예술物質藝術이 지닌 구체성, 감각성보다 관념예술觀念藝術이 지닌 이 보편성, 추상성은 확실히 영속적이다. 그러나 단순하게 보편성과 추상성이 지닌 영원성을 참다운 의미의 시적 영원성이라고 말할 수는 없다. 대상을 기호화한다는 것은 실재와 직접 대면하는 것이 아니라 약속된 기호로 받아들인다는 것을 뜻하며 이 경우 기호화된 대상은 실재와 아무 관련 없이 다만 언중言衆들의 약속에 의해서 만들어진 가상물假象物로 존재하기 때문이다. 그것은 현실의 추상화에서 오는 영원성 즉 실재를 초월해 있는 관념적 영원성이라 할 수 있다. 따라서 관념예술인 시가 물질예술보다 영원하다면 다만 존재 양태 혹은 전승 방법에서가 아니라 작품의 이데에 의해서도 지속되는 영원성이어야 한다. 그러한 관점에서 시는 필연적으로 언어화에서 오는 추상성과 보편성을 구체성에 일원화시킴에 의해서 참다운 영원성을 획득할 수 있는 어떤 것일 수밖에 없다.

일상적 차원에서 영원성은 대상을 추상화, 보편화하는 데 존재한다. 그러나 시에 있어서 영원성은 구체성을 지닐수록 영원성을 획득할 수 있다. 헤겔이 말한바 소위 구체적 보편성concrete universality으로서 말이다.

이렇듯 분명 시의 영원성이란 일상 세계에 있어서는 모순되는 구체성과 보편성, 또는 현실성과 영원성이 일원화하는 데서 존재한다. 그렇다면 이러한 모순은 어떻게 조화되는 것일까. 그것은 깨어 있는 세계정신 속에서 가능하다. 그리고 세계에 대한 이 같은 눈뜸은 시인의 경우 때로 비극적 체험을 통해, 때로 실존적 자각을 통해, 때로 선적禪的 직관을 통해 이루어진다. 그러나 무엇보다도 중요한 것은 시가 지닌 상상력의 힘이다. 세계를 개조하고 사물에 빛을 주는 저 창조의 힘, 시의 비의秘意 그리고 시인이 누리는 이 특권이야말로 우리들로 하여금 현실에서 영원의 눈을 뜨게 만들어주는 것이다.

3

언어가 임의의 기호체계인 까닭으로 어쩔 수 없이 실재와는 무관한, 공약公約된 의미를 제시한다고 할 때 여기서 벗어날 수 있는 길은 대상과 직접 대면하는 일 외엔 없을 것이다. 그런데 대상에 직접 부딪친다는 말은 결국 우리가 사용하는 언어 즉 구태의연한 일상어를 버리고 언어가 없는 상태로 돌아감을 뜻한다. 언어가 없는 상태만이 임의의 기호체계가 만들어낸 고의성故意性으로부터 벗어날 수 있기 때문이다. 언어가 없는 상태의 언어, 불가佛家에서 말하는 무無의 언어, 또는 시인이 말하는 저 사물의 언어에 도달하기 위하여 우리는 얼마나 고심해야 했던가.

그러므로 시인은 일차적으로 언어를 버리고 무無의 상태로 돌아가야 한다. 그리고 다시 언어로 귀환했을 때의 그 언어는 이미 과거의 언어가 아니다. 이렇듯 시인은 끊임없이 언어를 파괴하면서 다시 새로운 언어를 창조해 낸다. 그것은 언어를 버리고 무로, 무에서 다시 새로운 언어로 돌아가는 일이라 할 수 있다. 실재에 대한 이러한 눈뜸 즉 존재성의 회복이야말로 참다운 의미의 영원성을 개시해 준다고 할 것이다.

어떤 신학자는 일찍이 기독교 십자가의 상징적 의미를 설명하면서 그것이 수직선과 수평선의 조화에 있음을 지적한 적이 있다. 그에 의하면 수직선이란 인간과 신神의 관계 즉 탈현실적 영원성을 뜻하는 것이요, 수평선은 나와 타인의 관계 즉 공동체로서의 현실적 사회성을 뜻하는 것이라 한다. 그리하여 그는 사회 정의는 외면하고 오로지 천국天國만을 생각하는 광신도를 가리켜 '불타는 얼음burning ice'이라 매도하면서 기독교의 본질은 이 양자를 조화시켜 참다운 삶을 누리게 하는 데 있는 것이라 하였다. 시의 경우도 마찬가지이다. 실재의 세계, 현실, 역사의식을 외면한 채 플라톤적 이데아만을 꿈꾼다면 그 역시 불타는 얼음이 아니고 무엇이겠는가, 진정한 의미의 시적 영원성이란 존재론적일 뿐만 아니라 현실성, 사회성까지도 포괄한다는 뜻의 구체적인 영원성이어야 할 것이다.

4

　서로 모순되는 보편성과 구체성, 영원성과 현실성, 존재성과 사회성이 어떻게 일원화될 수 있는가. 이 같은 조화는 어떻게 가능할 수 있을 것인가. 앞에서 나는 그것을 상상력이라는 술어로 설명코자 했다. 그러나 관점을 달리할 경우 시가 총체적 진리總體的 眞理·whole truth를 지향하기 때문이라고 말할 수도 있을 것이다. 과학科學—인문과학이든 자연과학이든—이 추구하는 진리는 부분적이다. 그것은 세계를 하나의 패러다임을 통해서 보는 평면적 인식의 결과로 얻어진다. 모든 과학적 진리가 논리적이고 합리적일 수 있는 것도 이 때문이다. 그것은 사물의 앞면을 볼 때 뒷면을 보지 못한다. 즉 사물의 존재성이 지닌 모순의 양면을 동시적으로 파악하지 못한 까닭에 필연적으로 논리적일 수밖에 없다. 그러한 관점에서 과학적 진리는 본질적으로 부분적 진리部分的 眞理·partial truth이다. 그러나 우리가 삶을 누리는 세계와 그 세계世界 내內 존재들은 근원적으로 모순 위에 서 있다. 그것은 그것이 과학과 같은 논리적 진실 즉 부분적 진리로서는 불가능함을 뜻하는 것이다. 여기서 사물을 총체적으로 인식하여 그 총체적 조망을 통해 세계의 다양하고 모순된 질서를 조화시킬 수 있는 진실 즉 총체적 진실의 당위성이 있게 된다. 과학이 간과한 세계의 이 모순된 실체를 받아들일 수 있는 진실이 바로 총체적 진실이기 때문이다. 우리는 이 총체적 진실을 또한 시적 진실이라 부른다. 그러므로 시가 내포하고 있는 진리는 이 세계의 모순성을 단순히 모순으로 끝내지 않고 그것을 조화시키는 진리라고 말할 수 있다. 시의 경우 이 본질적 역설성이 그 자신 구체적 영원성에 도달할 수 있는 힘이 되는 것이다.

  가령 한용운韓龍雲의 시의 본질이 '님'의 문제에 있음은 누구나 아는 바와 같다. 예컨대 그 '님'에 대하여 어떤 이는 조국이라 하고, 어떤 이는 연인이라 하고 또 어떤 이는 부처佛陀, 자연, 생명의 근원이라고도 한다. 이들의 견해는 물론 부분적으로 옳다. 그러나 우리는 이러한 일원적 해석(하나의 코드)만으로 한용운의 '님' 전체를 해명해 냈다고 볼 수는 없다. 그가 추구했던 님은 이 모두를 포괄한 총체적 의미로 존재하는 까닭이다. 따라서 위의 주장들은 이 같은 총체적 의미가 시대에 따라, 독서 공간에 따라 각기 일원적으로 해석된 파편적 의미에 지나지 않는 것들임을 알 수 있다. 이렇게 시는 서로 상이하고 이질적인 요소를 조화시킨 총체성으로 존재하는 것이다. 보편성을 구체성에 일원화시켜 구체적 영원성을 획득게 하고, 서로 모순된 질서를 총체적으로 파악게 하는 시의 신비 즉 상상력의 힘이란 바로 이 조화의 힘, 모순을 화해시키는 힘을 가리키는 말이다. 영원과 현실, 구체성과 추상성, 특수성과 보편성의 합일, 그리고 이들에 대한 총체적 세계 인식은 바로 상상력이 지닌 이 조화의 힘으로써만 가능하다. 시란 이 화해의 정신을 통해 세계를 모순으로부터 구원해 줄 수 있는 우주의 힘이다.

—제2시집 《가장 어두운 날 저녁에》, 〈시론〉, 1982

사랑과 권력

나이 이순에 들고 공식적 시작詩作 생활 40여 년에 이르니 불현듯 삶이라는 것이 덧없고 허무하다. '인생무상' 이라는 옛 성현의 가르침에 지금까지 내 어찌 외면을 해왔을까마는 그저 단순히 배워 아는 것하고 스스로 깨달아 느끼는 것은 그 의미가 전혀 다르다.

나름대로는 열심히 살아온 한평생으로 치부해 왔으나, 돌이켜 보면 결과적으로 다른 사람들의 그것과 별로 다를 바 없는 인생이었다. 다 똑같이 밥을 먹고, 옷을 입고, 집을 구해 자식 낳아 기른 것 이외에 별달리 해놓은 것이 없다. 상대적으로 다른 사람보다 더 잘 먹거나 못 먹은 적도 있고, 더 잘 입거나 못 입은 적도 있고, 더 좋은 집에서 살거나 나쁜 집에서 산 적도 있지만, 지나놓고 보니 그것이 다 그것이다. 더 좋은 집에서 호의호식하며 영화를 누렸다면 그때는 다소 기분이 좋았겠지만 종국에 와서는 결국 피장파장 아닌가. 나로서는 집권해 떵떵거리던 권력자들이 불과 4~5년 후 정권이 교체되면 줄줄이 감옥을 가는 것을 뻔히 지켜보면서도 그 자신 서슴없이 같은 행로를 즐겨 스스로 선택해 걸어가는 이 나라 정치인들의 인생관을 이해할 수 없다. 특별히 보람 있는 일을 하지 않았다면 우리나라에서 제일 부자라 할 삼성의 이건희 회장이나 제일 무지막지한 권력을 누렸다는 전두환 씨의 경우도 마찬가지일 터이다.

그래서 요즘 나는 어떻게 생을 정리하면 그나마 보람 같은 것을 찾을 수 있을까 고심 중이다. 보람의 충족감은 곧 마음을 행복하게 만들 터이니, 사실은 늦게나마 행복을 찾기 위한 몸부림이라고 말할 수도 있을 것이다. 나이 60 넘어서야 비로소 철이 든 나의 이 몽매한 인생, 그래도 그나마 철이 들지 못한 채 한생을 마감한 자들도 적지는 않을 것 같아 나름대로 내

심 위안이 되기도 한다. 어떻게 사는 일이 보람 있고 행복할 것인가.

아무리 궁리해도 내 60 평생 체험으로 얻은 답은 결국 하나이다. 옛 선조께서 가르치신 '홍익인간弘益人間' 즉 '이웃을 이롭게 하여 그로써 그들을 기쁘게 하는 일' 그것이다. 남을 이롭게 하면서 동시에 자신도 이로워질 수 있다면 물론 두말할 필요가 없을 것이나 —감히 내 몽매한 인생의 뒤늦은 깨우침에 의지해서 말하자면— 남을 이롭게 한 행위로 인하여 설령 자신이 불이익을 당할 경우 역시 마찬가지이다. 그것은 다음과 같이 설명된다.

인간은 홀로 살 수 없다. 더불어 살아야 한다. 옛 서양의 현인이 인간을 사회적 동물로 규정한 것이 그렇고 우리말의 '인간人間'이라는 뜻이 그러하다. 그러므로 한 인간의 행복이란 무엇보다 그와 더불어 사는 다른 인간과의 관계가 원만하지 않고서는 이루어질 수 없다. 인간이 빵으로 살지 않고 말씀으로 산다는 성서의 가르침 역시 아마 같은 뜻일 것이다. '말씀=언어'란 바로 그 자체가 인간 관계의 상징적 실재이기 때문이다.

그런데 인간이 인간과 관계를 맺을 수 있는 방식은 크게 세 가지밖에 없다. 힘(권력, 폭력)에 기초한 명령과 복종, 존경에 기초한 베풂과 섬김, 사랑에 기초한 감동과 헌신이 그것이다. 그런데 이 중에서 가장 바람직한 것은 세 번째일 수밖에 없다. 첫 번째는 두말할 것 없이 두려움으로 인해서, 두 번째 역시 본인의 필요에서 비롯한 일이므로 소극적이든 적극적이든 모두 이해관계에 얽힌 강제적 행위이지만, 세 번째는 유일하게도 자발적, 무보상의 행위이기 때문이다. 인간이란 누가 시켜 혹은 강제에 의해 하는 일보다 스스로 하고 싶은 일을 하는 것에 행복을 느끼지 않는가. 따라서 그것은 바로 사랑하는 일밖에 없다. 일반적으로 사랑하는 자가 그 대상을 위해 자신을 희생하는 것까지 행복하게 생각하는 것도 이 때문일 것이다.

그렇다. 이생에 마지막 해야 할 일이라면 누군가를 아니, 우리의 이웃을 사랑하는 것밖에 다른 일이 있을 수 없다. 사랑 받는 일밖엔 없다. 그리하여 요즘 나는 궁리해 본다. 어떻게 하면 이웃을 사랑할 수 있을 것인가. 아니 어떻게 하면 이웃으로부터 사랑을 받을 수 있을 것인가. 권력일 것인가. 재력일 것인가. 그것도 아니라면 높은 도덕이나 고매한 학덕일 것인가. 아무리 생각해도 아니다. 본질적으로 이러한 가치들은 앞서 이야기했듯 사랑의 관계와는 이미 멀리 떨어져 있는 것들이며, 그 무엇보다 나 자신에겐 그러한 것들을 갖출 수 있는 능력도, 추구하고 싶은 욕망도 없기 때문이다. 솔직히 고백하거니와 나는 지금까지 권력이나 재력을 ―순간적인 것이었다면 혹 모르거니와― 단 한 번도 동경한 적이 없다. 대학의 공직 생활 30년 동안 시시한 보직조차도 단 한 번 해본 적이 없다.

그러니 아무리 궁리해 보아도 시를 쓸 수밖에 없다. 시야말로 감동과 헌신의 인간관계에서만 그 존재를 드러내는 가치이기 때문이다. 그것은 힘의 구심력이 정치를, 존경의 구심력이 교육을 지배하는 것과 같다. 많지 않아도 좋다. 아니 많다면 더욱 좋다. 내 시가 누군가에게 한 번이라도 감동을 주고, 또 그 감동으로 인해 그와 나 사이 무보상의 자기 헌신 즉 사랑의 관계가 성립될 수 있다면…….

나이 60에 이르러 비로소 얻게 된 이 몽매한 깨달음이 나를 행복하게 한다. 그러나 기실 ―나는 모르고 있었거니와― 이 같은 삶을 살아온 내 인생은 사실 얼마나 행복했던 것이랴. 내가 문제성을 제기하는 작품―예컨대 실험 시보다는 한 편이라도 감동을 주는 작품의 시작詩作에 매달리는 이유가 여기에 있다. 앞으로 많은 사람이 내 시로 하여 감동을 얻을 수 있는 그러한 작품을 쓰고 싶다.

―《문학사상》, 2005. 10.

의미와 무의미

성서에 이르기를 태초에 하나님께서 '말씀'으로 천지를 창조하셨다고 한다. 이 말을 곧이곧대로 해석하자면 본디 이 세상에는 아무것도 없었는데 —이러한 관점에서는 물론 세상조차도 없었을 것이다— 하나님께서 "하늘이 있어라" 하니 없는 하늘이 갑자기 생겨났다는 뜻이다. 기독교 신학에 대해 잘 모르는 나로서는 아마도 이 같은 해석이 최소한 일선 목회에서 기독교의 공식적인 입장이 아닐까 생각한다. 그러나 과연 그런 것일까.

"하늘이 있어라" 하는 말로 없는 하늘이 갑자기 생겨났다면, 우리는 무엇보다 먼저 왜 하나님은 이 세상을 '손'으로 만들지 않고 '말'로 만들었을까 하는 의문에 부딪힌다. 하나님께서는 당신의 형상을 본떠 인간을 지으셨다 했는데, 인간이란 무엇인가를 제작함에 있어 결코 말로 무엇을 만들지는 않기 때문이다. 인간은 말이 아니라 손으로 물건을 만든다. 예컨대 손을 사용하여 목재를 가다듬거나 못질해서 가구를 만든다. 따라서 인간이 손을 사용하여 물건을 만든다면 그 원형이라 할 하나님도 이 세상을 손으로 만드셨어야 당연하다. 그러나 성서에는 분명 손이 아니라 말씀으로 이 세상을 만드셨다고 했으니 이 무슨 뜻일까. 그것은 한마디로 그 천지창조를 가능케 한 그 '말씀'이라는 것이 지금 우리가 이해하고 있는 바와 같은 상식적 혹은 일상적인 뜻의 말이 아니라는 것을 알 수 있다.

우리말 창세기 1장 1절에 나오는 그 '말씀'이라는 단어는 헬라어 성서의 '로고스logos'를 번역한 것이다. 원래 그리스어에서 '말'을 가리키는 단어로는 '로고스logos', '에포스epos', '디에게시스diegesis', '미토스mythos', '미메시스mimesis' 등이 있고 그 각 단어는 함축한 뜻이 심오하므로 짧은 지면에서 이를 자세하게 언급할 수는 없다. 그러나 고대 그리스인들이 '말씀'을 이렇듯 여러 가지 단어로 구분하여 사용했다는 것 한 가지만을 놓고 보아도 성서의 이 '로고스logos' 역시 최소한 우리 한국인들이 상식적인 뜻으로 사용하고 있는 '말'과 매우 다르리라는 것만큼은 짐작할 수 있다. 그렇다. 성서의 "태초에 하나님께서 말씀으로 천지를 창조하셨다"고 할 때의 말씀이라는 뜻은 하나님께서 "하늘이 있어라" 하시니 지금까지 없었던 하늘이 불쑥 생겨났다는 뜻은 결코 아니다. 만일 그런 뜻으로 성서의 이 구절을 해석해야 한다면 우리는 이 부분을 하느님은 말씀이 아니라 손으로 또닥거려 세상을 만드셨다는 말로 고쳐 쓰는 것이 더 자연스러울 것이다. 그럼에도 불구하고 성서에서는 하나님께서 '말씀'으로 천지를 창조하셨다 했으니 이때의 이 '말씀'이란 무엇일까. 그것은 우리가 일상생활에서 사용하고 있는 말이 아닌 다른 어떤 말 즉 어떤 신비스러운 언어를 지칭한 것이라 할 수 있다.

언어는 언어철학적으로 두 가지 유형의 언어가 문제된다. 일상의 언어와 존재의 언어가 그것이다. 그리고 결론부터 말하자면 이때 '어떤 신비스러운 언어' 즉 '천지창조의 언어'란 바로 이 후자를 가리키는 말이라 할 수 있다. 일상의 언어는 물론 우리가 상식적으로 이해하고 있듯 사상과 감정을 전달하는 도구로서의 언어이며 이에 대해 존재의 언어는 이 세계를 창조하는 언어이다. 그렇다면 이 '존재의 언어'는 어떻게 천지창조의 언어가 될 수 있는가. 이는 다음과 같이 설명된다.

원래 천지창조란 문자 그대로 아무것도 없는 것 즉 무無에서 무엇인가를 만들어낸다는 뜻이 아니다. 언어는 존재하는 사물들의 이름이니 '무'라는 단어가 있다면 '무'라고 불리는 실재의 대상이 있을 수밖에 없기 때문이다. 즉 '무'라 불릴 수 있는 어떤 것이 있는 까닭에 '무'라는 단어가 있다. 그런데 성서에서는 분명 아무것도 없는 상태 즉 '무'에서 '말씀'으로 천지를 창조하셨다고 했으니 그 같은 관점에선 이 세상에는 이미 '무'의 대상이 되는 어떤 것들 즉 '무'라 불리는 어떤 것들이 있을 수밖엔 없다. 있기는 있되 다만 존재 혹은 의미가 없었을 따름이다. 그렇다면 단순히 '있다'는 것과 '존재한다'는 것은 어떻게 다른 것인가.

단순히 있다는 것은 한마디로 이 세상 모든 것이 개별자로서의 정체성 혹은 변별성을 지니지 못한 채 뒤죽박죽된 어떤 상태로 막연히 있다는 뜻이다. 그것은 나, 너 혹은 주관과 객관의 구별이 없는 상태—예컨대 하늘과 땅, 밤과 낮, 바다와 육지, 무생물과 생물, 동물과 식물, 꽃과 사람 등이 구분되지 않아 그 무엇이라고 확실히 부를 수 없는 상태를 말한다. 그러므로 그것은 설령 있다 하더라도 없는 것이나 마찬가지인 어떤 것, 존재 이전의 '어떤 것'이다. 우리가 신화의미론에서 '혼돈chaos'이라 부르는 것이 이에 해당할지 모른다. 이에 대해서 존재한다는 것은 이 혼돈 상태에 있는 '어떤 것'들이 하나의 의미를 획득하여 그 자신 이제 정체성과 변별성을 지니게 됨을 가리키는 것이다. 예컨대 아무것도 아닌 것이 아니라 이제 하나의 꽃, 하나의 별, 하나의 사람, 한 마리의 사자가 된 상태이다. 우리는 이와 같은 존재의 세계를 또한 '코스모스cosmos'라 부른다.

그러므로 천지창조란 아무것도 없는 상태에서 어떤 것을 만든다는 뜻이 아니다.—비록 태초에 아무것도 없다 하더라도 최소한 '신'은 있을 터이니 앞에서 지적한 바와 같이 '아무것도 없음', 그러니까 '아무것도 없다는 말' 조차 없는 어떤 상태란 종교적인 의미에서도 있을 수 없다.—그것은 카오스의 세계에서 코스모스의 세계를 만든다는 뜻이다. 이 세상 그 어떤 민족신화도 아무것도 없는 상태에서 무엇을 만들어냈다는 이야기가 없는 것도 이 때문이다. 가령 혼돈이 있었다든지(그리스 신화), 하늘에 환인이 있었다든지(한국의 신화) 하여튼 무언가 있었는데 그로부터 이 세상이 만들어졌다는 식이다.

그렇다면 이처럼 카오스에서 코스모스로의 이행이자 '있는 것'으로부터 '존재하는 것'으로의 전환, 달리 말해 천지창조는 어떻게 가능한 것일까. 두말할 것 없이 그것은 언어에 의해서이다. 즉 언어가 이 같은 천지창조를 가능케 하는 것이다. 왜냐하면 앞에서 살핀 바와 같이 단순히 있는 상태란 나, 너의 구분이 없는 상태인데 여기에 누군가 무엇이라고 이름을 불러주면 불려진 대상은 그 불려진 이름에 의하여 이로부터 이름으로 불려지지 않은 어떤 것 혹은 다른 이름으로 불려진 것과 구분되어 자신의 존재성을 갖게 되기 때문이다. 예컨대 태초에 이름 없이 다른 것들에 묻혀 혼돈 상태에 있는 어떤 것에게 누군가 그것을 '꽃'이라고 불러주면 이 '꽃'으로 부름을 당한 것은 이제 다른 것들—가령 나무나 풀이나 혹은 아직 이름이 없어서 아무것도 아닌 어떤 것들—로부터 구분되어 하나의 독립된 존재가 된다. 기호론에서는 언어가 갖는 이 같은 변별적 기능을 분절articulation이라고 한다.

백제 시대에는 그 아무것도 '플루토늄'이라는 말로 불리는 것이 없었으므로 플루토늄이 없었다. 그러나 오늘날 우리가 그것을 '플루토늄'이라고 불러주니까 드디어 그것은 플루토늄이라는 하나의 존재로 우리 앞에 서 있는 것이다. 물론 지구과학적 입장에서는 백제 시대에도 오늘날 플루토늄이라고 불리는 어떤 물질이 없었던 것은 아니다. 그러나 그때의 그것 즉 이름이 없는 것으로서의 그것은 단순히 있는 상태였지 존재하는 상태는 아니었다. 이처럼 언어는 아무것도 없는 것 따라서 없는 것이나 마찬가지인 것을 하나의 존재의 상태로 끌어올린다. 카오스에서 코스모스로의 전환 즉 천지창조란 바로 이를 가리키는 말이다. 그러한 의미에서 하느님이 말씀으로 천지를 창조하셨다는 성서의 기록은 옳다.

천지간 수없는 두두물물頭頭物物의 창조란 수없는 언어의 부름이라 할 수 있다. 우리는 이렇듯 언어화의 과정을 통해 원초적인 상태에서 현실적인 것에 이르기까지의 모든 이 세계의 사물들이 순차적으로 창조되는 예를 그리스 신화에서 본다. 예컨대 태초에 혼돈이 있었다. 그런데 이 혼돈은 먼저 우라노스와 가이아라는 언어의 분별에 의해 하늘(시간)과 땅(공간)을 탄생시키고 다시 우라노스는 밤과 낮이라는 언어로, 가이아는 육지와 바다라는 언어로 분화되어 그 각자 존재하게 만들며, 그 각각은 또다시 저차원의 분화 과정을 꾸준히 되풀이함으로써 오늘날 수십만의 언어로 불리는 수십만의 창조물들을 만들어냈다는 식이다. 이렇듯 언어에는 이 세계를 창조하는 언어 즉 존재의 언어와 단순히 의미—사상과 감정—를 전달하는 수단으로서의 언어 즉 일상의 언어가 있다. 그리고 이 중 존재의 언어가 바로 시의 언어라는 것은 두말할 필요가 없다.

시인은 우리가 살고 있는 일상세계를 아무런 의미나 존재성을 지니지 못한 하나의 혼돈으로 본다. 그리하여 그는 마치 태초에 신이 혼돈의 세계에 언어를 던져 코스모스의 세계를 창조했듯 일상 세계의 모든 것들에게 새 이름을 부여함으로서 그것을 새로운 존재로 거듭나게 하려 한다. 이와 같은 행위는 분명 새롭고 진정한 의미의 세계 창조, 태초에 신이 말씀으로 천지를 창조한 행위와 다름없는 것이다. 태초에 말씀으로 세계를 창조하셨던 신도 사실은 시인이었던 셈이다. 시인의 시 쓰기를 감히 하나님만이 할 수 있는 창조 행위 즉 창작이라 규정하는 소이도 여기에 있다. 이렇듯 시인의 시작 행위는 세계의 창조 행위이며, 이 세계의 창조 행위란 사물의 존재성을 드러내 밝히는 행위이며, 존재성을 드러내 밝히는 행위란 궁극적으로 이 세계의 의미를 창조하는 행위라 할 수 있다. 존재는 곧 의미 부여를 뜻하기 때문이다. 이 세상 어느 것도 의미 없는 존재는 없는 것이다.

어떤 시인은 —이미 하이데거에 의해 일반화된— 시론의 이와 같은 기초적 명제를 슬쩍 '꽃'이라는 소재로 바꿔치기 해 마치 자신만의 상상력을 형상화시키기나 한 듯 '내가 그의 이름을 불러주기 전에는 다만 하나의 몸짓에 지나지 않았는데' '내가 그의 이름을 불러주니까 그것은 내게 잊혀지지 않는 하나의 의미가 된다'고 말한 적이 있었다. 그럼에도 불구하고 그가 그 후 지난 몇 세대 동안 시를 의미 없는 말장난의 언어유희, 그의 술어에 의할 것 같으면 언필칭 '무의미'의 언어를 운위하며 우리 시단을 그야말로 무의미nonsense에 빠트렸던 것은 하나의 해프닝이라 하지 않을 수 없다. 하물며 그가 즐겨 쓴 소위 무의미시 nonsense poetry 라는 개념이 유럽문학의 한 공인된 장르 명칭이고 '무의미' 라는 것 자체가 80여 년 전 쉬르레알리즘의 소위 '무의식' 이라는 용어의 위장 재탕임에 있어서랴. 도대체 세상을 무의미하게 만든다는 것이 인간 발전에 무슨 기여를 할 것인가. 설령 '병든 일상어로부터의 해방' 이라는 기치를 들고 이를 합리화하는 경우라도 마찬가지일 터이다. 병든 사람은 약을 먹여 살려야 할 일이지 죽이는 것이 어디 바람직한 일이겠는가.

나의 시 쓰기

시 쓰기에 대한 내 나름의 태도나 습관 같은 것을 이 기회에 한번 생각해 보기로 한다.

시와 생활

다 아는 바와 같이 나는 교수이자 시인이다. 나로서는 이 두 가지 일 그 어떤 것도 소홀할 수 없고 소홀히 해오지도 않았다. 그것은 아마 나의 완벽주의 성격 때문일지도 모른다. 이 자리에서 솔직히 고백하건대 나는 지금까지 내 인생의 전부를 바쳐 시 쓰기에 몰두한 적이 없다. 그 절반은 항상 학문하는 일에 투자할 수밖에 없었기 때문이다. 돌이켜보면 50대 이전까지는 오히려 학문하는 일에 더 많은 노력을 기울였던 것 같다. 그러한 의미에서 문단에서는 나의 반쪽을 보고 있는 셈이다.

인생이란 누구나 성공에 목적을 두며 성공이란 결국 노력에 의해 이루어진다. 그러므로 나 역시 이 두 마리의 토끼를 잡기 위하여 나름으로 부단히 힘써왔다. 그러나 그것이 어디 그렇게 쉽게 이루어질 수 있는 일이겠는가. 여러 가지로 자질이 부족한 나로서는 그저 시간을 황금같이 쪼개 쓰는 방법밖에 없었다. 그런데 한정된 수명에 시간을 벌 수 있는 방법이란 결국 사람을 만나지 않는다는 것, 가능하면 모임이나 술자리를 피한다는 것 이외 별다른 묘책이 있을 리 없다. 교수 생활 30년을 통해 내가 아직까지 단 한 번의 보직―하다 못해 학과장까지도―을 갖지 않은 이유, 내게 가까운 문인이 별로 없고 ―성격적인 이유도 많이 있으나― 내가 문단 사람과 잘 어울리지 못하는 이유가 여기에 있다. 그러한 의미에서 내가 소위 일류대학 교수인 것은 내 시를 위해서는 다소 불행한 일일지도 모른다.

시 쓰는 시간

전업 시인이 아니라면 다른 분들도 마찬가지이겠으나 나 역시 일상 생활인으로부터 시인으로, 즉 생활하기에서 시 쓰기로 전환하는 일은 그리 쉽지 않다. 직업이 학문을 하는 대학 교수인 까닭에 더 그러할 것이다. 학문이란 이성과 논리에 의해서, 시 창작이란 감성과 직관을 통해 이루어지는데 이 양자는 본질적으로 상반되는 관계에 있기 때문이다. 일반적으로 학문과 같은 이성적 사유는 오른쪽 두뇌가, 시 창작과 같은 감성적 사유는 왼쪽 두뇌가 지배한다고 한다. 그러므로 평소 직장 생활에서 —예컨대 논문 쓰기나 강의와 같은 지적 활동을 하는 생활에서— 오른쪽 두뇌에 의존해 있다가 갑자기 시를 쓰기 위해 왼쪽 두뇌의 세계에 진입한다는 것은 —기계가 아닌 한— 쉽게 가능한 일이 아니다. 그러므로 나는 나의 오랜 시작 생활을 통해 나름으로 이를 극복하는 방법을 터득하였다. 그것은 다음과 같다.

생활하기와 시 쓰기 사이에 시간적으로 일정한 공백을 둔다. 두뇌 활동을 잠시 멈추고 아무런 지적 활동을 하지 않으면서 그저 시간을 허망하게 보내는 일이다. 이틀이고 사흘이고 멍한 상태에서 텔레비전만을 본다든지, 무념무상의 상태로 음악을 듣는다든지 —자주 있는 일은 아니지만— 폭음에 시달려본다든지, 혼자 멀리 여행을 다녀온다든지 하는 것 따위이다. 만일 사랑하는 사람이 있다면 그 사람과 만나는 일도 아마 큰 도움이 될 것이다. 그러한 의미에서 시인이란 놀면서 일하는 사람, 시란 놀면서 쓰는 어떤 것이다. 그중의 하나가 나이 들면서 습관화된 것으로 겨울 한 철을 산사山寺에서 보내는 일이다. 그동안 내가 자주 머물렀던 산사들로는 두타산 삼화사, 치악산 구룡사, 달마산 미황사, 설악산 백담사, 금강산 화암사 등이 있다. 엊그제는 백담사 만해마을에서 20여 일을 보내고 돌아왔다.

시 쓰기

어떤 시인들은 영감이 떠오르지 않으면 시를 쓰지 못한다고 한다. 즉 아무 때나 시를 쓸 수는 없다는 것이다. 그러나 나는 그렇게 생각하지 않는다. 일단 생활의 시간에서 시 쓰는 시간으로 전환이 되면 나는 아무 때나 시를 쓸 수가 있다. 생활의 시간에서 시를 쓰는 시간으로의 전환이 어떤 우연이나 신비스러운 체험으로 이루어지는 것이 아닌, 인위적으로 조작된 행위이므로 '아무 때나 시를 쓸 수 있는' 행위 역시 의도적이고 인위적임은 물론이다. 그러한 의미에서 나는 시를 쓰려고 마음으로 작정을 하면 아무 때나 시 한 편을 만들어낼 수 있는 사람이다. 그 만들어진 시가 훌륭한가 혹은 훌륭하지 않은가는 물론 별개의 문제이다. 어차피 영감을 받아 시를 쓴다고 해서 모두 훌륭한 시가 된다는 보장도 없지 않은가.

시인이 별도로 있는 것은 아니다. 훌륭한 작품이든 아니든 누구나 시를 쓰면 모두 시인이다. 그럼에도 불구하고 문단 등단이라는 어떤 독특한 제도를 통과한 사람만을 우리가 관용적으로 특별히 시인이라고 불러주는 것은 그가 이제 아마추어가 아니라 프로페셔널한 단계에 있다고 보기 때문이다.

즉 문단 등단이란 지금부터 그가 아마추어로서의 위치를 버리고 프로페셔널한 시 쓰기의 차원에 접어들었다는 것을 공인해 주는 절차이다. 그것은 잘 쓰고 못 쓰는 차원의 문제가 아니라 얼마나 작품다운 작품을 만들어내느냐의 차원의 문제이다. 실제 작품의 우열을 따질 경우라면 문단에 등단하지 못한 사람들—아마추어가 쓴 시가 문인으로 등재된 사람의 작품보다 더 훌륭한 예는 많다.

프로페셔널한 사람은 그 분야의 전문인이다. 프로페셔널한 운동선수가 어디 자신의 기분이나 취향에 맞지 않는다고 해서 경기를 거부할 수 있는가. 시 창작 역시 마찬가지이다. 누군가의 요구가 있고 —가령 원고 청탁과 같은— 그것이 필요한 일이라면 그 즉시 한 편의 시를 만들어낼 수 있는 사람이 진정한 시인이다. 만일 그렇지 못한 사람이 있다면 그는 영감을 탓할 것이 아니라 자신의 재능을 탓해야 할 일이다.

시와 발상

시적 발상을 얻는 일은 일종의 선과 같은 행위에 비유될 수 있으리라 생각한다. 그렇다고 해서 시 쓰기가 선과 동일하다는 뜻은 물론 아니다. 종국적으로 선은 대상의 긍정도 부정도 벗어나 완전한 자유 혹은 무의 세계에 침잠하는 것이지만 시는 마침내 진정한 의미의 대상으로 다시 돌아오기 때문이다. 다만 그 초기 단계에서 양자 모두 대상을 부정하거나 대상을 무화시킨다는 점만큼은 매우 유사하다. 그러함으로 나의 시 쓰기는 대상에 대한 조용한 명상에서 시작하여 나와 이 세계를 무화시킨 후 마침내 어떤 결정적인 순간, 하나의 깨우침을 얻는 과정이다. 이와 같은 깨우침이 있게 되면 남는 것은 다만 그것을 언어를 통해 미적으로 형상화시키는 단계일 뿐이니 깨우침이야말로 바로 시라 할 수 있다(이러한 관점에서도 시 쓰기는 또한 선에 비유된다). 물론 이 과정에서 미적 형상화란 수십 년의 시작 경험을 통해 얻은 내 자신의 어떤 비법으로 이루어지는 것이니 별로 문제될 것이 없다.

그러나 시적 발상을 얻기 위한 이 같은 명상에는 물리적인 환경도 대단히 중요하다. 무엇보다 한 가지로 정신을 집중시킬 수 있는 공간적, 시간적 환경의 조성이 그것이다. 그리하여 나는 대개 심야의 밀폐된 공간에서 시를 쓴다. 부득이 낮에 시작해야 할 경우는 아무리 더운 여름날이라 하더라도 창문을 닫고 커튼을 내린 뒤 등불을 켠 후에 실행한다. 이 밀폐된 어두운 공간에서 한두 시간 눈을 감고 명상에 집중하다 보면 최소한 한 편의 시를 쓸 수 있는 것이다. 나는 아직까지 이와 같은 방법의 시작에 임해서 실패해 본 적은 없다.

여기에 한 가지 부연할 것이 더 있다. 내가 또한 지금까지 단 한 번도 장난삼아 혹은 유희삼아 시를 쓴 적이 없다는 사실이다. 그 어느 때, 그 어느 작품이든 나는 나의 최선을 기울여 작품을 완성하였다. 시를 쓰다 내는 파지나 내 시 구절이 적힌 원고를 절대 쓰레기통에 버리지 않고 항상 불에 태워 허공에 날리는 습관도 아마 이 같은 나의 시작 태도의 무의식적 반영이라 할 것이다. 내 시가 좀 답답하다는 평, 너무 진지하다는 평도 여기서 빚어진 내 시의 특성을 지적한 말일 것이다. 그러나 나는 아직 나의 이 같은 시작 태도를 바꾸고 싶지 않다.

내가 생각하는 시

시도 예술이냐고 묻는 사람이 의외로 많다. 그것은 시가 미술이나 음악과 같은 예술과는 본질적으로 많은 부분에서 다르기 때문에 하는 말이다. 시가 다른 예술과 다른 점은 무엇보다 매재에 있다. 음악이 청각을, 미술이 시각을 매재로 하는 데 비해 시가 언어를 매재로 한다는 것은 누구나 아는 사실이지만 매재로서 청각이나 시각이 그 자체 하나의 감각이고 언어란 —감각이 아니라— 어디까지나 기호에 지나지 않다는 사실을 자각하고 있는 경우는 의외로 많지 않은 것 같다. 예컨대 미술에서 붉은색은 색 그 자체가 감각적으로 인지시켜주나 시의 경우 '붉다' 라는 단어는 그 단어가 붉은 것이 아니라 '붉다' 라는 발음을 '홍紅' 이라는 의미로 이해하자는 단지 약속 체계일 뿐이다. 그러한 의미에서 언어는 관념적이요, 기호 전달적이다. 음악이나 미술의 기준에서 볼 때 문학이 예술이 아닌 것처럼 보이는 이유가 여기에 있다.

그러나 문학(시)이 예술의 일종이라는 것은 누구도 부인할 수 없는 사실이다. 다만 그것은 미술이나 음악과 같은 의미의 예술이 아닐 뿐이다. 그리하여 미학에서는 문학처럼 매재가 기호(언어)인 예술을 관념예술, 미술이나 음악처럼 매재 그 자체가 감각인 예술을 물질예술이라 불러 구분한다. 여기에 바로 문학 혹은 시가 지닌 숙명이 가로놓여 있다. 즉 시는 본질적으로 미학적 차원의 영역만으로는 만족할 수 없는 예술이라는 것이다. 그것은 다른 예술의 감각적 매재와 달리 언어란 본질적으로 의미를 수반한 기호 체계이고, 그 의미가 지향하는 바가 바로 사상, 즉 철학인 까닭이다. 그러므로 훌륭한 시는 감각 즉 미학의 영역을 넘어서, 의미 즉 철학의 영역에 진입하지 않는 한 도저히 쓰일 수 없다.

우리나라에서도 한동안 소위 '무의미'라 하여 의미의 해방을 부르짖는 시 쓰기가 유행한 적이 있었다. 그러나 아무리 발버둥을 쳐도 그것은 미학의 영역을 넘어서기 어렵고 또 아무리 굿을 해도 미술이나 음악을 시봉하는 일에서 벗어날 수 없으므로 결코 훌륭한 문학 작품의 반열에 올라서기가 어렵다. 다만 그 스스로 시의 위의를 자해하는 결과만 초래했을 뿐이다. 모든 훌륭한 시가 궁극적으로 미학과 철학의 결합으로 이루어질 수밖에 없는 이유가 여기에 있는 것이다.

시와 진실

이해하기 어려운 시가 많다. 또 시는 어렵다고 한다. 그것은 어느 정도 사실이다. 시어는 일상어와 달라 본질적으로 난해한 요소를 지니고 있기 때문이다. 그리하여 시론에서는 이 같은 시의 본질적 난해성을 보다 자세히 애매성ambiguity―언어에서 야기되는 필연적인 난해성, 모호성obscurity―존재론적 조건에서 기인된 난해성, 막연성vagueness―거짓말에서 오는 난해성― 따위로 구분하기조차 하는 실정이다. 그러나 시는 가능한 한 쉽게 쓰여야 한다. 적어도 교양 있는 지식인에게조차 난해하여 해석이 불가능하다는 것은 무엇인가 문제를 지닌 작품이다. 그럼에도 불구하고 우리나라에서는 난해한 시들이 유명세를 타고 있는 것 같다. 아니 시라는 것은 난해해야만 한다는 강박관념이 지배하고 있는 것 같다. 읽어 보면 뻔한 내용인데 그것을 일부러 어렵게 조작한 시들이 ―기왕에 조작하려면 독자들이 눈치를 채지 못하도록 완벽하게 조작할 일이지― 의외로 많다. 모두 시적 사기로 무엇인가 이득을 보려는 행위이다.

시 쓰기에는 네 가지 유형이 있지 않을까 한다. 첫째 쉬운 것을 쉽게 쓴 시, 둘째 쉬운 것을 어렵게 쓴 시, 셋째 어려운 내용을 어렵게 쓴 시, 넷째 어려운 내용을 쉽게 쓴 시가 그것이다. 첫째는 산문의 수준에 머물고 있어 아직 유치한 단계이다. 둘째는 능력 부족이거나 남을 속이려는 시인의 작품이다. 셋째는 자기도 모르는 것을 쓴 것이니 의욕은 과하나 머리가 아둔한 경우이다. 넷째 시에 대해 나름으로 달관한 경지에 든 시인의 작품이다. 이 네 가지 유형에 우열의 순서를 매긴다면 우수한 것부터 넷째, 첫째, 둘째, 셋째가 될 것이다. 어려운 내용을 쉽게 쓰는 시야말로 시의 상지에 속한다.

시에 대한 태도

시를 인생의 전부라고 생각하는 사람이 있다. 인간의 삶에 있어서 시만이 가장 고귀한 가치라고 주장하는(여기는) 사람이 있다. 그리하여 그들은 만일 시를 잃게 되면 자신은 죽을 수밖에 없다고 말한다. 그러나 나는 그렇게 생각하지 않는다. 시는 인생의 전부가 아니며, 또 가장 고귀한 것도 아니다. 시는 인생의 일부이자 동시에 인간의 삶이 추구하는 가치들 가운데 일부일 뿐이다. 그러므로 공동체의 경우엔 시대나 상황에 따라, 개인적인 경우엔 어떤 특별한 계기에 따라 시를 버릴 수도 있고 다른 목적을 위해 수단으로 이용할 수도 있다.

가난으로 처자식이 굶고 있는 상황임에도 시를 붙들고 앉아 무위도식하고 있다면 올바른 삶의 태도가 아닐 것이다. 이때는 시 쓰기를 접어두고 우선 돈을 벌어 처자식을 먹여 살려야 한다. 국권이나 인권이 짓밟혀 인간다운 삶이 빼앗긴 상황이라면 시를 버리고 나가 싸워야 할 것이다. 그럼에도 불구하고 달리 싸울 능력이 없는 자라면 시를 무기로(수단으로) 삼아 투쟁해야 한다. 문학의 본질이 원래 그래서가 아니라 그때 그 상황에서는 하나의 순수한 예술로서 작품을 쓰는 것보다 사회에 뛰쳐나가 현실과 맞서 싸우는 것이 전체 삶의 가치라는 기준에서 더 바람직하기 때문이다.

그러므로 나는 자나 깨나 시에만 매달려 시가 없다면 자신의 인생도 없다고 말하는 사람, 시만이 가장 고귀한 가치라고 주장하는 사람, 자신이 시를 쓰는 까닭에 훌륭하다고 믿는 사람을 경멸한다. 그러므로 내가 이렇게 말하는 것은 당연하다. 시인인 까닭에 훌륭한 것이 아니라 훌륭한 시를 쓴 시인인 까닭에 훌륭하다. 굳이 시를 쓰려고 고심하지 마라. 시를 쓰는 사람이라고 무엇인가 대접을 받을 생각을 하지 마라. 인간에겐 이보다 더 고상하고 가치 있는 일이 많이 있다. 시는 무작정 시를 좋아하는 사람, 그러면서도 재능이 있어 할 수 없이 시를 쓸 수밖에 없는 그런 사람이 운명적으로 쓰는 삶의 일부일 뿐이다.

—《시로 여는 세상》, 2005. 봄.

총체적 진리와 부분적 진리

1

우리들은 진리를 흔히 미美와 선善에 대립시켜 이해하려는 버릇을 지니고 있다. 진眞과 미美는 혼동될 수 없는 개념이며, 동시에 선과 미도 엄밀히 구별되어야 한다는 따위의 생각이다. 이러한 추상적 사고의 명증성은 물론 오랫동안 인류의 정신사를 지배해 온 철학과 과학의 논리성에서 기인한 듯이 보인다. 왜냐하면 선사시대 혹은 신화시대의 고대인들에겐 사고의 논리성 또는 추상성이 결여되어 있기 때문이다. 가령 현대인들의 경우에는 '동東'과 같은 추상개념의 언어가 통용되고 있지만 고대인들에게 있어서 이 같은 말은 존재하지 않았다. 그들에겐 다만 '해 뜨는 곳'이 있었을 따름이다.

'동東'과 '해 뜨는 곳'이라는 두 언사의 차이를 놓고 볼 때 우리는 적어도 세 가지 이상의 의미론적 특징을 지적해 낼 수 있다. 첫째 전자가 추상적인 데 비해서 후자는 구체적이라는 점, 둘째 전자가 한정된 의미임에 반해 후자는 개방된 의미라는 점, 마지막으로 전자가 논리적인 데 비해 후자는 비논리적이라는 따위이다. 따라서 '동東'이라는 말은 사물 그 자체를 언표한 것이 아니라 인간의 사고에 의해서 분절된 인간적 의미 즉 추상 개념임을 알 수 있다. 즉 '동東'은 '해 뜨는 곳'이라는 언사에 비하여 훨씬 더 관념적이며 과학적이다. 근대철학의 한 선구자가 진리의 속성을 '명백하고 변별적인 것clear and distinct'라고 규정했던 것은 바로 이러한 일면을 지적한 것이 아니었던가 한다.

진, 선, 미를 구별하고자 하는 태도는 사물을 '명백하고 변별적인 것'으

352

로 보는 사고에서 연유한다. 그것은 하나의 개념은 다른 개념과, 하나의 사물(존재)은 다른 사물과 분명히 그 범주를 달리하고 있다는 것, 달리 말해 의미의 한정성을 지적해 낸 말이다. 그러나 엄밀히 관찰할 경우 과연 사물들은 이렇듯 항상 한정된 의미로만 드러나는 것일까. 가령 '명백하고 변별적인 것'을 본질로 하는 과학조차도 이와 같은 명제에 해당되지 않는 사례가 있음을 우리는 알고 있다.

이를테면 생물의 생태 체계는 변별적 원칙이 가장 엄밀하게 적용되어야 할 분야이지만, 포유동물과 조류의 구별이 불가능한 경우가 없지 않으며 원시 단세포동물에는 그것이 식물인지 동물인지조차 구별되지 않는 예가 많이 있다. 그 외에도 유전법칙에 있어서의 소위 돌연변이, 현대 물리학의 개념들 중 하나인 불연속적 원리Principle of Discontinuum와 불확정성 원리Principle of Randomness —예를 들어 브라운 운동, 핵 붕괴 시의 τ 선 방출 등— 등도 같은 예로 설명되어야 할 것들이다. 특히 불연속적 원리와 불확정성 원리는 뉴턴 물리학 이후 과학의 본질로 오랫동안 간주되어 온 물질의 논리성에 심각한 위협을 주고 있다. 과학도 '명백하고 변별적인 것'에 의해서만 설명될 수 없음이 밝혀진 셈이다.

다시 진, 선, 미의 이야기로 되돌아가 가령 뜰에 핀 한 송이 장미꽃을 보았다고 하자. 그런데 만일 어떤 사람이 진, 선, 미 그 어느 하나만을 가지고 그 꽃을 설명하고자 한다면 누가 감히 그것으로 그 꽃의 전부를 이야기했다고 단언할 수 있을 것인가, 그가 목사이기 때문에 꽃을 통해 신의 섭리를, 또는 그가 과학자이기 때문에 그것으로부터 생식의 원리를, 그리고 그가 연인이기 때문에 사랑을 말할 수 있을는지는 모른다. 그러나 만일 그가 시인이기를 바란다면 그는 결코 이와 같은 평면적 인식으로 만족해서는 안될 것이다. 시적 진리란 이상의 모든 의미를 종합한 포괄적 진술에 의해서 제시되기 때문이다.

시는 미를 추구하는 예술의 한 분야라는 이유에서 다만 장미꽃의 아름다움을 이야기하는 것으로 만족될 수는 없다. 그로써 끝난다면 그는 이미 시인이 아니라 장인匠人이다. 시인이란 장미꽃에서 장미꽃이 지닌 모든 적대적이고 이질적인 질서와 의미를 총체적으로 밝혀내지 않으면 안 되기 때문이다. 장미꽃이 지닌 아름다움과, 그 과학적 진실과, 최고선에 이르는 도덕적 차원과, 형이상학적 의미 그리고 감정과 지성을 내포한 변증법적 진실을 한가지로 통합해서 언표해 내야 하는 것이다. 만일 하나의 사물이 지닌 시각視角을 크게 세 가지 관점—진, 선, 미—으로 나누는 것이 허용될 수 있다면, 과학은 이 중에서 진을 대상으로 한 부분적 진리를 추구하는 자라 하겠지만 시는 이 셋을 동시에 포괄하는 총체적 진리의 세계를 표상하는 자인 것이다.

지금 나는 진리를 두 가지—부분적 진리와 총체적 진리로 나누어서 설명하고 있는데 이것은 적어도 두 가지 의도를 내포한 말이라 할 수 있다. 첫째, 시도 과학과 같이 진리를 표현 혹은 전달해 주는 분야라는 점, 둘째, 시에 표현된 진리는 과학적 진리와 다르다는 점 등이다. 따라서 우리는 용어 사용에서 일어날 수 있는 혼란을 피하기 위하여 시에서 표현되는 진리와 과학에서 통용되는 진리의 개념을 명백히 규정해 둘 필요가 있다. 이제 나는 그것을 각각 총체적 진리와 부분적 진리라는 말로 정의하고자 한다.

만일 우리가 과학과 구별함이 없이 막연한 술어로 '진리'라는 말을 시에서 사용한다면, 시와 과학은 동일한 장르로 혼동되는 경우가 생길 것이다. 완고한 미학주의 시인들이 진, 선, 미라는 정신적 가치들 가운데서 시는 오직 미에만 관계되는 것이라고 고집하는 행위가 바로 그 한 가지 예이다. 즉 그들은 '진리'라는 말을 막연한 뜻—시와 과학에 두루 적용되는—으로 이해했기 때문에 시가 진리를 표현한다는 말을 시가 과학적 진리를 전달한다는 의미로 잘못 받아들였고 따라서 시가 과학으로 타락하는 것을 막기 위해서 시에서 진리(사상, 도덕성)를 추방하려 했던 것이다.

미학주의자들이 시를 온전히 미의 범주에만 국한시키려 했던 이러한 인식론적 오해는 앞서 밝힌 바와 같이 시적 진리와 과학적 진리에 대한 명확한 개념 규정이 선행되지 않았던 데서 연유한다. 그러나 분명 시적 진리는 총체적이며, 과학적 진리는 부분적이다. 이를 다시 진, 선, 미에 관련시켜 이야기하자면 전자는 이 세 가지의 정신적 가치가 완전히 하나로 통일된 것임에 비해 후자는 각각 별개로 독립된 것이라 할 수 있다. 즉 총체적 진리에 있어서 진, 선, 미는 구별될 수 없는, 통일된 개념이지만 부분적 진리에 있어서 그들은 각기 '명백하고 변별적인' 특징을 지닌 별개의 개념들이다. 따라서 시에 있어서 진리라는 말은 과학과 다른 진리라는 뜻을 지니며, 단순히 과학적 진리(진)만이 아닌, 미학(미)과 도덕성(선)까지도 내포한 개념이라 할 수 있다.

그렇다면 대체 시적 진리—총체적 진리란 무엇인가, 일반적으로 진리라는 말은 오랫동안 과학적인 의미에 국한시켜 사용해 왔고 과학적 진리만을 지칭했던 것이 사실이다. 그리하여 우리들에겐 과학적으로 인식된 것이 아니면 진리가 아니라는 생각이 일반화되었다. 그러나 그것은 오늘의 물질문명을 꽃피우게 한 근대 합리주의와 과학주의 정신(그리고 이의 근원은 데카르트에서 찾을 수 있는 것인데)의 영향 때문이라 할 수 있다. 우리들은 모두 철저하게 과학주의적 사고방식에 의하여 훈련된 사람들이므로 합리성이 결여된 사고는 진리라고 생각하지 않는 것이다. 그러나 과학적 사고가 아니라고 해서 모두 비리非理인 것일까. 가령 '사랑', '우정', '믿음' 따위와 같은 정신 현상은 진실이 아닐까. 그렇지 않다. 분명 비합리적이기는 하지만 그 역시 진리이다. 아니 모든 과학적 진리에 우선하여 인간 삶을 근원적으로 규정지어온 진리이기도 하다.

진리라는 말은 오랫동안 '명백하고 변별적인 것'으로 생각되어왔다. 모든 개체적 특수성을 사상捨象해 버린 후에 남는 보편적이며 합리적인 사실이라는 뜻이다. 바꾸어 말하면 추상성, 보편성, 그리고 논리성을 지니지 않은 것은 진리가 아니라는 것이다. 그러나 시적 진리는 다르다. (그것

은 어디까지나 과학적 진리에 국한되는 명제이다. 그러나 이와 대조하여)
그것은 구체성, 구체적 보편성 및 초월성을 지니고 있기 때문이다. 가령
진, 선, 미가 구별될 수 있는 것은 인간의 추상적 사고의 영역에서 그런 것
일 뿐이지, 사물 그 자체의 구체성에서 그런 것은 아니다. 어떻게 장미꽃
에서 '아름다움'과 '신의 섭리'와, '생식의 원리'를 각각 분리 독립시킬
수 있을 것인가. 어떤 시인의 말을 빌리면 그것은 춤추는 무희에게서 춤만
을 따로 떼어낼 수 없음과 같다. 그리하여 우리는 전자와 같은 부분적 진
리를 과학적 진리, 후자와 같은 총체적 진리를 시적 진리라 부른다.

과학의 추상성에 대하여 총체적 진리는 구체성을 지니고 있다. 비유컨
대 그것은 '신의 섭리'와 '생식의 원리'와 같은 추상 개념이 아니라, 사물
그 자체로서 '장미꽃'이다. 왜냐하면 장미꽃은 위의 여러 이질적인 사실
을 종합한 완전한 전체 그 자체이기 때문이다. 한편 이 같은 구체적 사물
로서의 장미꽃은 일반적인 장미꽃과 대립된 위치에 있는 까닭에 개성적
인 장미꽃이라고 말할 수도 있다. 따라서 헤겔의 말을 빌리면 그것은 구체
적 보편성을 지닌 장미꽃이며 이 경우 구체적 보편성Concrete Universality
은 구체성과 보편성의 상호 대립된 두 개념이 하나로 종합 통일되어 모순
이 지양된 상태의 완전성을 뜻하는 말이라 할 수 있다. 여기서는 물론 가
장 보편적인 것일수록 가장 구체적인 것이 될 수 있는 역설이 성립한다.

가장 보편적인 것이 가장 구체적인 것이 되는 모순이 어떻게 성립되는
가? 특수한 존재로서의 장미꽃이 어떻게 일반적인 장미꽃들과 의미론적
일치를 가져올 수 있는가? 그것은 바로 시인의 상상력과 결부되어 설명되
어야 할 문제이다. 현실에 있어서 이와 같은 모순은 특수성과 보편성이라
는, 해결될 수 없는 대립 개념으로 남아 어떤 불완전한 상황의 사실적 반
영이 된다. 그러나 시인의 상상력을 여과한 시적 인식의 세계에서 사물은
구체적 보편성을 실현시킨다. 즉 시인은 상상력의 힘을 빌려 일상세계의
현실적 불완전성(구체성과 보편성의 대립)을 완전성(구체적 보편성의 실

현)으로 지양시키는 것이다.

시적 진리의 한 특징인 이 지양성 혹은 초월성은 그 같은 관점에서 비논리적이며 역설적인 성격을 지녔다고 할 수 있다. 현실로서는 모순의 관계에 있는 구체성과 보편성을 지양시키는 행위는 그 자체가 이미 역설이기 때문이다. 그러나 그것은 보다 가치 있는 차원으로 초월된다는 점에서 일반적 의미의 모순과 구별된다. 시의 언어를 가리켜 사물의 언어 혹은 역설의 언어라고 부르는 이유가 여기 있다.

시적 진리는 부분적 진리가 아니라 총체적 진리이다. 그리고 그것은 과학적 진리의 본질이라 할 추상성, 보편성, 논리성에 대해 구체성, 초월성 및 구체적 보편성을 지니고 있다. 구체성과 보편성이 모순의 관계를 벗어나 하나로 합일할 수 있는 것도 시인의 이 같은 상상력 때문이며 따라서 시적 진리란 총체적 진리인 동시에 상상력의 진리 그리고 사물 그 자체로서의 진리일 뿐만 아니라 역설적 진리인 것이다.

2

시적 진리가 총체적 진리라는 사실은 문학사의 오랜 논쟁의 하나를 해명하기 위해서도 의미 있게 기억되어야 할 명제이다. 그것은 우리가 지금까지 시에서 범해 왔거나, 범하기 쉬운 중대한 인식론적 오류를 가늠해내는 발판을 마련해주기 때문이다. 배타적 의미에서 시를 미의 추종자로 보는 사람들의 경우 시의 사상성이란 대단히 위험한 문학적 불순물이다. 그리하여 그들은 사상이 배제된 투명한 미의 상아탑 속에서 순수한 정서적 쾌락에 탐닉하기를 갈망한다. 극단적인 유미주의 시인들을 예로 들 수 있다.

반면 시에 있어서 사상을 부분적 진리의 차원—과학적 차원으로 받아들이는 사람들은 그것을 이데올로기 혹은 논리성으로 파악코자 했으며 그 결과 자연스럽게 시를 이념의 선동 매체, 혹은 교훈의 선전 수단으로 인식하려 했다. 물론 시를 이용하려는 사람들에게 이러한 문학적 합리화는 있을 수 있는 일이며 때에 따라서 또한 필요한 일이기도 하다. 그러나 그것은 르네 웰렉의 적절한 지적과 같이 어디까지나 '문학을 이용하는 행위'일 뿐 문학을 하는 행위는 아니다. 프랑스인들의 비유를 차용한다면 장미(문학)의 뿌리는 신사의 담배 물부리(이념)을 만드는 데 이용될 수는 있지만 장미가 오로지 물부리를 만들기 위해 꽃을 피우지는 않는 것이다.

문학 그 자체로서는 어떤 목적(기능)이 있을 수 없다. 그러나 그것을 이용하는 사람에게 있어서 그것은 뚜렷한 기능을 가진다. 그것은 장미를 순수하게 보는 사람은 장미가 장미 이상도 이하도 아니겠으나 그것을 이용하고자 하는 사람에게 있어서는 물부리를 만드는 재료에 지나지 않는 것과 같다. 따라서 '문학하는 행위'와 '문학을 이용하는 행위'의 구별은 대단히 중요하다. 문학의 기능에 대하여 앞서 내가 지적한 인식론적 오류는 모두 이 두 가지 행위를 혼동하는 데서 야기되는 것처럼 보이기 때문이다.

분명히 해두는 것이지만 물론 나는 여기서 문학을 이용하는 행위에 대하여 비난하려는 의도는 추호도 없다. 인간이 그 삶을 함양하기 위해서 기울이는 여러 다양한 노력에서 볼 수 있는 것과 마찬가지로 문학이라 하여 인간의 실용적 목적으로부터 벗어나 성역화되어야 한다는 논리는 성립될 수 없기 때문이다. 따라서 문학을 이용하는 행위 그 자체는 조금도 허물이 될 수 없으며, 경우에 따라서 필연적이고 당당한 일이기도 하다. 다만 문제가 있을 수 있다면 '이용하는 행위' 그 자체라기보다는 '바람직하지 않게 이용되는 행위'에 있을 뿐이다. 가령 장미 뿌리를 물부리로 만드는 것은 끽연가들에게 소망스럽다. 그러나 어떤 사람이 그것을 식용으로 사용했다면 누군들 조롱하지 않겠는가. 이를테면 문학이 잘못된 이념의 전달 수단으로 이용될 때, 물질주의나 상업주의와 결탁될 때, 상황이나 현실에 대한 인식 자체가 불투명하거나 편견에 사로잡힐 때, 우리는 그것을 비난하는 것이다.

그러므로 문학을 이용하고자 하는 사람은 어떤 경우 문학(수단)이 이념(목적)을 보다 효과적으로 전달할 수 있는가에 대해 깊이 생각해야 한다(물론 여기서 '어떤 경우'라는 말은 구체적으로 상황을 뜻하는 것이며, 여기서 상황은 문학하는 행위보다는 문학을 이용하는 행위가 더욱 가치 있는 일이라고 판단되는 현실적 상황이다). 예컨대 장미는 관상용 식물이지만, 경우에 따라서는 꺾어서 물부리로 만드는 것이 보다 가치 있는 일로 생각되는 상황이 생길 것이다. 이때 그는 주저 없이 장미를 꺾어서 물부리로 만든다. 그리고 이러한 행위 자체는 하등 비난의 대상이 될 수 없다. 그럼에도 불구하고 우리는 여기서 명백히 해두어야 할 사실이 하나 있다. 장미를 꺾어서 물부리로 만든 사람이 그것이야말로 바로 관상하는 행위라고 주장한다면 결코 올바른 판단이 아니라는 것을……

문학을 이용하는 행위는 경우에 따라서 필연적이며 소망스럽다. 그러나 그것을 문학하는 행위로 착각한다면 이보다 더 위험할 수 없다. 따라서 문학을 이용하는 사람들은 그가 플라톤이라 할지라도 의식상 그것이 문학하는 것과는 별개의 행위라는 자각을 항상 지녀야 한다. 그럼에도 불구하고 역사적으로 사람들이 '문학하는 행위'와 '문학을 이용하는 행위'를 혼동해 왔던 것은 '문학하는 행위'가 총체적 진리의 인식에 관련되는 것이요, '문학을 이용하는 행위'가 부분적 진리의 인식에 관계되는 것임을 깨닫지 못한 데서 연유하는 것이라고 말할 수 있다. 문학은 총체적 진리의 세계이며, 문학을 이용하는 것은 부분적 진리의 세계인 것이다.

'문학하는 것'과 '문학을 이용하는 것'을 혼동하는 사람들은 이 둘을 모두 부분적 진리로 이해하고자 하며 시에서 지적인 것과 정서적인 것 혹은 사상성, 도덕성 그리고 지적 요소들이 각각 독립적으로 존재하는 별개의 것이라고 믿는다. 이와 같은 믿음은 물론 과학정신에 바탕을 둔 합리주의 사고에서 연유하는 것으로 '시를 이용하는 입장'에서는 타당하다. 그리하여 그들은 시가 지닌 다양한 진리 가운데서 가령 이념이나 도덕성과 같은 부분적 진실만을 추출하여 그들이 지향하는 인생의 목적에 적용코자 하는 것이다.

시적 진리를 구성하고 있는 총체성으로부터 그 진리의 일면을 분리해 낸다는 것은 시를 이용하고자 하는 사람들에게 있어서 가능한 일이다. 그러나 이 경우 총체성이 무너진 진리가 시적 진리가 아니라는 것은 두말할 필요가 없다. 예컨대 장미가 지닌 여러 다양한 진리 —그리고 이 진리는 총체적으로 장미꽃을 형성하는 여러 요소인데— 가운데서 유독 물부리를 만들어낼 수 있는 진리만을 추출해 낸다는 것은 가능하다. 그러나 누구도 물부리를 가리켜 장미라고 부를 수는 없을 것이다.

토마스 쿤이 그의 과학철학에서 사용한 패러다임Paradigm이라는 말은 이를 적절히 설명해 준다. 부분적 진리는 한 개의 패러다임을 통해 사물을 바라보는 데서 얻어진 진실이며 총체적 진리는 총체적 패러다임을 통해서 얻어진 진실이기 때문이다. 전자는 설령 그가 여러 개의 패러다임으로 사물을 바라보려 노력한다 할지라도 동시적으로는 항상 하나의 패러다임밖에 고정될 수 없다. 오직 시간차에 따른 교대에 의해서 다른 패러다임으로 바꾸어볼 수 있을 따름이다. 그러나 총체적 진리는 한 사물이 지닌 모든 패러다임을 동시적으로 조망한다. 엘리어트가 시는 사상을 장미 향기처럼 직접 느끼게 만들어야 한다고 말했을 때의 그것은 바로 이러한 포괄적 패러다임을 지칭한 표현이었을 것이다. 그의 시론을 대표하는 개념에서 그가 '통합'(예컨대 '통합된 감수성Unified Sensibility')이라는 관형어를 자주 사용했던 것은 결코 우연이 아니었다.

3

총체적 진리는 또한 조화의 진리이다. 이 말은 총체적 진리를 구성하고 있는 다양한 제 가치들이 상호 모순 혹은 적대 관계에 놓여 있음을 시사하는 말이기도 하다.

문학이 대립하는 두 가치의 갈등을 표현한다는 것은 일찍이 희랍의 철인에 의하여 지적된 바 있으며 궁극적으로 문학의 본질을 갈등하는 두 가치의 조화에서 찾으려 했던 그가 그것을 카타르시스라 불렀던 것 역시 우리에게 잘 알려진 사실이다. 카타르시스 이론에는 많은 논쟁의 소지가 남아 있지만 어떻든 문학이 갈등을 본질로 한다는 데 대해서는 새삼 논란할 여지가 없는 것 같다.

그렇다면 갈등이란 무엇일까. 나는 그것을 우선 대립하는 두 가치가 완성에 도달하기 위해 벌이는 싸움이라고 정의하겠다. 때로 그 가치들은 다양한 관계를 형성하면서 투쟁을 벌인다. 이를테면 선과 악, 진실과 허위, 사랑과 증오, 긍정과 부정 따위를 들 수 있다. 문학이란 이렇게 서로 대립 혹은 모순되는 여러 가치들이 투쟁하면서 보다 완전한 세계로 지양되어 가는 과정을 그려주는 정신활동이다.

극이나 서사문학에 있어서 가치의 갈등은 인물들에 의하여 표현된다. 흔히 주동protagonist과 반동antagonist이라고 불리는 인물들이 그들이다. 이들은 대립되는 두 가치를 대표하여 행동하고 고민하는 사람들이다. 때문에 우리는 이들 작품 속에서, 인물들의 행동에 주시할 것이 아니라 그것이 내포한 질적 변화—가치의 전환을 투시해야 한다. 그러나 인물의 등장이 배제된 시의 경우는 가치의 갈등이 모순되는 정서나 관념에 의하여 제시되는 것이 당연하다. 말을 바꾸어 그것은 이미지라는 독특한 언어 형식, 혹은 사물의 인식 방법을 통해 이루어지는 것이라고 해도 다르지 않다.

감성과 지성이라는 대립되는 두 가치의 통합에서 시의 본질을 규명한 엘리어트가 그것을 비극 〈햄릿〉의 갈등 구조로부터 도출해 냈던 것은 의미심장하다. 리자즈의 경우에도 그의 시론의 핵심이 갈등과 조화에 의하여 설명되고 있음은 잘 알려져 있다. 그의 독특한 심리학적 관점은 '대립하는 가치'라는 말 대신에 '대립(적대, 혹은 모순)하는 충동opposite impulse'이라는 용어를 사용하고 있지만, 시에 접근하는 기본 태도만큼은 그 역시 다를 바 없다. 지성과 감성의 대립이든 모순되는 충동의 대립이든, 신비평 그룹들이 주장하는 바와 같이 내포와 외연의 사물과 관념의 대립이든, 더욱 나아가 역설 그 자체이든 간에 시의 본질이 대립하는 가치의 갈등에 있다는 것은 그러므로 부정할 수 없는 사실이다.

시적 진리가 총체적 진리이고 시의 본질이 대립되는 가치의 갈등에 있다면 총체적 진리는 또한 시에 내재한 가치들의 갈등에서 해명되지 않으면 안 된다. 문제는 시에 있어서 가치의 갈등이 그 모순의 관계가 조화됨에 의해서 궁극적으로 완전성에 도달한다는 사실이다. 즉 '갈등하는 가치'가 '초월된 가치'로 전환을 이룩하기 위해서는 모순이 해소되지 않고는 불가능하다. 나는 편의상 모순을 해소시키는 가치들의 자기 초월을 조화라고 부르고자 하는데 그것은 흡사 변증법에서 모순되는 두 개의 가치가 하나로 지양되면서 전혀 새롭고 완전한 가치에 도달되는 것과 유사하다.

총체적 진리는 이렇게 서로 적대적이고 모순되는 가치 즉 부분적 진리들이 그 모순의 관계에서 해방되어 조화된 완전성을 이룩할 때 탄생하는 진리이다. 현실적으로는 모순되지만 그 모순을 초월함으로써 완성에 이르는 진리, 그것은 조화의 진리이자 시적 진리라 할 수 있다. 상상해 보라! 완전한 세계, 가령 천국과 같은 곳에 모순이 과연 존재할 수 있을 것인지를. 천국에 시계가 없는 것과 마찬가지로 완전한 세계에서 모순은 초월된다.

이에 대해서 과학적 진리는 일방적이며 배타적이다. 그것은 부분적인 특징을 띠고 있기 때문에 모순의 조화나 초월 같은 것을 상상할 수 없다. 그것은 초월보다는 질서를, 조화보다는 논리를 본질로 한다. 따라서 부분적 진리들이 각자 만나게 된다면 거기엔 충돌과 배척만이 있고 모순은 결코 조화되거나 해소될 수 없다. 원래 모순이란 불완전한 세계에서만 존재할 수 있는 사물의 관계성인 것이다.

모순은 또한 구속을 의미하기도 한다. 그것은 하나의 사물이 다른 것과 관계를 형성하는 한 가지 방식이라고 할 수 있다는 점에서, 불교 인식론으로 말한다면 연기의 업, 혹은 윤회의 한 양태라고도 말할 수 있을 것이다. 따라서 우리는 이로부터 자연스럽게 시와 종교의 관련성에 눈을 돌리게 된다. 인간의 삶을 가리켜 근원적으로 유한한 존재라 부르는 것은 이 세계 자체가 불완전함을 뜻하는 것이며 불완전한 세계에 통용되는 진리가 부분적일 수밖에 없음 또한 당연하기 때문이다. 부분적 진리는 그 반영하고자 하는 세계가 불완전함으로 그 자신 불완전하며 그들 사이에 모순성을 내포하는 것이다.

나는 앞에서 총체적 진리란 '갈등하는 가치'가 '초월된 가치'에 도달할 때 비로소 완성되는 가치라는 것을 지적한 바 있었다. 이제 나는 '갈등하는 가치'는 바로 모순의 가치이자 유한한 세계를 질서하는 가치 즉 부분적 진리라는 것을 밝혀두고 싶다. 생철학의 한 거장인 키에르케고르가 기독교의 본질을 모순으로 이해하고자 했던 것도 같은 종교적 의미의 맥락에서가 아니었을까. 유한한 존재인 인간의 편에서 볼 때 기독교는 모순의 진리이지만 구원받은 예수의 관점에선 이 모든 모순은 초월되기 때문이다. 예수의 죽음과 부활은 바로 모순의 진리로부터 초월된 진리 즉 부분적 진리에서 총체적 진리로의 가치 전환을 뜻하는 것이라고 말할 수 있다.

기독교에서 인간 삶의 모순을 극명하게 형상화한 인물은 욥과 가룟 유다이다. 유다는 메시아이며 스승인 예수를 팔아넘김으로써 돌이킬 수 없는 죄를 범한다. 그러나 그가 또한 예수를 바리새인들에게 팔아넘기지 않았다면 신의 섭리가 이 지상에 실현될 수 없었을 것임은 너무나 자명하다. 따라서 그것은 상호 모순이 된다. 가룟 유다가 처한 이 모순의 상황이 한마디로 부분적 진리가 질서하는 이 세계의 불완전성을 상징하는 것이다. 그러므로 예수의 부활은 이 같은 모순의 상황으로부터의 초월을 뜻하는 것이라고 말할 수도 있다. 이를 가리켜 일찍이 키에르케고르가 역설이라 명명했던 것, 그리고 시의 종교적 가치를 긍정한 브룩스 C. Brooks 역시 이에 토대해서 시의 본질을 패러독스로 규정했던 것은 널리 알려진 바와 같다.

20세기는 과학적 질서와 물질적 가치가 인간을 지배하는 시대이다. 현대 철학을 예고한 한 철인의 이야기처럼 19세기는 신이 죽은 시대이며, 20세기는 인간이 죽은 시대인 것이다. 종교가 추방되고 신이 무의미해진 현대에 그렇다면 세계의 완전성을 바라보는 길은 무엇인가. 그것은 바로 종교를 대신한 시적 진리라고 말할 수 있다. 시적 진리는 총체적 진리이며, 불완전한 현실을 완전한 세계로 초월시킬 수 있는 진리이기 때문이다. 그것은 우리에게 총체적으로 세계를 인식시키며 모순되는 가치들의 조화를 통해 존재의 유한성을 극복하도록 만든다.

그리하여 시적 진리—총체적 진리는 세계 인식의 방법이자 자기 구원의 철학이 되는 것이다.

—《시의 길, 시인의 길》, 2002. 6.

상상력과 체험

1

'포에지poésie'를 우리말로 번역하기는 어렵다. 흔히 시의식이라고 하지만 '시적인 것'이라는 정도의 뜻이 오히려 적합하지 않을까. 어떻든 시의식이 언어로 표출된 것을 우리는 '시'라 일컫는다. 그러나 넓은 의미에서 보면 이 세상의 모든 예술 역시 이 포에지의 감각적 형상화일 것이다. 그것이 색깔로 표출되면 미술이요, 소리로 표출되면 음악이요, 행위로 표출되면 무용이요, 물질로 표출되면 조각이 되기 때문이다. 문화의 핵심에 예술이, 예술의 핵심에 문학이, 문학의 핵심에 시가 있다는 내 생각 또한 여기서 비롯한다. 그러한 의미에서 '시적인 것'은 모든 예술의 본질이라 할 수도 있다.

그렇다면 그 '시적인 것'은 무엇일까. 물론 이를 규명한다는 것은 매우 어렵고 막연한 일일 것이다. 그러나 한 가지 사실만큼은 분명하다. 모든 시적인 것은 상상력의 토대에서 생성되며 또 상상력을 본질로 하고 있다는 사실이다. 이 세상에서 그 어떤 예술도 상상력에 토대하지 않고 이루어지는 것이란 없다. 상상력의 있고 없음이야말로 바로 과학과 예술의 경계를 이루기 때문이다. 과학은 대상을 이성과 유추로 탐구하나 예술은 감성과 상상력으로 수용한다. 그러므로 예술의 핵심인 시에서 상상력의 중요성은 아무리 강조해도 지나치지 않을 것이다.

혹자는 시는 사회를 고발하는 것이라 하고, 혹자는 시는 무의식으로 쓰는 것이라 하고, 혹자는 체험으로 쓰는 것이라 하고, 혹자는 영감으로 쓰는 것이라 하고, 혹자는 생각나는 대로 쓰는 것이라 하지만 이 모두는 거짓말이다. 시는 상상력으로 쓴다. 그러나 만일 위와 같은 주장들도 그 토대로서 '상상력'을 전제하고 난 다음의 이야기라는 단서를 붙인다면 옳을 수도 있을 것이다.

우리들은 너무나 당연한 것은 아예 이야기하지 않는다. 우습기 때문이다. 그러나 이 세상에는 또한 우직하고 우매한 사람들도 적지는 않아서 말을 액면 그대로 믿고 실천하는 사람들도 많다. 그러니까 영원히 죽지 않는다는 감언이설에 속아 사이비 종교를 맹신하는 사람들도 있지 않은가. 이런 유의 시인들은 허튼 이야기들을 곧이곧대로 좇아 체험을 그대로 기록하려 하고, 사회적 사실을 그대로 보고하려 하며, 무책임한 단상을 나열하려 하고, 본능의 표현을 있는 그대로 기술하려 한다. 그러므로 진부하기는 하지만 아주 당연한 말도 가끔은 해서 그 같은 사람들의 의식을 깨우쳐줄 필요가 있다. 인간의 의식이란 투명한 물과 같아서 쉽게 흐려지는 까닭에 주위에 흐려진 물밖에 없다면 그것을 먹는 것을 또한 일상으로 여기기 때문이다.

아주 당연한 말이지만 시는 상상력으로 쓴다. 사물이나 세계를 지적이고 이성적인 의미로 파악하는 것은 과학이지만 상상력으로 파악하는 것은 '시적인 것'이 되기 때문이다. 그러므로 훌륭한 시는 훌륭한 상상력으로 쓰인 시라고 말할 수 있다. 훌륭한 상상력이란 무엇인가. 그것은 참신하면서도 독창적인 상상력을 일컫는 것이다. 인간의 삶을 가치 있게 하는 데 기여하는 상상력을 일컫는 것이다. 아름다움과 감동을 느끼도록 만드는 상상력을 일컫는 것이다. 정신의 새로운 영역을 개척해 주는 상상력을 일컫는 것이다. 그러므로 상상력이 거의 없는 시, 상상력이 있다 하더라도 진부하고 통속적인 시, 그 상상력이 인간의 삶을 병적으로 만드는 시, 그 상상력이 혐오감이나 증오심을 일깨우는 시, 그 상상력이 자충수를 두는 시들을 훌륭하다고 말할 수는 없다.

2

에드몽드 뒤랑티가 리얼리즘을 공표한 한 글(기관지 《레알리즘 Réalisme》, 1856)에서 리얼리즘이란 모든 시적인 것과 관념적인 것을 배격한다고 선언했던 것이라든지, 레닌이 마르크스주의 입장의 시를 규정하면서 예술은 기본적으로 리얼리즘이어야 하기 때문에 프롤레타리아 문학에서 시는 부적합한 것이지만 여기서 신화, 상징, 은유, 낭만성 등을 배제한다면 그 나름의 존재의의가 있을 수 있을 것이라고 말했던 것은 역설적으로 시의 본질 또는 시와 리얼리즘 관계를 암시적으로 해명해 주는 언사라 하지 않을 수 없다. 전자의 경우는 문맥의 표현 그대로이고 후자의 경우는 전통적으로 시의 본질이 신화, 상징, 은유 등에 있으므로 시 그 자체의 포기—혹은 특별한 개념의 시 창작을 뜻하는 것이라고 해석되어 모두시가 리얼리즘과 대립된다는 태도를 전제한 것이라 할 수 있기 때문이다.

여기에는 물론 여러 가지 중도적 입장이 있을 수 있고 또 리얼리즘의 이념 역시 역사적으로 많은 변화를 겪어왔으므로 이 소박한 리얼리스트의 입장에 전적으로 동의할 수만은 없다. 그러나 적어도 우리는 이들의 견해로부터 시는 리얼리즘과 거리를 지닌 장르라는 사실만큼은 확인할 수 있을 것이다.

그런데 다 아는 바와 같이 상식적인 의미의 리얼리즘이란 객관적 태도로서 중간계층의 삶을 관찰하여 그것을 사실 그대로 기록하는 기술방법론이다. 그러나 그것이 과연 가능할까. 물론 신문기사도 아닌 문학이 사실을 그대로 기록한다는 것은 불가능한 일이며 (엄밀한 의미에선 신문기사역시 불가능하다) 또 그래야 할 필요성도 없다. 문학 일반이 그럴진대 하물며 시의 경우는 더 말할 나위가 있을 것이랴.

따라서 최소한 시는 삶에 대한 객관적 관찰의 사실보고 문학은 아니다. 리얼리즘 문학의 지평을 벗어나 리얼리즘으로써는 제시할 수 없는 어떤 상상의 세계를 —그것이 어떤 세계인가는 시인만이 알 수 있겠지만— 말하기 때문에 시는 시가 되는 것이다. 그렇지 않다면 시와 산문 또는 시와 리얼리즘을 구분할 필요가 없지 않겠는가. 여기서 상상력의 중요성이 다시 재론된다.

인간의 삶에는 현실이 있는가 하면 이상이 있고, 객관적 의미가 있는가 하면 주관적 의미가 있고, 사실적 진실이 있는가 하면 상상적 진실이 있고, 사회적 존재가 있는가 하면 존재론적 존재가 있고, 생활이 있는가 하면 꿈이 있다. 물론 어느 특별한 시대나 상황의 경우 어느 한쪽이 더 절실할 수는 있을 것이다. 그러나 그렇다고 해서 다른 한쪽을 부정한다는 것은 바람직한 일도, 있을 수 있는 일도 아니다. 인간의 삶을 그만큼 훼손시킬 것이기 때문이다. 과격한 리얼리즘으로 모든 시를 재단하는 태도가 바람직하지 않은 이유가 여기에 있다.

시에 있어서는 꿈이 소중하다. 객관적 사실 보고로 불가능한 세계는 주관적 진실 또는 상상적 진실에 의하여 그 의미가 부여될 수밖에 없기 때문이다. 삶의 진실을 추구하려 했던 리얼리스트 졸라 자신도 결국 그의 리얼리즘 소설(특히 《제르미날》과 같은 소설)에 상징이나 신화구조—시적인 본질을 도입하고, 레닌 역시 후에 소위 '혁명적 낭만주의revolutionary romanticism'를 강조함으로써 꿈의 중요성을 강조하지 않았던가.

우리들은 이 시대의 시류에 휩쓸려 애써 시에서 간과하려는 꿈, 상상적 진실, 주관적 의미, 상징, 은유 등의 가치를 새삼 성찰하도록 해야 한다. 아무리 시가 해체나 산문화를 지향한다 하더라도 시가 시이기 위해서 그 마지막 보루는 지켜져야 할 것이다. 그래야만 리얼리즘으로 밝혀낼 수 없는 이 삶의 진실을 시로써 탐구할 수 있지 않겠는가.

우리가 사는 세계는 불완전하다. 불완전한 까닭에 고통과 슬픔이 있고 허무가 있다. 그리하여 인간은 태초부터 이 세계가 완전해지기를 꿈꾸며 또한 이를 개선시키기 위하여 끊임없이 노력해 왔다. 그러한 노력은 인간이 사는 사회제도를 개혁한다든가 의식주와 같은 물질생활을 풍요롭게 한다든가 도덕성을 함양해 인간관계를 원활히 한다든가 하는 방식으로 실천되었다. 그 결과 우리의 삶 역시 상당한 수준으로 향상될 수 있었던 것도 사실이다. 정치나 과학과 같은 것은 그 대표적인 예의 하나이다.

실제로 우리가 사는 사회는 적어도 고대의 노예 제도나 중세 봉건제의 농노사회보다 훨씬 행복하며 우리의 물질생활 역시 전근대사회에 비해 유복하다. 옛날 같으면 서울에서 뉴욕을 간다는 것은 거의 불가능한 일이었다. 그러나 오늘날에는 편한 좌석에 앉아 17시간 정도 독서만 하고 있으면 오갈 수 있다. 굶주림을 면하는 문제도 예전처럼 심각하지는 않다. 오늘의 인간 윤리 역시 타락했다고 하지만 적어도 구약성서에서 보는 바와 같은 근친상간이 버젓하게 횡행할 정도는 아니다. 그러한 의미에서 정치와 과학과 도덕은 확실히 인간의 불완전한 삶을 개선하는 데 있어 실질적이고 현실적인 방법임이 사실이다.

그럼에도 불구하고 이들 방법이 전지전능한 모세의 지팡이일 수는 없다. 아직도 19세기적 과학의 절대 신봉자, 자연주의자들이 없는 것은 아니지만 최소한 정치와 과학과 도덕이 아무리 발전을 거듭한다 하더라도 인간의 유한성, 이 세계의 존재론적 불완전성을 극복할 수는 없기 때문이다. 거기에는 뛰어넘을 수 없는 어떤 절대적인 한계성이 있다. 따라서 역사적으로 인류는 이 삶의 완전성에 도달코자 하는 자신의 희망과 그 현실적인 불가능성에서 오는 좌절 속에서 갈등을 느낄 수밖에 없고 그 갈등을 해소하는 방법의 하나로 문학, 예술, 종교를 창안하였던 것이다.

그러한 의미에서 그것이 정치나 과학처럼 도덕적 가치판단을 통해 생을 부양시키려는 방향의 것이든, 도달될 수 없는 현실 그 너머의 세계에서 꿈을 추구하려 하거나 삶의 해결될 수 없는 고통을 위로해 주려는 방향의 것이든 문학이란 본질적으로 과학과 정치와 도덕이 끝나는 데서 존재한다. 그러나 물론 여기에는 —장르, 기법, 이념 모두를 포함해서— 비교적 정치나 과학이나 도덕에 보다 관여하는 예술이 있는가 하면 이로부터 멀리 떨어진 예술도 있다. 언어를 매재媒材로 한 문학이 전자에 가깝다면 물질을 매재로 한 음악이나 미술은 후자에 가깝다. 같은 문학이라 할지라도 언어의 전달적 기능에 의존하는 소설과 같은 산문 장르가 전자에 가깝다면 언어의 존재론적 기능에 의존하는 서정시와 같은 장르는 후자에 가깝다. 기법적이나 이념적인 측면의 경우 물론 리얼리즘 예술이 전자에 가까운 것이라면 낭만주의 예술은 후자에 가깝다.

그럼에도 불구하고 우리는 여기서 가치의 서열 혹은 개념의 분류 기준을 고려하지 않을 수 없다. 가령 우리가 시 혹은 서정시라고 부르는 것은 적어도 장르적인 개념이지 기법이나 이념적인 개념은 아니다. 따라서 우리가 서정시라고 부를 때의 그것은 기법이나 이념적인 특성의 고려보다도 장르적 특성의 고려가 앞서야 함이 물론이다. 이 말은 비록 기법적이거나 이념적인 측면에서 과학적, 정치적, 도덕적 가치판단을 격려하고 부양하는 소위 리얼리즘 기능을 강조한다 하더라도 그것은 문학의 장르적 특성으로 보아 보다 거리가 먼 시가 아니라 보다 가까운 산문에서 호소력을 갖는다는 뜻이다.

결국 우리가 장르적으로 시라고 규정할 때의 그것은 본질적으로 산문과는 달리(그래서 시는 바로 산문의 기능과 다른 것이다) —비록 정도의 문제나 예외적인 시도가 없을 수 없겠으나— 정치, 과학, 도덕으로는 도달될 수 없는 세계를 지향하는 문학, 세계의 불완전성에서 오는 인간의 좌절과 갈등을 해소시키는 가치 활동이라 할 수 있다. 그것은 달리 시는 좋은 의미로 꿈의 세계를 지향하는 데 그 본질이 있다는 말로 귀결된다.

　이제 이러한 관점에서 세 가지 부류의 시를 가정해 볼 수 있을 것이다. 첫째, 삶의 현실적 문제 해결에 관심을 갖고 정치나 과학이나 도덕이 관여하는 분야에 뛰어들어 이를 격려, 고양시키려는 시—잘은 모르지만 세칭 민중시도 이 부류에 해당되리라 생각한다. 둘째, 정치나 과학이나 도덕에 의해 극복될 수 없는 이 세계의 불완전성과 여기서 비롯되는 갈등을 상상의 공간과 미학으로 해소하려는 시, 그중에서도 꿈을 지향하는 시와 셋째, 현실적 세계를 초월하려는 시 등이다.

—《시의 길, 시인의 길》, 2002. 6.

나의 시 나의 삶

1

　내 호적상 출생지는 전라남도 영광군靈光郡 묘량면畝良面 삼효리三孝里 석전石田 68번지로 되어 있다. 그러나 이곳은 대대로 해주海州 오씨吳氏 일문이 살아온 내 선친의 고향으로, 지금도 종손이 살고 있기는 하나 내가 실제 성장한 곳은 아니다. 다만 당시 친정에 기거하시던 어머니께서 지아비를 잃으신 후 유복자인 나를 낳기 위해 잠깐 들른 곳에 지나지 않는다. 여기서 '잠깐 들렀다' 함은 아비 없는 자식이니 출산만큼은 본가에서 해야 한다는 조부의 명으로 어머니께서 출산달 이곳으로 와 나를 낳고 100일을 머무르셨음을 가리키는 말이다. 그러니 이곳과 나의 인연은 탄생 후 100일을 살았다는 것과 이후 학창시절 방학 때면 조부께 문안을 드리려고 며칠씩 방문했다는 것 이외에는 별 의미가 없다.

　정작 내 유년의 공간은 영광군과 인접해 있는 인근의 장성長城이다. 나는 태어난 직후부터 외가에서 자랐는데, 그곳이 바로 장성군 황룡면黃龍面 신호리 소래마을, 속칭 월평月平이었기 때문이다. 여기서 나는 한국전쟁이 발발하던 해인 월평초등학교 3학년까지 유년기 9년의 세월을 보냈다. 그러므로 장성은 내게 고향과 다름없는 곳이다. 장성의 월평은 외가 즉 울산 김씨蔚山 金氏의 중시조이며 조선조 인종 때의 명유名儒인 하서河西 김인후金麟厚의 향리이기도 하다. 하서를 배향한 필암서원筆巖書院의 옆 자락에 자리 잡은 외가는 집터가 넓어 후원은 조그마한 야산에 연해 있었고, 산의 경사면에 별당이 있었다. 그리고 안채와 사랑채가 있는 아래의 본채와 산등성의 이 별당 사이에는 무성한 대숲이 있었다. 어린 시절의 나는 필암서원을 들락거리거나, 그 앞을 흐르는 맑은 황룡강에서 미역을 감거나 아니면 이 후원의 대숲에 앉아 사랑채에서 들려오는 외조부님의 글 읽는 소리를 듣는 일로 곧잘 소일하곤 하였다.

내가 외가에서 자라게 된 경위는 아버지의 죽음과 관련이 있다. 영광의 아버지께서 장성의 어머니와 결혼할 무렵, 당신은 서울의 경성공업전문학교 재학생이었다. 1남 6녀 중 장녀로 태어나신 어머니께서는 20세에 아버지와 결혼을 하신 후에도 시댁 살림을 하지 않고 친정에 머무르고 계셨는데 그것은 순전히 서울 유학으로 남편이 없는 시댁에서 시집살이할 것을 걱정한 당신의 어머니 즉 나의 외조모님의 당신에 대한 남다른 사랑 때문이었다. 외조모님께서는 당신의 사돈이신 나의 조부님을 설득하여 아버지가 학교를 졸업하실 때까지 잠정적으로 어머니를 친정에 머물도록 배려하신 것이다. 거기에는 또한 당신의 큰사위인 나의 선친이 영광에서 서울을 가기 위해서는 어차피 기찻길이 닿는 처가 즉 장성을 거쳐야 한다는 현실적인 문제가 이를 합리화시키는 명분이 되어주었을 터이다.

어떻든 결혼을 하시자마자 서울 유학 중인 아버지와 떨어져 친정에 살게 된 어머니는 방학 때 귀향한 아버지를 잠깐 친정에서 만나곤 했던 것이 신혼생활의 전부였다. 그것은 아버지께서 서울 유학 중 전염병으로 곧 돌아가셨기 때문이다. 이때 어머니는 22세의 꽃다운 나이였고, 결혼한 지 만 3년이 채 못 된 해였으며, 나를 임신한 지 석 달 되는 달이었다. 그리하여 나는 석 달 유복자로 세상에 태어나게 되었으며 어머니는 이후 51세의 나이로 세상을 뜨실 때까지 홀로 수절의 일생을 보내셨다.

전염병에 의한 아버지의 죽음은 돌연한 것이어서 총독부에서는 독단적으로 시신을 화장해 버렸는데 그때 어머니께서는 이미 나를 임신하신 중이었다. 친정에 머물렀던 어머니가 나의 출산일에 맞추어 굳이 시가를 찾은 것은 아비 없는 자식이니 출산만큼은 친가에서 이루어져야 한다는 양가의 뜻에 따른 것이다. 본가에서 태어난 나는 상징적인 의미로 백일을 그

곳에서 보낸 후 다시 외가로 돌아오게 되었는데, 그것은 남편 없는 시가 살림을 원치 않으셨던 어머니의 뜻과 딸의 박명을 애통해하신 외조모님의 연민과 청상과부 며느리를 거느리시기가 불편하신 조부님의 관용이 한데 어우러 낸 결과였다. 그리하여 외할머니께 돌아오신 어머니는 내가 대학에 입학할 때까지 친정과 운명을 함께 나누며 같이 살게 되었다.

그러나 어머니는 원래부터가 병약하셨다. 내가 고등학교를 다닐 무렵부터는 심장판막증을 앓으셨는데 만년 5~6년 동안은 심하게 병고를 겪으신 후 내 나이 30세 되던 해 봄, 서울에서 돌아가셨다. 여러 가지 이유로 인해 내가 일찍 결혼을 하지 못하고 더불어 어머니께서 편히 가시도록 병수발을 해드리지 못한 것이 지금까지 내 인생의 한으로 남아 있다.

당시 친가는 200~300석을 하고 외가는 —증조부 때까지는 천석을 거두는 대지주였다고 하는데— 60석 정도 하는 소지주였다. 내가 외가로 돌아간다고 하니 조부께서는 어머니에게 내 몫의 유산으로 논 20여 마지기를 떼어주었다고 한다. 그러므로 나는 내 몫의 논 20여 마지기를 갖고 이후 외가살이를 하게 된 것이다. 비록 전라도에 대지주들이 많았다고는 하나 이 정도의 추수도 적은 편은 아니어서 이 무렵의 나는 경제적으로 결코 궁핍하지 않았으며 비교적 유복하게 유년 시절을 보낼 수 있었다. 그러나 내 나이 9살, 초등학교 3학년 때에 발발한 6·25는 우리 민족 모두에게 그랬던 것과 같이 내게도 걷잡을 수 없는 시련을 안겨주었다. 좌익운동에 연루된 이모부와 외재종조부로 인해 일시에 몰락하게 된 외가는 더 이상 고향에 머무를 수 없는 처지가 되었기 때문이다.

전쟁 중 외조부가 돌아가시자 외조모는 집안의 남자는 살려야 한다는 일념으로 당시 광주 서중을 다니던 외숙과 어린 나를 광주로 피신시켰다. 내가 초등학교 4~5학년 때 광주 수창초등학교를 다닌 경위가 여기에 있다. 이후 시골 양반댁 규수로 자라 세상물정을 모르고, 설상가상 생활능력조차 부족했던 외조모는 외종조부를 따라 전북의 전주로 이사 오게 되었고, 이로부터 나는 초등학교 1년(완산초등학교 6학년), 중 · 고등학교 6년 (신흥중 · 고등학교)의 다감한 사춘기를 전주에서 보냈다. 그리하여 대학을 졸업한 뒤 2년간 전주의 기전여자고등학교에서 교편을 잡은 기간까지 합친다면 나의 전주 생활은 통산 만 9년이 된다. 그리고 그 기간은 감수성이 가장 예민한 청소년기 즉 사춘기에 해당하여 나는 전주에 대해 소중한 추억들이 많다. 내 유년 시절의 고향이 장성이라면 청소년 시절의 고향은 전주인 것이다. 그러므로 내가 잡지나 기타 나를 소개하는 글에서 출생지란을 메우며 곤혹스러워할 수밖에 없는 것은 당연하다. 그리하여 나는 다소 길지만 이렇게 적어 넣는다.

본적: 전남 영광 출생, 장성, 전북의 전주 등지에서 성장.

이렇게 적어 넣어도 인쇄된 지면을 보면 종종 뒷부분은 생략되어 (아마도 편집상의 이유이리라) 단순히 '영광' 만으로 발표된 경우가 많다. 어떻든 나는 출생지란에 장성이나 전주를 빼버리면 무언가 고향에 죄를 짓는 듯한 감정을 느끼게 된다.

전쟁을 겪고, 재산이 몰수되고, 외조부가 돌아가시고, 무능력한 외조모가 대가족을 이끌며 객지를 돌아다니는 동안 외가는 철저하게 몰락하였다. 그리하여 한국전쟁 이후부터 내 나이 33세, 즉 대학 교수(충남대학교)가 되던 해까지의 24~25년 동안의 긴 세월은 내게 참으로 시련의 연속이었다. 특히 경제적인 문제가 그러하였다. 그 연장선상에 있었던 내 대학 생활은 단 하루도 끼니를 때우는 일과 잠자는 일로 걱정해보지 않은 날이 없었다. 매일매일을 가정교사로 저녁시간을 보내야 했던 내게 한 가지 꿈꾸는 낭만이 있었다면 단 하루만이라도 자유롭게 밤거리를 데이트하면서 글 쓰는 친구들과 환담을 나누어보는 것이었다.

2

초등학교 때 내 성적은 별로 좋지가 않았다. 반에서 겨우 20등 내외를 하는 학생이었다. 철이 들지 않았다고나 할까 별로 공부를 하지 않았다. 아니 공부를 해야겠다는 의식 자체가 없었다. 전쟁의 물결에 휩쓸려 이곳 저곳 쫓겨 떠돌아 다녀야 했던 궁핍한 소년의 처지로서는 그럴 법도 했다. 당연히 그 지방의 명문 중학교인 전주 북중의 입학시험에서 떨어졌다. 그리하여 후기 입학시험으로 들어간 곳이 북중을 제외하고 이 고장에서 유일한 인문계 사립 중학교인 신흥중학교였다. 들어가 놓고 보니 기독교 미션 스쿨이었다. 올해로 설립 104년이 되는 학교이므로 아마 한국에서 가장 오래된 기독교 미션스쿨 중의 하나일 것이다.

이 학교는 기독교 교육에 철저하였다. 너무나 철두철미해서 오히려 기독교에 반감이 생길 정도였다. 성인이 되어서 내가 교회를 나가지 않게 된 이유의 하나도 이 강압적인 기독교 교육의 반작용이 아니었나 생각한다. 전체 학생은 월요일을 제외하곤 매일 대강당에 집합하여 한 시간씩 예배를 보았다. 전체 학생수가 적었던 까닭에(중·고등학교 매 학년에 두세 반으로, 합쳐서 전체 600명 내외였다) 농구 코트도 겸하던 대강당에 의자를 치우고 맨바닥에 주저앉게 하면 모두 한 자리에 모일 수 있었다.

월요일에는 학급예배를 보았는데 그것은 학생 스스로 예배 드릴 수 있는 훈련과 전날 즉 주일날 학생들의 교회 출석 여부를 조사 감독하기 위함이었다. 교회에 가지 않은 사실이 들통 나면 우리들은 담임선생님에게 불려나가 회초리로 손바닥을 맞아야 했다(그러므로 학생들은 교회를 갔다는 증거로 항상 그 전날 즉 일요일의 교회 주보를 반드시 지참했다). 그 외에도 일주일에 두 시간씩 정규 성경시간이 있어 교목님으로부터 기독교 교리를 배우고 기타 계절별로 있는 부흥회나 교회의 각종 집회에 동원되기도 하였다. 이 거듭된 예배시간이 지루해서 강당의 맨 뒷줄에 쭈그리고 앉아 소설책을 몰래 읽거나 영어 단어를 외우곤 했던 것이 당시의 나의 초상이었다.

이 학교에 입학할 때까지 나는 기독교라는 것에 대해 아는 것이 없었다. 아예 관심이 없었다. 크리스마스가 되면 —전쟁 직후의 시기이니까— 미국의 구호물자를 나누어주는 곳이 교회라는 정도가 내가 아는 지식의 전부였다. 입학하고서 첫 성경시간이었다. 성갑식 교목은 들어오시자마자 공과책(성경의 기본 지식을 문제 형식으로 제시한 교과서)의 첫 페이지를 펴시더니 앞줄에 앉아 있는 학생들을 하나씩 호명하여 첫 장의 주제를 물으셨다. "어떻게 하면 천당에 갈 수 있는가?" 하는 것이었다. 물론 만 6세 초등학교 입학생으로 키가 작아 맨 앞줄에 앉아 있던 내게도 같은 질문이 주어졌다. 그래서 나는 자신 있게 "착한 일을 하면 천당에 가지요"라고 대답을 하였는데 교목의 반응은 기대에 반했다. "아니다. 예수를 믿어야 천당에 간다"였던 것이다.

교목의 이와 같은 말씀은 나를 어리둥절케 하였다. 내 어린 상식으로는 착하고 선하게 살면 의당 천당에 가야 할 것이었다. 그런데 그게 그렇지 않다니 이해되지 않았다. 그래서 나는 "아무리 착한 일을 해도 예수를 믿지 않으면 천당에 못 가고, 또 아무리 악한 일을 해도 예수만 믿으면 천당에 갈 수 있느냐"고 여쭈었다. 교목은 그 즉시 "그렇다"는 것이었다. 더욱더 혼란에 빠진 내가 "그렇다면 예수를 모르는 옛날 백제 사람들은 모두 지옥에 갔느냐"고 물었더니 교목은 한동안 나를 빠안하게 바라보시다가 한참 궁리를 하신 뒤 역시 "그렇다"고 단호하게 말씀하셨다. 성경에 그렇게 씌어 있다는 것이다.

이 첫 성경시간의 사건은 내게 큰 충격을 주었다. 도대체 예수가 무엇인데 악한 사람도 천당에 보낼 수 있다는 것인가 하는 것과 내 어린 윤리관으로서는 '착하고 선하게' 사는 것이야말로 지금까지 삶의 지고한 도리라 할 수 있는 것이었는데 이 세상에 그렇지 않은 것도 있다니 이 어찌된 일인가 하는 즉 가치관의 혼란이 온 것이다. 그러나 중학교 1학년생 이 조무래기는 이런 일에 집념을 갖고 고뇌하기에는 너무나 철부지였다. 그저 또래의 친구들과 장난치고 놀기 좋아하는 평범한 아이에 지나지 않았던 것이다. 나는 곧 이 일을 잊어버리고 평상의 보통 소년으로 돌아가 버렸다.

그런데 한 학기가 지나고 여름방학이 끝난 2학기 첫 성경시간이었다. 예전처럼 성경책과 공과책을 손에 들고 교실 문을 들어오시던 예의 성갑식 목사님이 학생들의 인사를 받자마자 채 출석도 부르시지 않고 갑자기 나를 호명하여 일으켜 세웠다. 그러더니 구약성서 어느 부분을 지목하며 한번 읽어보라는 것이었다. 그 유명한 '옹기장이 비유'에 관한 장이었다. 한 옹기장이가 진흙을 구워 그릇들을 만들었는데 어떤 것은 투박하게 빚어 허드레 그릇으로 쓰고 어떤 것은 곱게 꽃병으로 빚어 응접실에 놔두었다. 그런데 그 허드레 그릇이 보니 쓰레기나 주워 담는 자신의 처지에 비해 응접실의 꽃병은 주인의 사랑을 듬뿍 받는 것 같았다. 그래서 화가 치밀어 오른 그는 자신을 만든 옹기장이에게 "다 같은 진흙인데 왜 나는 허드레 그릇으로 만들어 이처럼 천대하고 저것은 고귀한 꽃병으로 만들어 환대하느냐?"고 항의를 하였다는 내용이다.

이 대목까지 읽자 교목은 읽기를 제지하더니 내게 "그 허드레 그릇의 항의가 옳으냐"고 물으시는 것이었다. 내가 "그렇지 않다. 피조물인 그릇이 자신을 만들어준 옹기장이에게 항의하는 것은 이치에 맞지 않다"고 대답하자 교목은 무릎을 탁 치시면서 "그렇다. 피조물이 창조주에게 불평하는 것은 옳지 않다. 모두 창조주의 뜻이다. 네가 1학기 초 성경시간에 백제 사람은 모두 지옥에 갔느냐고 물어 내가 그렇다고 말한 적이 있는데 이 역시 모두 하나님의 뜻이니 네가 관여할 바가 아니다"라고 하셨다. 교목은 1학년 첫 성경시간의 그 사건을 잊지 않고 내심 고민하시면서 이 단순하고 철없는 어린 소년의 기독교에 대한 근본적인 의문을 어떻게 해결해 줄 것인지를 나름대로 한 학기 내내 궁리하시다가 마침내 이 '옹기장이 비유’를 성서에서 찾아 해답을 대신한 것이다.

그럼에도 불구하고 나는 여전히 왜 착한 사람이 지옥에 가야 하는지, 왜 백제 사람은 예수를 몰라 지옥에 가야 하는지 이해가 되지 않았다. 아니 스쳐 지나갈 뻔했던 한 화젯거리가 이제 오히려 마음속 깊이 생생하게 살아 각인되면서 내 인생관을 천착하는 화두가 되어버리고 말았다. 그 이후 학교에서 성경을 배우고 교회를 나가게 되면서 나는 아무리 착하고 선한 사람이라도 왜 예수에 의지하지 않고는 천국에 갈 수 없는지는 깨닫게 되었다. 그러나 후자 즉 ‘백제 사람이 천국에 가거나 가지 못하는 일이 왜 전적으로 하나님의 뜻에 달려 있는지’는 오랫동안 이해할 수 없었다. 예수가 존재한다는 사실을 알려주지도 않은 채 예수를 믿지 않는다 하여 모두 지옥으로 보내는 ‘하나님’의 처사는 아무리 생각해도 가혹하였다. 나는 대학에 들어가 교회와 발을 끊을 때까지도 이 의문을 풀 수 없었다.

내가 정작 이 화두에서 하나의 깨달음을 얻게 된 것은 교회의 목사님 설교나 신학적인 해석이 아니었다. 문학이론서에서였다. 그리고 그 깨달음은 거짓말같이 내게 있어 문학과 종교에 대한 본질적인 의문을 한순간에 사라지게 만들었다. 중학교 성경시간에 품게 된 그 ‘하나님의 뜻’이라는 화두를 풀음으로써 이제 나는 기독교만이 아니라 문학에 대해 나름의 깨우침을 갖게 된 것이다. 그러한 의미에서 ‘백제 사람을 지옥에 가게 하거나 가게 하지 않는 하나님의 뜻’은 기실 내 문학의 화두이기도 했던 셈이다.

대학에 입학하면서부터 나는 교회를 나가지 않았다. 세속 교회의 부패와 교직자들의 천박성, 일방적으로 미국문화의 수입에 맹종하여 전통문화의 파괴에 앞장을 서는 한국 기독교에 대해 실망감이 컸기 때문이다. 아니 무엇보다도 중·고등학교 6년 동안의 강압적인 기독교 교육에 대한 반작용이 컸기 때문일지도 모른다. 그렇다고 해서 내가 무신론자라거나 비기독교인이라는 생각은 아직까지 해본 적이 없다. 솔직히 말하면 ―궤변

같이 들릴지 모르지만— 나는 교회를 나가지 않는 기독교인, 한국인으로서 내 나름으로 해석한 하나님을 믿는 기독교인이다. 그 하나님은 물론 인간적인 하나님이고 인간을 위해 존재하시는 하나님이다. 더불어서 나는 문학 역시 하나의 종교라고 믿는다. 다만 그 종교는 신이 없는 종교일 따름이다. 내게 있어 문학이란 신이 없는 종교인 것이다.

어떻든 교회와 발을 끊은 지 오랜 뒤에 나는 중·고등학교 내내 품었던 그 '하나님의 뜻'이라는 화두를 풀게 되었다. 대학 4학년 때 칼 야스퍼스의 《비극론》을 접하면서의 일이다. 알다시피 《비극론》이란 야스퍼스가 '비극'의 본질을 해명하기 위해 쓴 논문들의 모음집이다. 여기서 그는 서구의 대표적인 비극으로 소포클레스의 《오이디푸스왕》, 셰익스피어의 《햄릿》을 예로 들어 분석한 바 있는데, 이중에서 특히 그가 비극의 한 특성으로 든 "'욥'적 운명"이란 명제가 내게 하나의 빛을 던져주었다. 여기서 '욥'이란 물론 구약성서 〈욥기〉의 주인공이다. 그는 하나님이 명하신 계율을 그 누구보다도 충실히 지킬 뿐만 아니라 그 뜻을 올바르게 좇는 의인이었다. 그러나 바로 그러한 이유로 인해 커다란 불행을 겪게 되는 모순의 인물이다.

사탄은 하나님으로부터 특별히 은혜를 받고 있던 욥을 매우 시기하였다. 그는 자주 하나님께 욥을 헐뜯었다. 욥이 의인인 것처럼 행동하는 것은 하나님으로부터 받은 축복 때문이지 그의 본래 사람됨이 그렇지는 않는 것이다. 따라서 만일 하나님이 지금이라도 욥에게 주신 축복을 거두어들인다면 그는 반드시 하나님을 배신하리라는 것이 그의 주장이었다. 그리하여 하나님께서는 욥의 참사람됨을 알아보기 위해 사탄으로 하여금 그를 시험하도록 허락하시게 된 것이다. 처음에 사탄은 욥이 가진 전 재산이라 할 가축과 종을 빼앗아갔다. 그러나 욥은 하나님을 원망하지 아니하였다. 여호와께서 주신 것들을 당신이 모두 도로 가져간 것은 당연하다는 것이었다. 이에 사탄은 다음 차례로 자녀들을 모두 태풍에 휩쓸려 죽게 만들었다. 이때도 욥은 하나님을 원망치 아니하였다. 그러나 마지막으로 욥에게 심한 욕창을 앓게 하자 자신에게 닥친 불운을 더 이상 감당할 수 없었던 욥은 마침내 하나님의 뜻을 거역하게 된다. 아내와 친구들의 참소에 동조하여 왜 불의한 사람에게는 축복을 내리면서 자신과 같이 의로운 사람에게는 이 같은 고난을 안겨주느냐며 하나님을 저주했던 것이다. 바로 욥의 이러한 태도를 노리고 있었으므로 사탄은 이 대목에서 쾌재를 불렀다. 그리고 하나님께 과연 욥의 이 같은 행동도 의로운 것인지를 물었다.

그러나 하나님은 욥을 의심하지 않았다. 당신의 대답은 조금 더 기다려보자는 것이었다. 그리하여 사탄은 다시 욥에게 보다 가혹한 시험을 하였다. 마침내 욥으로 하여금 죽음을 목전에 두는 상황에까지 이르도록 한 것이다. 욥은 이제 더 이상 아무것에도 매달릴 수 없었다. 그러자 그때 비로소 그에게 문득 하나의 깨달음이 왔다. 이 모두는 하나님의 뜻으로서 피조물인 자신이 관여할 바가 아니라는 자각이었다. 그것은 하나님의 뜻이 섭리하는 세계의 문제이지 인간의 논리—이성적 사유가 지배하는 세계의 문제는 아니었던 것이다. 이제 욥의 마음속에는 그 이전까지는 생각해보지 못했던 새로운 세계가 열리는 것 같았다. 하나님의 뜻이 지배하는 세계를 인간의 논리로 판단하여 하나님을 원망한 자신의 행위가 얼마나 우매한 짓이었던가 깨닫게 된 것이다.

그리하여 하나님이 "너는 대장부처럼 허리를 묶고 내가 네게 묻는 것을 대답할지니라 네가 내 심판을 폐하려느냐 스스로 의롭다 하려 하여 나를 불의하다 하느냐"고 꾸짖자 욥은 꿇어 엎드려 "내가 스스로 깨달을 수 없는 일을 말하였고 스스로 알 수 없고 헤아리기 어려운 일을 말하였나이다. 내가 스스로 한하고 티끌과 재 가운데서 회개하나이다" 하며 생명을 포함한 자신의 모든 것을 아무 불평이나 원한 없이 하나님께 바치고자 하였다. 그러자 이 마지막의 순간에 비로소 하나님께서는 크게 감동하셨다. 여기서 참다운 의인의 모습을 보셨기 때문이다. 하나님께서 욥에 대한 시련을 거두시고 이전에 누렸던 것보다 더 많은 축복을 내리셨음은 물론이다.

야스퍼스는 비극이란 인간을 진실에 이르게 하는 하나의 기호 chiffre des seitern라고 말한 바 있다. 진실은 삶의 결정적 난파seitern—좌절 없이 깨우칠 수 없다는 것이다. 물론 여기서 진실이란 단순한 일상적·과학적 진리가 아니라 그것을 초월하여 '비극적인 지das Tragische Wissen'를 통해서만 도달할 수 있는 어떤 총체적이고도 완전한 진리를 뜻한다. 그러한 관점에서 욥의 시련은 일종의 존재론적 '난파—좌절'이며, 그를 통해 깨달은 진실은 비극적인 진실에 해당한다. 그는 비극적인 지를 체험함으로써 삶을 초월할 수 있는 어떤 완전한 진실에 다다를 수 있었던 것이다. 그리하여 나 역시 —비록 독서체험이기는 하지만— 이 '욥적 운명'이라는 명제를 통해서 하나의 깨달음을 갖게 된 것이다.

첫째, 이 세계에는 인간의 논리로 해명되는 진실 이외에 그것을 초월하는 진실도 있다는 것이다. 그것은 아마도 신 혹은 절대자의 진실이라 할 것이다. 유한자인 인간이 절대 절명하게 순종할 수밖에 없는—기독교에서 '하나님의 뜻'이라 부르는 진실이다. 욥은 물론 일상의 생활에서 매우 의로운 사람이었으므로 자신에게 닥친 시련을 이해할 수 없었다. 인간의 논리로 볼 때 착한 사람은 항상 복을 받아야 하고 악한 사람은 벌을 받아야 했기 때문이다. 그러나 하나님의 세계는 인간의 논리를 벗어나 있는 세계이다. 이로써 나는 왜 백제 사람의 운명이 하나님의 뜻에 따를 수밖에 없는가 하는 중학교 1학년 때의 의문을 버리게 되었다.

둘째, 그 인간의 논리로 해명되지 않는 어떤 총체적이고도 완전한 진실이란 이성理性·vernunft과 합리성을 벗어난 진실 즉 모순의 진실이라는 사실이다. 우리가 진리 혹은 진실이라 부르는 것 가운데는 이성과 논리에 본질을 둔 것이 있는가 하면 반대로 이성을 벗어나 직관과 모순에 본질을 둔 것도 있다. 앞에서 지적한 어떤 총체적이고도 완전한 진실 즉 절대자의 진실이 바로 그것이다. 욥의 경우 자신에게 불행을 주는 존재를 오히려 사랑하고 순종해야 한다는 것은 분명 앞뒤가 모순되는 진실이다.

셋째, 이 총체적이고도 완전한 진실―달리 말해 '모순의 진실'에 도달하는 길은 '이해verstehen·understanding'가 아니라 '깨달음realizing' 혹은 '통찰insight'에 의해서 가능하다는 사실이다. 그 깨달음의 계기를 마련해준 것이 삶의 좌절―난파였다. 욥의 경우에도 그가 인간적 세계로부터 절대자의 세계로, 논리적인 진실로부터 모순의 진실로 상승할 수 있었던 계기는 그의 비극적인 시련에 있었다. 그는 그러한 세계의 진실을 '이해'로서가 아니라 그 자신 '깨우침'으로써 다다를 수 있었던 것이다.

나는 야스퍼스가 제시한 이 '욥적 운명'을 통해서 '하나님의 뜻'에 대한 내 나름의 의문을 풀게 되었을 뿐만 아니라 시에 대한 관점도 막연하나마 확립할 수 있었다. 시란 일상의 부분적 진실과 달리 총체적인 진실에 대한 담론이라는 사실의 발견이 그것이다. 이 세계에는 두 개의 진실이 있다. 하나는 과학적(학문적) 진실이며, 다른 하나는 시적 진실이다. 그런데 전자가 논리적·합리적·부분적인 것이라면 후자는 직관적·총체적·비논리적이다. 그 자체가 바로 모순인 이 삶이나 세계를 전자는 부분적인 차원으로 접하지만 후자는 전체로서 접하기 때문이다. 그러므로 시적 진실이란 이해로서가 아니라 깨달음에 의해서만 가능한 어떤 진실이라 할 수 있다. 즉 시는 이 세계나 삶을 총체적으로 인식하는 행위이자 깨달음에 의해서만 도달될 수 있는 어떤 모순의 진실을 본질로 하는 정신 작용인 것이다.

그와 같은 관점에서 나는 시적 진실이란 종교적 진실과 그 본질에 있어서는 같다고 생각한다. 양자 모두 이 삶이나 세계를 전체적으로 바라보며 그 본질을 모순에 두고 있는 까닭이다. 대학을 졸업한 후 불교철학에 심취하면서 나는 이와 같은 나의 생각에 보다 확신을 갖게 되었다. 불교의 '무아無我 사상'이나 무소설無所說, 원융무애圓融無碍의 평등상平等相, 불일불이不一不二의 인식이 욥의 그것보다도 훨씬 높은 경지를 보여주고 있었기 때문이다. 다만 문학과 종교에 서로 다른 점이 있다면 종교의 핵심에는 신이 존재하지만 문학에는 신이 없다는 사실이다. 앞서 내가 문학이란 신이 없는 종교라고 말했던 이유가 여기에 있다. 그러한 뜻으로 나는 신이 있는 종교 기독교보다는 신이 없는 종교 불교가 훨씬 문학에 더 가까울 것이라고 믿는다.

3

초등학교 시절, 공부를 잘하지 못해서 원하는 상급학교를 들어가지 못한 내가 갑자기 학교 성적이 좋아지게 된 것은 중학교 2학년이 되면서였다. 중학교 1학년 때만 해도 반에서 20등 내외를 오르락내리락거렸던 내가 1학년 2학기에 들어 전 학년(전 학년이라 하지만 전체 3학급 160명 내외의 학생)에서 5~6등으로 뛰어올랐고 3학년 졸업할 때에는 전체 석차 2등을 하였기 때문이다. 생각해 보면 나의 이와 같은 변화는 아마도 전적으로 좋은 친구를 사귄 덕택이었던 같다.

그중 한 친구는 박병오라고 불리는 소년이었는데, 어렸을 때 사고로 오른쪽 팔을 잃은 지체부자유아였다. 그는 입학할 때부터 졸업할 때까지 줄곧 1등을 지킬 만큼 공부에 탁월했고, 왼손 하나로도 건강한 사람 이상으로 모든 운동을 잘하였다. 특히 그가 한 팔의 손으로 공을 드리블하면서 농구 코트를 휘젓는 모습은 가히 감탄할 경지였다. 행운이었던지 그런 그가 내가 살던 동네로 이사를 와서 나와 등하굣길은 물론 일상생활을 함께 하게 된 것이다. 그리하여 그와 더불어 지내면서 나는 많은 것을 그로부터 배우게 되었다. 공부를 잘해야겠다는 의욕, 경쟁심 그리고 무엇보다 공부하는 방법을 깨우친 것이다. 그로 하여 때늦게 철이 들었다고나 할까.

또 다른 한 친구는 한상연이라는 소년이었다. 그는 나보다 공부는 뒤졌으나 독서광이었다. 웬일인지 그는 나를 무척 좋아했다. 따라서 자연 그와 같이 보내는 시간이 많았는데, 그때마다 그는 항상 소설책을 읽고 있었으므로 나 역시 그의 영향을 받아 어느 틈엔가 문학서적을 읽는 재미에 빠져들게 되었다. 나는 어느새 더 이상 밖에서 철없이 뛰어놀기를 좋아하기보다 차분히 책상 앞에 앉아 책을 읽거나 생각에 몰두하는 아이가 되어 있었다. 이와 같은 생활 습관의 변화가 박병오 군으로부터 깨우친 학습 의욕과 더불어 내 학교 성적을 올리는 계기를 마련해주었던 것이 아닌가 한다. 한상연 군은 나중에도 나와 같은 고등학교를 다녔고 학창 시절에는 소설을 써서 여러 대학의 문학작품 현상모집에도 여러번 당선한 당시 촉망받았던 문학소년이었다. 그러나 가정 사정 때문에 장학생으로 입학한 경희대학교를 중퇴한 이후 좌절하여 문학을 포기한 것이 매우 안타깝다.

이 학교에는 조그마한 도서관이 하나 있었다. 교실 하나 크기의 공간에 그 삼분지 일 정도는 서고로, 나머지는 열람실로 이용되는 정도였다. 그러나 중·고등학교 학생 수준에서는 그 장서량이 그렇게 미흡한 것만은 아니었다. 도서관은 6교시가 끝난 종례시간 전후 즉 오후 3시쯤 개관하여 8시쯤 지나서 폐관하였는데 같은 책이 여러 권 있는 것이 아니었으므로 독서에 취미를 가진 학생들은 도서관이 개관하기 전부터 선착순으로 문 앞에 줄을 서는 것이 관례였다. 자신이 보고 싶은 책을 남에게 빼앗기지 않기 위해서였다. 그 몇 명 안 되는 줄에 항상 한상연 군과 내가 끼어 있었음이 물론이다.

그리하여 열람실에서 책을 읽다 보면 시간은 왜 그렇게도 빨리 가던지 주위가 적막하여 문득 돌아보면 폐관시간이 이미 20여 분이 지나 대부분의 학생들은 자리를 떴는데 나만 홀로 앉아 있곤 하는 경우가 많았다. 너무도 열중하여 책을 읽고 있었으므로 도서관을 관리하시던 양영옥 선생님은 차마 책의 반납을 독촉하지 못한 채 물끄러미 나를 지켜보시곤 하던 기억이 생생하다. 나중에 선생님께서는 내게만은 특별히 책을 집에 가지고 가서 읽도록 해주셨다. 조그마한 어린 소년의 독서열을 기특하게 생각하신 배려였을 것이다. 어떻든 독서로 인해 맺어진 양영옥 선생님과의 인연은 후에 내 인생의 소중한 자산이 된다.

중학교를 마치자 나는 여러 가지 생각 끝에 고등학교 과정의 3년을 이수하면 자동적으로 초등학교 교사로 발령이 나는 전주 사범학교에 진학하기로 결심하였다. 가난했던 탓으로 집안(외가)에서 사범학교에 진학하기를 희망하였고 내 스스로의 판단에서도 대학교를 갈 수 있는 가능성이 전혀 없어 보였기 때문이다. 당시 사범학교는 특차라 하여 전기에 앞서 시험을 보는 것이 관례였으나 그 무렵에는 이미 인기가 시들해서 합격생들 가운데는 다시 전기 시험에 응시하여 전주고등학교로 가버리는 학생들이 적지 않았다. 그 결과 사범학교는 막상 등록 때 정원이 부족한 현상이 빈번히 일어나게 되었다. 사범학교로서는 대응책을 마련하지 않을 수 없는 사태였다. 그리하여 편법을 고안해 첫 번째로 실시한 것이 바로 내가 응시하던 그해였다. 입학시험일을 1, 2차로 나누어 1차는 필기시험을, 2차는 1차 합격생을 대상으로 한 면접시험을 치르게 하되 그 시험날짜를 전기 고등학교의 입학시험일과 중복되게 함으로써 1차 시험 합격생이 전기 고등학교로 이탈하는 기회를 원천적으로 막아버리는 방법이었다.

중학교 졸업 성적이 전교에서 2등이었던 나는 당시 전기 명문고인 전주고등학교에 충분히 입학할 수 있는 실력을 갖추고 있었다. 그리하여 나는 만약 사범학교 입학시험에 떨어진다면 전주고등학교에도 응시할 수 있도록 원서를 미리 제출해 둔 터였다. 그런데도 나는 공교롭게 전주고등학교와 사범학교 그 어느 한 곳에도 진학할 수 없는 불운을 당하게 되었다. 사범학교 입시 1차 시험에 합격함으로써 2차 시험 날짜와 겹친, 전기고등학교 입학시험의 기회를 놓친 내가 막상 그 사범학교 2차 시험에서는 어이없게도 낙방을 해버렸던 것이다.

2차 면접시험은 피아노 음정을 맞추는 것, 자신의 손가락을 스케치하는 것, 그리고 철봉에 매달려 턱걸이를 하는 것 등의 세 가지였으나 지금도 턱걸이를 두세 번밖에 하지 못하는 문약 체질의 나로서는 음악과 미술실기에서도 점수를 잃어 그만 합격권 내에서 밀려나고 만 것이다. 어떻든 2차 시험이란 1차 시험에 합격한 학생을 전기고등학교에 시험치지 못하도록 붙잡아두려는 목적에서 거의 형식적으로 치른 시험이었고 또 여기서 떨어진 학생도 불과 10여 명이 되지 않았는데 나는 이 관문에서 그만 탈락하게 된 것이다. 그리하여 할 수 없이 후기인 모교의 동일계 신흥고등학교에 다시 진학할 수밖에 없었다.

이 후기 시험에서 나는 전체 수석을 하였다. 그리고 그 덕택에 입학금과 1기분의 수업료를 면제받는 혜택을 누릴 수 있었다. 그러나 고등학교에 입학한 후 나는 웬일인지 공부를 하는 것이 시들해졌다. 동급생들도 좀 유치해 보였다. 마음에 없는 학교에 들어왔기 때문일 수도 있고, 내 독서열에서 비롯된 지적 허영 때문일 수도 있고, 전체 수석이라는 허탈감 때문일 수도 있고, 가난한 외가살이와 내 사춘기적 감정의 갈등 때문일 수도 있고, 막 눈을 뜨게 된 이성 문제 때문일 수도 있고, 그 무렵부터 서서히 바람이 나기 시작한 문학 열풍 때문일 수도 있었을 것이다. 어떻든 나는 이 무렵부터 졸업할 때까지 전주 시내 고등학교 문예반 학생들과 문학동아리를 만들어 과외 활동하는 데는 여념이 없었으나 공부다운 공부를 해본 적은 거의 없다.

그 결과 내 학교 성적은 학년이 올라갈수록 점차 떨어지게 되었다. 고등학교를 졸업할 때는 전체 4~5등으로 겨우 우등생을 지킬 정도였다. 물론 전체 수석은 입학시험 때 꼭 한 번, 그 외에는 해본 적이 없다. 그럼에도 불구하고 마음속으로 나는 늘 전교 1등이었다. 공부를 하지 않아서 그렇지 마음만 잡고 공부를 한다면 그까짓 1등이란 문제가 아니라는 것이 내심 나의 생각이었다. 그런 까닭에 밤낮으로 책과 씨름하면서 소설책 한 권 제대로 읽지 않는 공부벌레 1등생을 마음속으로 턱없이 경멸하곤 하였다. 나의 그와 같은 자만은 사실 그만한 이유가 없었던 것도 아니다. 아무리 공부를 하지 않고 시험을 보아도 최소한 전교 4~5등의 성적은 나왔기 때문이다. 내 머리를 믿는 자만심이었다.

그러나 문제는 수업료에 있었다. 1등을 못하니 수업료 면제 혜택이 철회되었던 것이다. 그리하여 수업료조차 제대로 낼 수 없었던 나는 항상 담임선생님으로부터 등록금 독촉을 받는 처지에 놓이게 되었다. 그중에서도 당혹스러운 것은 중간시험이나 기말시험 때 서무과장이 수험장에 직접 와서 수업료 미납학생을 호명하여 집으로 돌려보내는 일이었다. 그때마다 불려나가 하루나 이틀 시험에 임하지 못하니 총점의 합산에서 그만큼 성적이 불량할 것은 또 당연했다. 이런 일이 반복되던 1학년 말이었다. 내게 관심을 많이 가지고 있어서 내가 사범학교에 입시원서를 낼 때 극구 말리다가 시험에 떨어져 다시 모교로 오자 '하나님의 뜻'이라며 반겨하시던 양영옥 선생님께서 하루는 나를 부르셨다.

그때도 선생님은 여전히 학교 도서실의 운영을 맡고 있었는데 내가 찾아뵙자 당신은 "네가 수업료 때문에 고생이 많은 것 같으니 도서실에서 아르바이트를 하면 근로 장학생으로 학비를 면제해 주겠다"는 제의를 하시는 것이 아닌가. 중학교 때부터 거의 개근하다시피 도서관을 들락거리던 나로서는 거절할 이유가 없었다. 이제 내 자신이 책을 관리하게 되었으니 그전처럼 도서관 문밖에서 줄을 서 대기하지 않아도 내가 보고 싶은 책은 마음껏 볼 수 있고 더불어 수업료까지 벌 수 있으니 나로서는 그야말로 일석이조인 셈이었다. 다만 학과공부를 할 수 있는 시간을 뺏기는 것이 마음에 걸렸으나 그것은 별로 신경 쓰이지 않았다. 어차피 그 무렵 나는 학과 공부에 별 관심이 없었을 뿐더러 가정 사정으로 대학 진학에 관한 계획도 불투명했기 때문이다. 그리하여 나는 이때부터 졸업할 때까지 매일 방과 후엔 오후 8시 전후까지 도서실을 지키며 학생들에게 책을 대출하는 일과 도서를 정리하는 일을 하게 되었다.

4

　이쯤 해서 나의 대학 진학에 관해 이야기해야 할 차례가 된 것 같다. 내가 다닌 모교는 인성 교육에는 매우 열심이었으나 대학 입시지도에는 거의 무관심했다. 학교 선생님 그 누구도 대학에 대하여 이야기해준 적이 없고 학생들의 분위기 역시 다를 바 없었다. 나의 경우 고 3학년이 되어서야 비로소 '서울대학교'라는 것이 있다는 사실을 겨우 알았지만 아직도 상대나 문리대를 가서는 후에 무엇을 하는지를 알지 못할 정도였다. 이때까지 내가 가장 훌륭한 대학교로 치부하고 있었던 것은 고려대학교였다. 고려대학교는 외가의 집안에서 설립한 학교였고 한국전쟁에 휩쓸려 행방불명이 된 내 큰이모부가 이 대학 출신이었기 때문이다.

　그런데 고 3학년이 되자 어찌 된 일인지 모교에서는 서울의 일류대학 출신 젊은 교사를 몇 명 채용하는 이변을 보이더니 방과 후 입시지도로 보충수업이라는 것을 하기 시작하였다. 중·고등학교를 합쳐 6년 이 학교를 다니면서 처음 겪는 사건(교사 채용과 보충수업)이었다. 나는 물론 도서관 일로 이 '보충수업'이라는 것을 받아본 적이 없지만 새로 오신 젊은 교사들로부터 '서울대학교'라는 것이 있다는 것만큼은 처음 알게 되었다.

　애초부터 대학 진학에 대한 희망이 거의 없었으므로 나는 사실 대학 입시를 위해 의식적으로 공부를 해본 적이 없다. 고 3 때 처음 시도되었던 학교의 보충 수업은 도서관 아르바이트 때문에, 기타 학원이나 개인 과외도 가정 형편상 받아볼 엄두를 내지 못하였다. 고작 할 수 있는 일이 집에 돌아와 홀로 책과 씨름하는 것이었는데 진학이라는 확실하거나 가능한 목표도 없고 거기다가 외숙과 같은 방을 써야 했으므로 그 역시 적극적일 수 없었다. 설상가상으로 당시 우리 집은 전주의 외곽 변두리(중화산동)에 있었는데 전기나 수도조차 들어오지 않는 초가집이었다. 석유 호롱불을 켜고 가물가물한 불빛 아래 책을 읽으면 어느새 코에는 시커먼 그을음이 맺히고 눈은 자신도 모르게 스르르 감겨지곤 했다. 그 도저히 어찌해 볼 재간이 없었던 졸음이라니!

나는 30세 때 어머니의 임종에서 큰 충격을 받아 심한 불면증을 앓고 난 이후 오늘에 이르기까지 제대로 숙면을 취해 본 적이 거의 없다. 그러나 사실 그 이전에는 지독한 잠꾸러기였다. 밤에 공부를 하려고 책을 펼치면 어느새 잠 도둑이 찾아와 내 어설픈 의지를 훔쳐가기 일쑤였다. 확실히 말하건대 나는 중·고등학교 6년을 다니는 동안 밤 10시를 넘겨 공부해 본 적은 단 하루도 없었다. 졸음 때문에…….

어찌 되었건 세월은 흘러 3학년 말이 되었다. 주위 친구들은 모두 대학에 진학한다며 법석이었다. 서울의 각급 대학에 원서를 낸다, 담임선생님과 진학 상담을 한다, 최후의 학습 정리를 한다, 시험에 대비해서 미리 상경한다 등 온통 들뜬 분위기였다. 지금까지 대학을 포기하고 있던 나도 슬그머니 진학에 관심이 갔다. 어떻게 돈을 들이지 않고 공부할 수 있는 대학은 없을까. 내심 뜻을 갖고 유심히 신문의 대학 입시 광고란들을 살펴보니 몇몇 대학에서 장학생을 뽑는다는 내용이 실려 있었다. 지금까지 소홀했던 공부가 후회가 되긴 했지만 밑져야 본전이니 장학생 시험에 한번 응시해 보고 싶은 생각이 들었다.

그리하여 전주 근교의 원광대학(이 무렵 전북에는 국립대학으로 전북대학과 사립대학으로 원광대학 두 곳밖에 없었다)과 서울의 국학대학(나중에 우석대학으로 개명했고 다시 고려대학에 합병되어 지금은 없어진 대학이다) 두 곳을 선정하여 장학생 선발 시험에 응시하였다. 그 결과 나는 양교 모두에서 입학금과 대학 2학년까지의 등록금만을 면제해 주는 B급 장학생으로 뽑혔다. 3~4년은 1~2학년의 대학 성적에 따라 면제해 줄 수도 있다는 조건이었다.

3월 중순쯤(당시에는 새 학기를 4월 1일에 시작하였다) 나는 등록을 하려고 서울 정릉에 있는 국학대학을 찾아갔다. 두 번째로 상경한 터라 시골 촌놈 그대로였다. 마침 다른 대학에 진학하게 된 급우 홍석만 군도 나와 함께 동행하게 되었다. 그는 오후에 사촌 형을 만나러 연세대학교에 가기로 되어 있었는데(그의 사촌형은 연세대학교 상과대학생이었다) 마침 오전 시간이 남아 심심하다며 나를 따라 나선 것이다.

그런데 국학대학에 수속을 밟은 후 나는 이제 반대로 홍군을 따라 연세대학교를 가게 되었다. 홍군과 헤어지는 것이 섭섭하기도 했고, 나와 동행해 준 그의 행동이 고맙기도 했고, 거기다가 연세대학교의 캠퍼스를 한번 보고 싶기도 했기 때문이다. 처음 보는 연세대학교의 교정은 꿈 같았다. 시골 촌놈의 눈이 휘둥그레졌다. 아름다운 캠퍼스, 고색창연한 교사, 선남선녀 같은 학생들, 캠퍼스 뒤 잔디 언덕에 다정히 앉아 혹은 책을 읽고, 혹은 누워서 사색을 하고, 혹은 데이트에 여념이 없는 젊은이들을 보자 나는 마치 천국에 온 것 같은 마음이었다. 아직 교사나 운동장도 채 갖추지 못하고 절개지가 그대로 드러나 길조차 온통 진흙탕 범벅이던—방금 다녀온 국학 대학의 캠퍼스와는 비교가 되지 않았다. 보지 못했으면 어떨지 모르나 연세대학교 같이 아름다운 대학을 본 심정으로는 도저히 국학대학에 다니고 싶은 마음이 들지 않았다. 설령 등록을 할 수 없거나 진학 후 중도에서 포기할지언정 최소한 서울대학교(아직 구경도 해보지 못했지만)나 연세대학교 같은 일류학교의 합격생이라도 되고 싶었다. 아니 되어야 할 것 같았다. 그래야만 내 자존심이 살아날 것이었다. 거기다가 서울에 와서 직접 살펴보니 일류대학에 입학하면 가정교사 등의 아르바이트로 대학에 다닐 수도 있을 것 같아 보였다. 그리하여 나는 그 연세대 캠퍼스의 한 벤치에 앉아 홍군이 보는 앞에서 오전에 등록한 국학대학의 서류를 찢어버렸다. 이제 내가 할 일은 내년도 서울대학교 입시에 응시하여 합격하는 일뿐이었다. 중학교 입학 이후 실로 나는 이때에 이르러서야 비로소 확실하게 내가 무엇을 해야 할지를 결정하게 된 것이다.

그러나 현실은 그렇지 못했다. 고등학교를 졸업했으니 무엇인가 밥벌

이를 해야 했다. 일단 집을 뛰쳐나왔는데 아무런 소득 없이 집에 돌아갈 수가 없었다. 무언으로 그러한 기대와 강요를 받고 있는 처지에 전주의 외가에 돌아와 불쑥 재수를 한다고 집에 틀어박혀 있을 용기가 차마 없었다. 어떻든 나는 더 이상 외가의 밥벌레가 되어서는 안 될 터였다. 그래서 나는 전주에 돌아가기를 포기하고 대학에 진학한 친구들의 하숙방과 자취방을 전전하며 서울에서 몇 주를 보내게 되었다. 그러다가 구한 것이 겨우 숙식만을 제공해 주는 가정교사 자리였다. 고등학교 문학 동아리의 선배를 우연히 길에서 만난 것이 인연이었다. 나는 그의 부탁으로 의정부에 있는, 그의 장차 처남이 될 고등학생의 학습을 도와주며 할 일 없이 그해의 봄과 여름을 보냈다. 마음속으로는 서울대학 입시를 위해 공부를 해야 한다는 초조감이 늘 엄습하고 있었으나 실제 생활은 그렇지 못했다.

이렇게 무위도식을 하면서 세월을 보내자 어느새 추석이 다가왔다. 주위의 모든 사람들이 귀향을 한다며 법석이었다. 나도 문득 전주의 집이 그리워졌다. 병약한 어머니도 걱정이 되었다. 자신을 돌이켜보니 그동안의 내 생활에는 아무런 성취도, 소득도 없었다. 이대로 가다가는 애초에 계획을 세웠던 서울대학교의 입시도, 다른 어떤 발전도 기대할 수 없을 것이 뻔했다. 나는 무엇인가 결심을 하지 않을 수 없었다. 염치는 없었으나 보따리를 싸들고 전주의 외가로 내려왔다. 되든 안 되든 대학 입학 공부를 해보자는 심사였다. 돈이 없어 학원을 다닐 수는 없었다. 그렇다고 집에 쭈그리고 앉아 있기는 식구들의 눈총이 허락지 않았다. 나는 이때부터 전주 도립 도서관의 그 삐그덕거리는 목조 층계를 오르내리는 단골손님이 되었다. 무작정 내 계획대로 대학 입학 시험에 대비하였다. 오직 홀로 공부를 시작하였다.

그리하여 이제 대학시험이 한 달 정도 임박하게 된 12월 초순, 그러나 이 무슨 호사다마이던가. 집에서 같은 방의 룸메이트이기도 했던 외숙이 돌연 병원에서 수술을 받게 된 것이다. 그 질병의 성격상 간호는 남자가

맡을 것이었다. 집안에 남자는 외숙과 나밖에 없었으므로 당연히 그것은 나의 몫이었다. 그리하여 설상가상 나는 그때부터 서울대학교 입학시험을 보러 상경할 때까지 외숙의 입원실에 기거하며 그의 병수발을 할 수밖에 없게 되었다. 시험을 내일 모레 앞둔 나로서는 초조하기 그지없었다. 그러나 내색도 하지 못한 채 (대학시험을 본다는 것은 금기 사항이었으므로) 나는 잠깐씩 짬을 내어 학습참고서를 들여다보는 것으로 만족해야 했다. 그러자 드디어 시험날짜가 돌아왔다. 나는 영어학습 참고서로 당시 인기가 있었던 유진 선생의 《영어구문론》과 영어 사전을 고서점(헌책방)에 팔아 마련한 돈으로 응시원서를 구입하여 서울대학교에 접수시켰다. 하나님의 도우심인가 그리고 요행히 시험에 합격하게 된 것이다.

나의 본래 지원학과는 철학과였다. 문학을 하려면 아무래도 철학을 공부하는 것이 도움이 될 것 같았기 때문이다. 그러나 이를 반대하신 담임선생님의 제지로 국문과에 원서를 냈다는 것은 어느 지면에선가 이미 밝힌 바 있다. 어떻든 대학에 합격하여 전주에 돌아오자 양영옥 선생님께서 부르셨다. 찾아뵈니 등록금을 걱정하시며 당신이 절반을 부담할 터이니 나머지는 네가 알아서 한 번 챙겨보라고 하셨다. 그러나 집에는 그만한 현금이 없었다(당시 서울대학교 입학금이 아마 5000원 내외였을 것이다).

그래서 무엇인가 돈이 될 만한 것이 없을까 찾아보니 어머니의 화개장롱이 눈에 들어왔다. 어머니로서는 신혼에 아버지가 마련해주신 귀한 유물이었다. 나는 그것을 중고 가구점에 팔아 남은 학비를 마련하였다. 내 처지를 들은 그 중년의 가구상이 시가보다 더 많은 웃돈을 얹어주며 부디 크게 되라고 덕담해 주던 것을 나는 아직 기억한다. 어떻든 확실한 계획이나 보장 없이 이처럼 불안하게 시작된 나의 대학 생활이 —우여곡절은 많았으나— 그래도 큰 좌절 없이 무사하게 좋은 결과로 끝을 맺게 된 것은 다행이라 할 수 있을 것이다. 중학교 첫 성경시간에 문제가 되었던 그 '하나님의 뜻' 이 아니겠는가.

5

사람들은 간혹 내게 무슨 동기로 시인이 되었느냐고 묻는다. 그럴 때마다 나는 적절한 이유를 댈 수 없어 얼버무리곤 한다. 사실 뚜렷한 이유가 있을 리 없다. 어떤 사람은 그림보다 음악을 좋아한다. 거기에 무슨 이유가 있을 것인가. 그저 좋을 뿐이다. 어떤 사람은 심수봉보다 패티 김을 좋아한다. 무슨 이유가 있을 것인가. 그저 좋을 뿐이다. 이유란 이것저것의 시비나 진위 판단이 가능한 것 즉 이성적 사유로 해명될 수 있는 것에만 있을 수 있는 명제이다. 좋은 것에는 이유가 없다. 이유 없이 끌리는 까닭에 그것을 ‘좋다’고 하는 것이 아닌가. 이유가 있어 좋은 것이라면 이미 그것은 좋은 것이 아니다. 어디 한 남자가 한 여자를 사랑한다고 할 때 거기에 무슨 이유가 있어서인가. 이유가 있어 그 여자를 좋아한다면 이미 그 여자는 순수한 사랑의 대상이 아닌 단지 어떤 목적의 도구일 뿐이다. 문학을 좋아하는 것 그래서 시인이 되는 것 역시 마찬가지이다. 그리고 그것은 하나의 운명이고 상황이다. 그러나 그 운명이라는 것도 곰곰이 되새겨보면 나름대로 어떤 필연의 결과라 할 수 있을지 모른다.

그 첫째, 가난이다. 그런데 그 가난이 어떻게 한 사람으로 하여금 문학의 길을 걷게 만들 수 있다는 말인가. 가령 한 가난한 샐러리맨이 근근이 3년을 저축하여 1000만 원의 돈을 만들었다고 하자. 어떤 사람은 이제 큰 목돈도 생기고 그동안 절약하느라 고생을 했으니 그중 일부는 좀 쓰고 싶은 대로 쓰고자 할 것이다. 그러나 전혀 다른 생각을 가진 사람이 있을 수 있다. 그렇게 고생을 하면서 모은 돈을 어떻게 함부로 쓸 수 있겠느냐는 것이다. 여기에 조금 더 저축을 하면 조그마한 가게를 하나 낼 수 있을 터이니 더 절약 궁핍한 생활을 참고 견디면서 돈을 불리자고 생각하는 사람이다.

내게 있어서 가난 역시 마찬가지다. 어떤 사람은 어릴 때의 가난에 한이

맺혀 치부하는 일, 권력을 쥐는 일에 일생을 걸었을 것이다. 그러나 나는 오히려 돈이나 권력이 어쩐지 경멸스러웠다. 그것은 의식적 혹은 비판적 생각에서가 아니라 무의식적으로 그랬다. 그러므로 그것은 선택의 문제가 아니라 운명의 문제에 속한다. 나의 문학을 위해서 이처럼 다행한 일은 아마 없었으리라. 돈이나 권력을 동경하는 사람이 어찌 문학의 길로 접어들 수 있을 것이며 문학의 길을 걷는다 하더라도 어찌 문학을 순수하게 대할 수 있을 것인가. 내가 문학의 길을 걷게 된 운명의 그림자는 '가난'에 있으며, 보다 정확히 말하자면 가난하면서도 돈과 권력을 경멸한 나의 지적 오만에 있었던 것이 아닌가 한다. 돈과 권력은 문학의 반대편에 서 있기 때문이다.

부자이면서도 돈과 권력에 탐욕을 가진 사람보다는 가난하면서 돈과 권력에 탐욕을 가진 사람이, 가난하면서 돈과 권력에 탐욕한 사람보다는 부자이면서 돈과 권력을 경멸하는 사람이, 부자이면서 돈과 권력을 경멸하는 사람보다는 가난하면서도 돈과 권력을 경멸하는 사람이 보다 더 문학적이다. 아니 보다 더 문학의 길로 나설 가능성이 많다. 가난한 사람은 삶과 세계를 보다 가까이서, 보다 절실하게, 보다 외롭게 바라볼 수 있기 때문이다. 그러나 가난하면서도 돈과 권력을 경멸한 사람이라고 하여 모두 시를 쓰거나 소설을 쓰는 것은 물론 아니다. 어떤 사람은 학자가 되고, 어떤 사람은 성직자가 되며, 또 어떤 사람은 사회사업가가 된다. 그러므로 가난은 한 특정한 인간을 문학의 길에 접어들 수 있도록 하나의 상황을 조성해 줄 수 있을지는 모르나 그 자체가 바로 문학의 길은 아니다.

내가 가난하면서도 돈과 권력을 경멸하는 사람이 걸어갈 수 있는 여러 다양한 길 가운데서 하필 문학의 길로 접어든 것 즉 한 '특정한 인간'이 될 수 있었던 것은 나의 타고난 천성과 환경 때문이 아니었나 생각한다. 나는 아직도 나의 문학적 재능에 대해 확신을 가지고 있지 않으므로 '재능'이라는 말 대신에 '천성'이라는 말을 쓰고 싶다. 그러나 다른 분의 경우라면 아마 재능과 환경이라는 말로 고쳐 쓸 수도 있을 것이다.

둘째, 천성적으로 매우 내성적이고 문약했다. 지금은 수십 년의 교사 경력으로 인해 이와 같은 성격이 다소 개선되기는 하였으나 솔직히 말하자면 아직도 그 본성은 변한 바가 없다. 어릴 적 나는 친구들과 어울려 밖으로 싸돌아다니기를 싫어하고 그런 시절 흔히 있을 수 있는 또래 집단의 싸움질 같은 것에 겁이 많았다. 그리하여 홀로 집의 후원에서 샘물을 막아 장난감 물방아 놀이를 한다든가, 맨드라미 꽃밭을 뛰어다니며 나비나 잠자리를 잡는다든가, 노트에 그림이나 낙서 따위를 하는 것에 몰두한다든가, 그렇지 않으면 별당의 마루에 멍하니 앉아 대숲에 바람 지나는 소리를 듣거나, 황룡강을 끼고 돌아가는 호남선 기차의 하얀 연기를 바라본다든가 하는 것을 좋아하였다. 그러다가 지쳐 문득 눈을 감고 감나무 그늘 밑에 누우면 대숲을 지나는 바람 소리와 사랑채에서 글 읽는 외조부님의 목소리가 꿈결같이 들려왔다. 바람결에 실려오는 그 청아한 목소리는 알지 못할 내 미래의 노래였으며, 동경이었으며, 시였다. 후일 가난의 나락에 떨어졌음에도 불구하고 내가 끝끝내 권력이나 치부 같은 세속적 가치를 멀리하게 된 것은 유년시절 내 귀를 속삭이던 이 대숲의 바람 소리와 외조부님의 글 읽는 소리 때문이 아니었나 생각한다.

셋째, 지난 시절을 회상해 보면 나는 실리적이라거나 이지적이라기보다는 감정적이고 심미적인 사람이었던 것 같다. 광주에서 잠깐 초등학교를 다니던 시절이었다. 여선생이었던 담임은 내게 어떤 소질을 발견하셨던지 하루는 방과 후에 나를 불러 당시로서는 구하기 힘든 (전쟁 중이었으므로) 크레파스 한 다스와 도화지 공책 한 권을 주시면서 아무것이나 마음껏 그려보라고 하셨다. 지금처럼 미술학원이 있지도 않았고 또 있다 하더라도 가정 형편상 미술 공부를 할 수 있는 처지가 되지 못한 때였으므로 나는 홀로 집에서 나의 상상대로 아무것이나 그려 선생님께 보여드리곤 하였는데 선생님은 그때마다 곧잘 칭찬해 주시곤 하였다.

내가 미술과 연을 끊게 된 것은 그 1년 후 전주로 전학을 하게 된 것이 직접적인 계기가 되었지만 그보다는 가난이 근본적인 원인이었을 것이다. 중학교 1학년 때부터 2년 간은 학교의 합창부에서 활동을 한 적도 있었다. 내 자신이 원해서가 아니라 음악시간에 음성 테스트를 거친 후 뽑혀 반 강제로 봉사하게 된 것이다. 여기서 '봉사'라는 말을 쓴 것은 내가 다닌 모교가 개신교 미션스쿨이어서 합창대의 중요한 임무의 하나가 매일 아침에 있었던 학교 예배 순서 중에 찬양을 드리는 일이었기 때문이다.

이 무렵 나는 미국 영화 〈오케스트라의 소녀〉를 관람하고 그에 감명을 받아 또한 엉뚱하게도 교향악단의 지휘자가 되기를 꿈꾸기도 하였다. 그러나 지금처럼 오디오가 보급되지 않았던 시절에 피아노 건반 한번을 쳐보지 못한 나로서는 학교 방송반에 들어가 닥치는 대로 고전음악을 듣는 것이 유일한 위안이었다. 체육시간이라면 그렇게도 싫어하던 내가 그래도 선생님께 미술이나 음악에서 이나마의 인정을 받았던 것은 그것이 꼭 문학과 필연성을 지닌 것이 아니라고 해도 최소한 나의 천성이 이지적이었다기보다는 심미적이었다는 증거가 될 수 있을 것이다.

넷째, 나의 태생이다. 나는 외롭게 태어나 외롭게 성장하고 또 외로움을 벗 삼아 일평생 살아온 사람이다. 무녀독남 유복자로 태어난 것이 그러하고, 사회성이 부족하여 친구들을 사귀지 못한 것, 외가의 더부살이로 항상 행동이 조신해야 했던 것이 그러했다. 여기다가 언어구사력이 미흡한 것은 더 큰 문제였다. 나는 논리적이고 학술적인 이야기, 예컨대 강의나 강연 같은 것은 비교적 잘한다는 평을 받고 있으나 사적인 대화나 유머감각이 부족한 사람이다. 그래서 타인과의 접촉에서는 적절한 대화를 이끌어가지 못해 항상 전전긍긍하는 편에 속한다. 가능한 한 말을 하지 않는 편에 속한다. 주위에서 나를 무뚝뚝하다거나 오만하다 하고 어려워하는 것도 이러한 데서 오는 오해 때문일 것이다. 그러니 사람을 만나면 부담스럽고 홀로 지내는 것이 편할 수밖에 없다.

이처럼 내가 일상의 언어생활에서 어둔한 것은 아마도 어릴 때 어머니로부터 제대로 말을 배우지 못한 탓이 아닌가 생각한다. 처녀 시절부터 어머니는 청력이 약하셨다. 그래서 유년시절 나는 당신과 항상 큰 소리로 대화를 해야 했다. 상황이 이러하므로 나는 집에서 가능한 한 말을 하지 않았다. 어머니가 청력에 손상을 입은 것은 당신을 끔찍이 사랑해 어린 당신을 매일 목욕시키고 무릎에 눕혀 잠재우는 것을 낙으로 삼으시던 외조모께서 귓밥을 파주시다가 그만 고막을 건드려서 그렇게 되었다고 들었다. 이렇게 혼자 있는 것이 버릇이니 홀로 생각하고, 책을 읽고, 글을 쓰는 일에 친숙하지 않을 수 없었을 것이다.

그러나 그 어떤 것보다도 나를 성숙시킨 스승은 '고독'이다. 지금도 마찬가지이지만 나는 외로움을 많이 타는 소년이었다. 어린 시절 나는 항상 고독했다. 타고난 환경이 그랬고 천성이 또한 그랬다. 환경이 고독하니 천성이라도 명랑하고 활달해서 남과 잘 어울릴 수 있었으면 좋았으련만 그러지 못한 것이 내 삶의 아이러니였다. 그래서 나는 지금까지 '고독'을 운명적인 것으로 받아들이며 살아왔다. 외가에서의 나의 삶 역시 그러하였다. 경제적으로 몰락한 집안의 더부살이였으니 그럴 만도 하지 않았겠는가.

그리하여 이 타고난 외로움은 이미 주어진 환경과 더불어 나의 심미적 천성을 문학적 혹은 시적인 재능으로 키워주는 데 그 나름의 역할을 하지 않았을까 생각한다. 괴테도 말하지 않았던가, '재능은 고독 속에서 길러지고/ 성격은 세계의 대하大河 속에서 형성된다'고……. 재능은 하늘에서 타고난 것이므로 고독 속에서 길러질 수밖에 없는 것이다.

다섯째, 내가 태어나 성장하고 호흡한 외가가 그 지역에서는 명망 있는 선비의 가문이어서 항상 문장을 숭상하는 분위기였다는 점이다. 외가 마을 인접한 곳에는 외가의 시조 하서河西 선생을 배향한 필암서원筆巖書院

이 있어서 어린 시절의 내 놀이터였다. 이곳에서는 곧잘 선비들이 모여 시회를 열곤 하였다. 집에서도 사랑채에서는 항상 외조부의 책 읽는 소리가 낭랑하였다. 외조모는 담양의 창평(지실)이 친정이었고 정철의 13대 직계 후손이었다. 유년 시절의 나는 외할머니의 손을 잡고 광주에서 무등산을 넘어 자주 그곳을 찾았으며 거기서 때로는 한철을 지내기도 하였다. 지실 마을의 돌담, 식영정, 환벽당 등 정철의 유적지는 내 어릴 때의 동화적 세계였다. 어릴 적부터 외조부나 외조모에게서 들은 이 가문의 신화적인 이야기는 내 인생에 많은 영향을 주었다.

여섯째, 내가 다니던 신흥중·고등학교의 분위기이다. 이 학교는 학습 지도는 딴전이고 대신 인성교육에는 그만큼 열성적이었다. 매일 있는 채플의 내용이 그러했고, 점심시간이나 방과 후에 틀어주는 고전음악이 그러했고, 각종 문예활동과 사회봉사활동(기독교 학교인 까닭에)이 그러했다. 나는 그것을 내 나름대로 문학적으로 수용하였다. 우선 캠퍼스가 전주에서 그 풍광이 제일 아름다운 공원 지역에 자리 잡고 있었다. 게다가 교사는 —몇 년 전 애석하게도 불에 타서 없어졌으나— 붉은 벽돌로 지은 고전주의 양식의 양옥집이어서 가을 단풍이나 겨울 설경 속에서는 마치 크리스마스카드에 나오는 동화 속의 궁전 같았다.

가을에 2층 교실에서 창밖을 내다보노라면 대운동장과 소운동장을 구획 짓는 언덕의 단풍 든 은행나무들은 또 얼마나 비극적인 아름다움을 연출해 보여주었던가. 나는 수업시간에도 공부는 뒷전으로 한 채 몇 분씩 넋을 잃고 그 광경에 심취하곤 하였다. 봄에는 학교를 에워싼 언덕의 숲이 온통 하얀 아카시꽃으로 옷을 갈아입어 그 푸른 그늘이 교실의 창에 어리곤 하였다. 나는 점심시간에 그 아카시아 숲에 앉아 학교의 스피커에서 울려나오는 클래식 음악을 들으면서 시집이나 소설책 같은 것의 읽기를 즐겨 하였다. 읽다가 낮잠이 들어 학교가 파한 후에 교실로 들어온 것도 한두 번이 아니었다. 그와 같은 학교의 분위기에서 공상하고 상상하고 꿈을 꾸고 그러다가 낙서 같은 것, 편지 같은 것, 일기 같은 것을 끼적거리게 된 것은 아주 자연스러운 현상이었을 것이다.

6

내가 처음으로 시를 대하게 된 것은 중학교 2학년 때였다. 어느 과목인가 결강시간에 대신 들어오신 양영옥 선생께서 한 시간 남아 김소월의 시를 읽어주신 것이다. 그 인연으로 며칠 후 나는 도서관에서 소월의 시집을 통독하게 되었는데 나로서는 이제까지 접하지 못한 새로운 세계였다. 산문처럼 내 상상의 왕국에서 노니는 기쁨이 아니라 직접 마약처럼 황홀하게 감각으로 와 닿는 슬픔의 세계.

그리하여 나는 이제 시집들을 읽기 시작하였다. 번역된 괴테, 하이네, 워즈워스, 바이런, 휘트먼 같은 서구 낭만파 시인들의 시집을 마구잡이로 읽었다. 멋과 분위기에 취한 아마도 감상적 취향의 독서였을 것이다. 그러나 내가 정작 감동으로 받아들여 하나의 시인으로 살아가고 싶은 충동을 느꼈던 시들은 고등학교 2학년이 되어 다소 철이 들어 읽기 시작한 우리나라 시인들의 시집이었다. 외국어는 결코 감동을 주지 못했던 것이다. 다시 읽은 김소월의 시집은 새로운 충격으로 와 닿았다. 서정주, 유치환, 신석정, 김광균, 박목월 등은 이 무렵 내게 결정적인 영향을 준 시인들이었다. 특히 서정주의 《화사집》은 하나의 전율이었다. 이후에 읽은 정지용과 더불어 나는 아직도 이들을 내 시의 스승으로 생각하고 있다.

나는 항상 홀로 있으므로 공상을 즐겨 하였다. 나는 항상 현실이 궁핍했으므로 아름다운 미지의 세계를 꿈꾸었다. 거기에는 아름답고 슬픈 사람들이 많았다. 가령 현실을 희생하고 영원을 추구했던 아리사, 삶의 추악성 속에서 순결한 빛을 추구했던 알료사, 육(肉)과 영혼의 갈등에 빠져 방황하

는 징클레르, 사랑의 순교자 제인 에어, 관념이 아니라 행동의 아름다움을
가르쳐 준 카추샤, 일상 삶의 덧없음을 일깨워준 줄리앵 소렐 등이다. 나
는 이들과 대화를 나누고 싶어서 처음 글을 쓰기 시작했을지도 모른다.

그러나 지금 와서 회상해 보면 나의 사춘기적 감성을 가장 격정적으로
흔들어 놓았던 —그리하여 막연하게나마 문학적 동경을 심어주었던 문학
작품은 중학교 2학년 때 읽었던 앙드레 지드의 《좁은 문》과 이태준의 《청
춘무성靑春茂盛》이 아니었던가 싶다. 이 두 작품은 각각 삶의 존재론적 문
제와 사회적인 문제를 다룬 것이지만 똑같이 관념적 이상세계를 꿈꾸었
다는 점에서 공통성을 지니고 있었다. 아리사와 은심의 사랑 역시 하나는
천상적인 것을, 다른 하나는 지상적인 것을 지향했지만 모두 플라토닉한
사랑이라는 점에서는 같았다. 이 무렵의 나는 거의 자폐적일 만큼 홀로 있
었고 또 현실적인 삶을 부정하고 있었기에 이들 소설이 보여준 관념적 유
미주의에 경도될 수 있었을 것이다.

내가 언제부터 시를 쓰기 시작했는지는 내 자신도 기억에 없다. 고독했
으므로 홀로 할 일이 없을 때 마치 낙서처럼, 일기처럼, 편지처럼 쓰기 시
작했던 글들이 아마도 막연하게 시적인 형태를 갖추어 갔으리라. 그러나
그것이 타인들에 의해서 인정되고 내게 하나의 자각으로 받아들여졌던
최초의 사건은 고등학교 1학년 때 일어났다. 그해 5월 온 캠퍼스를 아카
시아 향기가 하얗게 물들이고 있을 무렵에 실시된 교내 백일장이 있었는
데 '아카시아꽃'이라는 제목의 이 시 쓰기에서 내가 장원을 한 것이다. 이
것이 빌미가 되어 나는 자의 반 타의 반으로 지방 문화행사의 백일장엔 학
교 대표로 참석하기도 했고 가끔은 상을 받는 일도 있게 되었다.

어떻든 나는 대학입시를 앞두고 시인이 되려는 마지막의 선택을 철학
과에 입학하는 것으로 결행코자 하였다. 그러나 우연한 계기로 —담임선
생님이 반 강제적으로 지원학과란에서 내가 철학과에 표시했던 동그라미
표시를 면도칼로 지우고 국문과로 변경한 바람에— 국문과에 들어온 나

는 서울대학교의 국문과 분위기에서 우선 실망부터 겪지 않을 수 없었다. 현대문학을 전공하신 교수가 단 한 분(전광용 교수)밖에 없었던 데다가 전체적으로 현대문학을 공부하거나 문학을 창작하는 행위에 대해서 달갑지 않게 생각하는 ─금기시하는 이 학과의 일반적인 분위기 때문이었다. 그래도 다행히 문리대의 커리큘럼은 학과 사이의 장벽이 없이 학생들이 자유롭게 타학과의 강의를 선택해서 들을 수 있었던 까닭에 그 불만을 해소할 수 있었다.

당시 시간강사로 나오셨던 신예비평가 이어령 선생의 비평론, 정한모 선생의 시론, 송욱 선생의 영시 강독, 박종홍 선생과 조가경 선생의 실존주의 강좌, 이기영 선생의 대승불교론, 김태길 선생의 서양철학사 등은 문학청년으로서의 나의 수업에 큰 영향을 끼쳤던 가르침이었다. 그리하여 홀로 시를 쓰다가 찾아뵌 분이 박목월 선생이었던 것이다.

내가 선생님을 처음 뵌 것은 대학 2학년 가을이었는데 들고 간 원고를 보신 선생님은 그저 '한번 써봐라'라는 것밖에 다른 말씀은 하지 않으셨다. 시를 써 들고 가끔 찾아뵐 때도 칭찬 한 번 해주지 않고 항상 냉정하게 타박만 하시던 선생님이었다. 그러시던 선생님이 예기치 않게 어느 날 갑자기 내게 엽서 한 장을 보내주셨다. 다음 달에 추천작이 발표될 것이라는 짤막한 소식과 함께…… 대학을 졸업하고 문단 데뷔 같은 것은 포기한 채 하경하여 전주의 어떤 여자고등학교 선생으로 부임한 지 한 달 뒤의 사건이었다. 그리하여 1965년 4월 《현대문학》지에 나의 데뷔작이 실렸다. 나는 모르고 있었으나 선생께서는 엄격하게 나의 문학수업을 지켜보시다가 내가 대학을 졸업하자 그동안 가끔 찾아뵈면서 보여드린 작품 중에서 몇 편을 골라 보관했다가 이때 추천해 주신 것이다. 목월 선생의 문하를 드나들면서 내 문학 인생의 소중한 친구들을 갖게 된 것도 또한 선생님의 은혜라고 생각한다.

─《현대시》, 2002. 5.

작품론 · 작가론

서정성과 철학성의 상호 통합을 통한
존재 탐구의 시세계

유성호(문학평론가 · 한국교원대 교수)

지속과 점증의 40여 년 시력詩歷

오세영吳世榮 시인은 그동안 시인이자 평론가로서, 대학 교수이자 문학 연구자로서 누구보다도 열정적으로 다양하고도 폭넓은 문학적 성취를 이루어왔다. 이처럼 그가 이룬 성취의 진폭이 넓고 다양함에도 불구하고, '오세영'이라는 이름 주위에는 시간이 갈수록 평론가나 연구자보다는 '시인'으로서의 정체성이 점증漸增하고 있다. 평론가나 연구자로서의 활달한 산문적 적공積功과는 다른, 고독하면서도 쓸쓸한 뒷모습을 보이며 축적해 온 40여 년의 시력詩歷이 이제는 그의 이름과 시간을 온통 감싸고 있는 듯 보이는 까닭이다. 또한 그것은 그가 자신의 생애를 통해 궁극적으로 발화하고 싶었던 정수精髓가 그가 노래한 시편마다에 녹아 있기 때문이기도 할 것이다.

하지만 오세영 시인이 걸어온 40년 시적 여정을 짧은 지면에 소묘하기란 참으로 어려운 일이다. 한 시인의 세계가 선형적線形的인 진화의 모형을 취하지 않는 데다가, 때로는 회귀적인 측면도 있고, 더러는 역진逆進의 방향을 취하는 일도 드물지 않다는 점에서, 초기시로부터 후기시로 발전해 간다는 진화론적 도식은 담론적 억압을 가져다주기 쉽다. 오세영 시인의 경우에도, 그의 시는 단층적 변모보다 시적 욕망이나 주제의 일관성이 더 선명해 보인다. 따라서 우리는 오세영 시인이 지속적으로 견지하는 시적 기율을 염두에 두면서, 그의 시적 변모를 추적해야 한다. 초기 시편에서부터 후기 시편에 이르기까지 지속되어 온 측면과 점증되어 온 측면을 균형 있게 살핌으로써, 서정성과 철학성의 상호 통합을 통한 존재 탐구라는 그의 오롯한 시학이 완성되는 과정을 탐색해야 하는 것이다.

그릇과 칼날, 모순과 역설의 이미지에 담긴 날카로운 현실 인식

1965년 《현대문학》에 박목월 시인의 추천으로 등단한 이래 오세영 시인은 최근까지 지속적인 창작적 실천을 해왔다. 그를 대중들 뇌리에 선명하게 각인시킨 첫 시집 《반란하는 빛》(1970)은 그의 시적 출발을 알리는 공적 표지標識였다. 이 시집에서 그는 매우 견고한 모더니스트로서의 자의식을 선보였다. 그는 거기서 감각적 현존에 대한 눈 밝은 의식과 사물의 존재 방식에 대한 형이상학적 탐색을 통하여 인간의 존재 조건을 깊이 천착하였다. 특히 내면적 고뇌와 언어 실험에 들인 그의 공력은 매우 큰 것이었다.

그리고 한참 동안의 공백 후 낸 두 번째 시집 《가장 어두운 날 저녁에》(1982)에서는, 그의 시적 편력에서 지속되는 서정성과 철학성의 조우가 시작된다. 그가 중점적으로 택한 시적 이미지는 '고뇌'와 그 '치유'를 동시에 상징하는 '불'이었다. 또한 그의 초기 시를 수놓은 또 다른 핵심 이미지는, 세계 내적 존재로서의 인간의 생의 형식을 은유하는 '그릇' 이미지였다. 이때 '그릇'은 완성과 균열의 가능성을 동시에 지닌 사물로서 채택된다.

흙이 되기 위하여
흙으로 빚어진 그릇,
언제인가 접시는
깨진다.

생애生涯의 영광을 잔치하는
순간에
바싹
깨지는 그릇,
인간人間은 한 번
죽는다.

— 〈모순矛盾의 흙〉 부분

　시인에게 '그릇'은 세계를 담는 용기容器이자 스스로 오랜 시간과 가능성을 충만하게 담고 있는 형이상학적 우주이다. 이 '그릇' 이미지는 비움과 채움, 원만함과 깨짐의 모순된 속성을 한 육체 안에 갖고 있는 모순과 역설의 의미를 지니는 사물이다. 시인은 '그릇' 하나가 부서지고 깨지는 모습에서 우주의 이법을 발견하고 있는 것이다. 요컨대 그는 '그릇'의 완성과 균열, 그리고 파기에 이르는 과정을 통해 생에 대한 존재론적 사유를 심화시키고 있는 것이다. 말하자면 '깨진 그릇'은 칼날이 되기도 하고, 인간의 죽음을 비유하기도 하며, '생애生涯의 영광榮光'된 순간에 균열하고 마는 모순의 존재이기도 하다. 그래서 '깨진 그릇은/ 칼날이 된다.// 절제와 균형의 중심에서/ 빗나간 힘,/ 부서진 원은 모를 세우고/ 이성의 차가운 눈을 뜨게 한다'(〈그릇 1〉《사랑의 저쪽》, 1990)라는 잠언적 구절이 가능해진다. 이 모든 것이 유한자有限者로서의 인간과 그 존재 조건에 대한 적절하고도 개성적인 은유가 되고 있다.

　이처럼 시인은 그의 초기 시편들을 통하여 유한하고 비극적인 인간의 운명을 예리하고도 견고한 이미지에 담아 보여줌으로써, 모더니스트로서의 명민한 언어 의식과 비극적 고전주의자로서의 인식론적 면모를 동시에 보여주었다고 할 수 있다.

　그 다음 펴내는 세 번째 시집 《무명연시》(1986)는 '연시戀詩'라는 일관된 형식을 통해 일종의 영원성을 지향하는 시학을 보여준다. 잘 알려져 있듯이 〈무명연시〉 연작은 삶의 보다 더 근원적인 문제에 대한 탐구를 사랑의 형식으로 노래한 소산이다. 이 시편들의 주제는 생과 사, 만남과 헤어짐, 번뇌와 해탈 등의 모순이 우리의 생의 형식이라는 사실, 곧 이 세계에는 인간의 이성이나 논리로는 해명될 수 없는 초월적·모순율적 진실이 있다는 데 대한 깨달음이다. 이러한 면모는 물론 그의, 앞서 출간한 두 권의 시집의 기층적 주제와 맞닿는다. 이와 같은 주제를 그는 좀 더 근원적이고 항구적인 언어와 감각으로 형상화한 것일 뿐이다. 여기서 그는 한 걸음 더 근본주의자에 가까워진다.

　　육신으로 타고 오는
　　바람 소리.
　　잘 있거라, 잘 있거라,
　　해거름 나루터에 달빛 지는데
　　강 건너 사라지는 님의
　　말소리.

　　육신으로 타고 오는
　　갈잎 소리.
　　잘 가거라, 잘 가거라,
　　세모시 옷고름엔 별빛 지는데

속눈썹 적시는 가을
빗소리.

이승은 강물과 바람뿐이다.
옷고름 스치는 바람뿐이다.
치마폭 적시는 강물뿐이다.

육신으로 타고 오는
물결 소리
마른 하상河床 적시는 가을
빗소리.

— 〈바람 소리〉 전문

　무명연시는 전체적으로 기승전결의 구조를 가지고 있다. 특히 이 연작 시편들은 존재에 관한 근원적 질문을 제기하며 아울러 그것들이 지닌 여러 모순을 극복하고자 하는 치열한 정신을 보여준다. 노장적 요소나 불교적 요소 심지어는 샤머니즘적 요소로 가득한 종교적 성찰 또한 이러한 인간의 구경적 존재 형식에 대한 탐구에 응용된다. 결국 이 시집은 그의 시가 철학적 요소와 서정적 요소가 결합되어 있는 실물적 증거라고 할 수 있다. 이러한 그의 열정은 현상계 너머의 존재의 본질을 투시하려는 열정과 깊이 관련되어 있는 것이다.

　위의 작품 역시 그러한 존재 탐구에 바쳐져 있다. '바람 소리/말 소리/갈잎 소리/빗소리/물결 소리'는 모두 감각적으로 현상되는 실재들이지만, 그들은 그 안에 내재해 있는 불가시적 요소들을 환기하는 역할을 하고 있다. 사라지고, 지고, 적시고, 스쳐가는 소리들의 나열을 통해 시인은 현상계 너머 있는 '소리'들을 느끼고 있는 것이다. 그래서 시인은 스스로 '내가 쓰고 싶은 시는 보다 진솔한 시, 보다 윤기 있는 시, 보다 가슴을 울리는 시, 보다 완성된 시, 보다 철학화된 시, 보다 정통주의를 지향하는 시, 보다 서정적인 시, 그리고 메시지가 전달되는 시'(〈연작시 '무명연시'를 쓰던 시절〉《시의 길, 시인의 길》, 시와시학사, 2002)라고 말하고 있는지도 모른다. 아무튼 서정성과 철학성의 결합이야말로 오세영 시학의 근간이 아닐 수 없다.

네 번째 시집《불타는 물》(1988)에 이르러 시인은 '불'과 '물'이라는 상극相剋의 원리를 하나로 융합시킨다. 안에서 격정적으로 타오르는 '불'과 안에서 끓으면서 평정을 유지하는 '물'은 이 시인의 양면적 자아를 상징하면서, 이 시인의 또 하나의 시적 권역인 '사랑'의 원리로 통합된다. 그래서 오세영 시인의 초기 시편은 한결같이 내면성과 실존적 보편성에 대한 탐색으로 완성되면서, '사랑'의 원리를 이끌어낸다. 이러한 원리는 그의 제5시집《사랑의 저쪽》(1990)에서 더욱 집중적으로 나타난다.

이상 그의 전기 시세계는 이미지의 강렬성, 인간의 존재 탐구를 위한 종교적 성찰, '불'이나 '물' 같은 원형 이미지를 통한 내면의 탐구, '사랑'의 원리로 수렴되는 인간의 생의 형식 탐색 등에 바쳐져 있다. 물론 이는 후기시로 가면서 변모되기보다는 더욱 심화되는 모습을 띤다. 오세영 시의 전개 과정을 단층적 변모보다는 일관성의 심화로 보아야 한다고 모두에서 말한 까닭이 바로 여기에 있다.

정신의 벼랑에서 별을 꿈꾸는 비가로서의 시편들

1990년대 들어 쓴 시편들이 실린 그의 제6시집《꽃들은 별을 우러르며 산다》(1992)를 정점으로 하여, 그의 시에는 예의 철학성보다는 서정의 원리가 점증되어 나타나게 된다. 물론 여전히 불교적 지성에 의한 생의 관조는 지속되지만, 그보다는 사물과 주체의 접점에서 피워올리는 정서의 세세한 결에 시인은 깊이 주목한다. 그리고 그는 생의 근원적 결핍과 그리움에 대해 전적으로 승인하면서도, 어떠한 삶이 건강하고 아름다운지를 성찰하는 모습을 지속적으로 보여준다. 또한 제7시집 《어리석은 헤겔》(1994)에서 시인은 문명비판의식을 집중적으로 보여주면서, 감성 위주의 시관詩觀을 강조하고 있다. 이 또한 서정시인으로서의 오세영 시인이 치르는 자기 확인의 도정 가운데 하나이다. 그에게 '시는 침묵으로 쓰는 글'(〈자서自序〉)이다. 따라서 요란한 문명이나 주체의 확신에 기초를 둔 이성 중심의 세계관은 그에게 비판받는다. 특별히 그는 이 시집에서 이성 중심으로 세계를 상징하는 인물로 '헤겔'을 상정하고 있는데, 이 또한 서정성 위주의 세계 인식과 표현에 무게중심을 두는 오세영 시인의 필연적인 미적 전략이다.

그의 제8시집 《눈물에 어리는 하늘 그림자》(1994) 역시 그 주제의식이나 창작 방법이 이러한 지속성과 맞닿는다. 《반란하는 빛》 이래 그가 줄곧 천착해 왔던 언어적 조형에 대한 열정이나 실존주의적 인간상을 근간으로 하는 철학적 존재론에 대한 탐구가 이 시집에도 강조되고 있으니까 말이다. 이 시집이 일이관지—以貫之하고 있는 주제는 한마디로 요약 가능해 보인다. 시인의 삶에 각인되어 있는 '당신'이라는 존재, 곧 서정적 주체가 희구하고 동일화를 꿈꾸는 절대적이고 궁극적인 실재를 찾아가는 정신적 탐색의 여정이 바로 그것이다.

이러한 주제는 연시戀詩라는 형식을 빌린 시적 방법론을 통해 일관되게 형상화되고 있다. 연시의 형식으로 절대적 존재를 그리워하는 것은 사실 우리에게 그리 낯설거나 생소한 방법론이 아니다. 일찍이 우리 근대시사에서 뚜렷한 족적으로 남아 있는 소월이나 만해 또는 미당의 시학을 들 것도 없이, 그러한 주제나 방법론은 우리에게 이미 하나의 문학사적 성격을 띤 익숙한 것이기 때문이다. 따라서 오세영 시인의 시에서 그들의 시가 가지고 있는 표현 의장, 주제 의식, 심미적 가치 등이 두루 보이는 것도 결코 무리가 아니다.

오세영 시인의 이러한 단순한 투명성은 그의 정신이 추구해 마지않는 형이상학적 유현성幽玄性을 담을 수 있는 유일한 그릇으로 그에게 판단된 것이 분명하다. 그는 이른바 '시정市井의 시학' 이나 '참여의 시학' 을 생리적으로 싫어하는 시인이다. 따라서 자신의 삶은 늘 결핍과 부재로 충만하지만 그것이 흔히 말하는 '지금 여기' 의 합리적 개선이나 일상성에의 충실을 통해 해결되리라고는 믿지 않는다. 그만큼 존재의 결핍을 느끼는 것이 그의 유일한 존재론적 근거가 되고 있고, 따라서 그의 내밀한 빈 공간은 궁극적이고 형이상학적인 실재에 자신의 삶을 가탁함으로써 채워질 수 있다는 그의 사유 방식이 관철된 것으로 보인다. 우리는 이러한 방법에 의해서 하나의 고전주의적 발상과 희귀하게 만나는 경험을 할 수 있고, 나아가 흔치 않은 숭고미와 접할 수도 있다. 그만큼 오세영 시인 스스로 구축하는 형이상학적 의지는 매우 완강한 것이다. 결국 그의 시적 철학은 잠언적 효과를 끊임없이 노리고 있다. 그런 면에서 오세영은 우리 시대의 드문 고전주의자이다. 자주 자신의 시가 철학적이라는 말을 들어왔다는 그가 이제는 그의 철학을 명징하고 단순화되어 있는 잠언적 형식으로 곳곳에서 처리하고 있음을 우리는 본다.

진정한 시의 본질이라는 것은 다른 어떤 성향들에 대한 배타성을 띤 채 존재하는 것일까. 그것을 오세영 시인은 '사랑의 진실' 이라고 못박는다. 논리적 진실을 추구하는 과학과 이념 너머에 있는 본래적 인간에 대한 향수鄕愁 같은 것 말이다. 결국 우리는 정신의 벼랑에서 궁극적 실재와의 동일화를 꿈꾸면서도 끝내는 좌절하고 마는 비가悲歌로서의 시가 오세영의 중기 시편들이라고 할 수 있을 것이다.

존재의 비의와 운명에 대한 관조

오세영 시인의 최근 시집 《벼랑의 꿈》(1999)과 《적멸의 불빛》(2001)은 점증되어오던 서정성이 높은 경지에서 철학을 머금고 나타난 결실이다.

그가 그토록 경계해 마지않았던 헤겔 식으로 말하면, 그는 이미지 조형을 통한 내면 탐색과 철학적 통찰을 초기 시편에서, 서정성의 강화를 통한 근원적 구경의 투시를 중기 시편에서, 그리고 다시 그 철학성과 서정성을 통합하는 변증법적 도정을 후기 시편에서 완성하고 있는 것이다.

> 한 철을 치악雉岳에서 보냈더니라.
> 눈 덮인 묏부리를 치어다보며
> 그리운 이 생각 않고 살았더니라.
> 빈 가지에 홀로 앉아
> 하늘 문 엿보는 산까치같이,
>
> 한 철을 구룡龜龍에서 보냈더니라.
> 대웅전 추녀 끝을 치어다보며
> 미운 이 생각 않고 살았더니라.
> 흰 구름 서너 짐 머리에 이고
> 바람 길 엿보는 풍경風磬같이,
>
> 그렇게 한 철을 보냈더니라.
> 이마에 찬 산그늘 품고,
> 가슴에 찬 산자락 품고
> 산 드릅 속눈 트는 겨울 한 철을
> 깨어진 기와처럼 살았더니라.

— 〈속구룡사시편續龜龍寺詩篇〉 전문

산중에 홀로 앉아 '그리움/미움' 마저 모두 버리고, 호젓하게 세상의 이법에 동화되는 경지를 보여주는 이 작품은, 시 안에 등장하는 '치악/구룡'

이라는 공간이나 '산까치/흰 구름/풍경' 등의 존재들과 시인 스스로를 수평적으로 병치하고 있다. 말하자면 시인은 완전히 주체 중심의 사변성을 버리고 '깨어진 기와'처럼 자연 속에 던져진 존재로 화하고 있다. 여기서 '깨어진 기와'는 그의 초기 시편에 등장하던 '깨진 그릇'이 높은 존재의 비의秘義로 결속된 개인적 상징일 것이다. 이 작품에서는 자연의 세부를 산뜻하고 정갈하게 묘사하면서도 정신의 높은 격格을 추구하고 있다. 그래서 그가 다다르고 있는 세계는 풍요롭고 적막하다.

세숫물에 마른 갈잎 하나 파르르
떨어져 가을이다.
한 움큼 물을 뜨다 만 채 물끄러미
들여다보는 수면水面,
흔들리는 파문 사이로
하얗게 머리 센 사내 하나가
하늘 끝자락을 붙들고 망연히
나를 치어다보고 있다.
어디서 보았을까. 깊고 짙은 속눈썹,
그 젖은 눈에
하얗게 소복한 어머니의 손을 잡고
초등학교 운동장을 들어서던
어린 소년이 보이고
팔랑팔랑
나비처럼 뿌리치고 사라지던
꽃밭의 소녀가 보이고
바람벽을 등지고 쓸쓸히
소주잔을 기울이던 원고지 칸 사이의

사내가 보인다.
한 움큼의 세숫물마저
손가락 사이로 흘러내려 텅
비어버린 손바닥,
문득
이가 시리다.

— 〈젖은 눈〉 전문

이제 궁극적으로 자신이 살아온 시간의 마디에 머물고 있는 그의 시적 시선은, 유년 시절이나 소년 시절이나 글을 쓰면서 살아온 청년 시절을 거쳐 '하얗게 머리 센 사내 하나'가 된 자신을 쓸쓸하게 마주 보고 있다. 그러나 이 '쓸쓸함'이야말로 패배자의 만가가 아니라, 삶의 궁극에서 원초적이고 불가항력적인 고독과 운명을 엿본 이가 취하는 관조의 자세가 아닐까. 이처럼 오세영 시인은 자신에게 주어진 유난히도 고독하고 힘겨웠던 시간을 추스르며 그것을 의미화하는 쪽으로 후기 시편을 완성해 가고 있다. 근년에 발간된 《봄은 전쟁처럼》(2004)이나 《시간의 쪽배》(2005)는 이 같은 예상을 충족시키고 있다.

오세영 시인의 시적 궤적이 선형적 진보나 퇴행으로 그려질 수는 없을 것이다. 그것은 매우 중층적이고 나선적인 변형과 심화 과정을 동시에 치른 것이다. 이처럼 그의 시는 형이상학적이고 존재론적인 상징체계를 지속하면서도, 서정성을 강화해 온 도정을 밟아왔다. 그 점에서 그는 고전적 장인이다. 그렇게 오세영 시학은 탄탄한 언어적 긴장을 늦추지 않으면서 '서정성'과 '철학성'의 상호 통합을 통한 존재 탐구의 세계를 깊이 구현해 갈 것이다.

어느 유복자의 삶과 시의 관련성

방민호(문학평론가, 서울대학교 국문과 조교수)

척박한 땅에 홀로 뿌리내려온 삶과 시

이 책에 실린 오세영 시인의 자전 기록 〈나의 시 나의 삶〉은 그가 유복자로 태어났다는 사실을 알려준다. 그는 이렇게 썼다.

'이때 어머니는 22세의 꽃다운 나이였고, 결혼한 지 만 3년이 채 못 된 해였으며, 나를 임신한 지 석 달 되는 달이었다. 그리하여 나는 석 달 유복자로 세상에 태어나게 되었으며 어머니는 이후 51세의 나이로 세상을 뜨실 때까지 홀로 수절의 일생을 보내셨다.'

출생의 경위는 그 사람의 운명을 결정짓는 가장 중요한 사항이다. 우리는 모두 아무것도 걸치지 않고 주먹을 꼭 쥐고 태어난다는 점에서는 똑같지만 나머지 점들에선 같을 수가 없다. 인생은 결코 평등하지가 않고 우리가 살아가는 동안에 이 불평등은 절대로 완전히 해소되지 않는다. 그러므로 우리들의 교육이 잘못된 점이 있다면 그것은 사람은 모두 평등하다고 가르친다는 점일 것이다. 우리는 사람이 평등하다고 가르칠 것이 아니라, 왜 사람이 평등하다고 가정해야 하는가, 라고 가르쳐야 할 것이다.

416

오세영 시인은 아버지의 몫이 중요한 이 세계에 유복자로 내던져졌을 뿐만 아니라 장성해서는 스스로 일가를 이루기 전에 어머니가 돌아가시는 일을 감당해야만 했다. 〈나의 시 나의 삶〉을 보면 그는 이 어머니의 별세로 충격을 받아 불면증을 앓게 되었고 그 이후 오늘에 이르기까지 제대로 숙면을 취해 본 적이 별로 없다고 한다. 왜 그렇게 되었던 것일까. 이것은 아버지의 부재라는 것이 그의 성장 과정에 중대한 문제이자 상흔이었음을 방증해 주는 것이 아닐까. 이어령의 소설 《장군의 수염》에 나오는 이마의 상처처럼 그는 아버지의 부재라는 것을 출생의 고뇌로 짊어지고 태어나야 했던 것이다. 이 근원적인 아버지 부재에 더하여 어머니마저 세상을 떠나버리자 그의 내면적 자아는 외롭고 추울 수밖에 없는 그 자신의 운명이 마침내 그 모습을 다 드러내 보인 것 같은 공포를 느껴야 했던 것이 아닐까. 같은 글에서 그는 그 자신이 해주 오씨이며, 외가는 울산 김씨 집안으로 그가 자라난 외갓집은 조선 인종 때의 명유인 하서 김인후의 향리이기도 하며, 젊어서 돌아가신 선친은 경성공업전문학교 재학생이었다고 썼다. 경성공업전문학교는 이상이 수학한 곳으로 서울대학교 공과대학의 전신이다. 이런 진술들은 다 무엇인가. 그는 그 자신에게도 뿌리라는 것이 있다고 말하고자 했던 것이 아닐까.

그러나 이후 진술 과정은 뿌리에 대한 자각 위에서 성장해 나간다기보다는 오히려 뿌리로부터 불가피하게 떨어져 나와서 험난한 세상에 적응해 나가야 했던 외로운 사람의 형상을 떠올리게 한다. 그는 가난했고 조언을 구할 만한 사람이 없었고 미션 스쿨에서 배우는 것들에 관해 혼자 궁리하면서 성장해야 했다. 우여곡절 끝에 대학에 진학한 후에도 먹고 자는 것에 대한 근심을 털어버릴 수 없었고, 대학을 졸업하고 그의 성장지이기도 했던 전주 기전여고에 원래 말과는 달리 추천을 받고도 응시자들끼리 경쟁하는 시험을 치르고 핫바지를 입은 채 공개강의를 하고서야 국어 선생으로 부임할 수가 있었다고 한다.

오세영 시인에 관한 세평 가운데에는 그가 고집스럽고 한번 뜻을 두면 그것을 이룰 때까지 포기하지 않으려 한다는 말이 있다. 또 그와 함께 여행을 가면 지치지 않고 여행지를 샅샅이 탐사하는 그의 성벽을 당해 낼 도리가 없다는 말도 있다. 근년에 들어서 그는 매년 해넘이 할 때마다 강원도 백담사에 가서 한 달가량 수도자처럼 생활하곤 하는데 이것 역시 한 해도 거르는 법이 없다. 이 모든 집요함, 철저함, 승부사적인 기질은 고아적인 환경에서 삶의 고난을 헤쳐 나오면서 자기 근거를 자기 힘으로 구축해 나가지 않으면 안 되었던 사람에게 부착될 법한 성정이다.

그리고 이것은 태생에 이미 죽음이 병행해 있었기에 삶을 국면적이고 이행적인 것으로 간주할 수밖에 없는 사람이 지닐 법한 또 다른 보상적 성정이기도 할 것이다. 그만큼 그의 시들은 초기부터 파국과 소멸에 대한 인식을 보여주는 것들이 많다. 예를 들어서 그의 대표시 가운데 하나인 〈모순矛盾의 흙〉 첫 연은 '흙이 되기 위하여/흙으로 빚어진 그릇/언제인가 접시는/깨진다' 라는 것이다. 또 비슷한 시기에 발표한 〈모래〉라는 시 역시 '파멸이, 저 존재의 중심에서/깨어진 접시가/이루는 완성' 이라고 하여 모든 것의 저편에 끝이 있으며 또한 동시에 그것이야말로 완성일 것이라는 인식을 드러내고 있다. 이런 시들에서 필자가 오세영 시인의 출생의 고뇌를 엿본다면 이것은 지나친 추측에 불과한 것일까.

응고된 불로서의 튤립, 자유과 구속 사이를 오가는 수행의 의미

오세영 시인의 면모로서 특징적인 것 가운데 하나는 그가 시인이자 동시에 교수라는 사실이다. 이것은 그가 매우 모순적인 삶을 살아가는 존재임을 의미한다. 우리 사회에서 시인이란 가장 자유로운 존재의 표상임에 틀림이 없다. 교수라는 직업명은 그와 정반대의 것을 표상한다. 사람들은 교수라는 직업에 대해서 여름, 겨울에 놀 수 있으니 좋겠다, 하는 식의 생각을 갖게 마련이지만 그 이면을 들여다보면 문제가 그리 간단치만은 않

다. 놀자면 놀 수 있는 것이 교수라는 직업이지만 이것은 자기 자신의 불
성실함을 능히 감당하거나 외면할 수 있는 사람의 경우이고 그렇지 않은
경우에는 여름, 겨울이라 해서 편할 수만은 없다.

　단적으로 말해서 시인이 자유를 의미한다면 교수는 구속을 의미한다.
또 그것은 감성과 이성의 대립을 표상하기도 한다. 하나는 뜨겁고 하나는
차갑다. 이러한 대립적 표상 관계는 그가 양립하기 힘든 두 성분과 지향
사이에서 갈등을 겪고 고민하지 않을 수 없음을 의미한다. 그렇다면 그는
이 모순적 병존 상태를 어떻게 유지하면서 오늘에 이를 수 있었던 것일까.
이것은 그의 시세계의 특질을 이해하는 문제와 관계가 깊다. 잘 알려진 그
릇 연작 가운데 〈사랑의 방식—그릇 38〉과 같은 시를 통해서 그 단서를 찾
아볼 수 있다.

　　얼릴 수만 있다면
　　불은 아마도 꽃이 될 것이다.
　　끓어오르는 불길을
　　싸늘하게 얼리는
　　튤립,
　　불은 가슴으로 사랑하지만
　　얼음은 눈빛으로 사랑한다.
　　어찌할꺼나.
　　슬프도록 화려한 이 봄날
　　나는 열병에 걸렸어라.
　　추위에 떨면서 달아오르는
　　내 투명한 이성理性.
　　꽃은 결코 꺾어서는 안 되는 까닭에

눈빛으로 사랑해야 한다.

―〈사랑의 방식―그릇 38〉 부분

여기서 시인은 서로 대립하는 것들의 존재 전환을 보여준다. 그리고 이것은 오세영 시인의 독창적인 상상력의 소산이자 매우 효과적인 시작법을 보여주는 것이기도 하다. 앞의 절에서 필자는 생성이 곧 소멸로 통하고, 또 이 소멸이 역설적으로 완성이 되는 〈모순의 흙〉과 〈모래〉를 인용했다. 위에서 인용한 〈사랑의 방식―그릇 38〉 역시 원리상 동일한 상상력과 시작법에 기초한 것이라고 할 수 있다.

이 시는 튤립을 노래한 것이다. 시인에 따르면 튤립은 불이 얼어서 만들어진 것이다. 튤립은 곧 고체 상태로 전환된 불이라는 것이다. 나아가 시인은 불은 가슴, 곧 감성으로 사랑하는 것이지만 얼음은 눈빛으로 사랑하는 것이라고 한다. 튤립에 대한 사랑은 하나의 은유로 볼 수도 있을 것이다. 또 그렇다면 시인은 이 시에서 어느 여인을 사랑하고 있는 시적 화자를 내세우고 있다고 할 수 있다. 그 여인은 튤립처럼 불타오르는 것 같지만 동시에 응고된 불처럼 차가운 성정을 갖고 있는지도 모른다. 그리고 이러한 여인의 성정을 간파한 탓일까. 시적 화자는 '열병'을 다스려 '투명한 이성'의 상태에 접근시킨다. 이것은 일종의 체념에 가까운 태도 전환이라고 할 수도 있지만 그보다는 '불'이 응고된 '튤립'의 성정에 걸맞은 '사랑의 방식'을 찾아낸 것에 가깝다.

이처럼 오세영의 시는 대립하는 것들의 존재 전환, 이를 통한 모순의 지양을 보여준다. '불'과 '튤립'의 대립 관계는 '불'이 '튤립'이 되고 다시 '튤립'은 그 안에 '불'의 속성을 내포하게 됨으로써 '해결'된다. 시적 화자의 '열병'은 '이성'에 의해 다스려지고 그러면서도 '이성'은 '추위에 떨면서 달아오르는' 까닭에 '열병'의 성질을 내포하게 된다. 대립은 대립으로 끝나지 않고 대립하는 것들의 위치 전환을 통해 새로운 차원에 다다

르는 것이다. 오세영의 시들은 이러한 방법적 전환을 지속적으로 보여주
어 왔다.

앞에서 나는 오세영 시인이 시인이자 동시에 교수라는 사실에서 출발
했었다. 〈나는 누구?〉라는 시는 '나'라는 존재에 대한 시인의 정체성 탐구
가 지금까지 이야기한, 대립하는 것들의 존재 전환이라는 발상법에 입각
하여 창발적으로 이루어지는 과정을 보여주는 것으로 생각된다.

도서관은 골 깊은 산이다.
등산하듯 층계를 올라
어두운 서고書庫를 뒤진다.
이 골짜기는 역사 서가書架. 저 산봉우리는 철학 서가,
저 능선은 과학 서가
고서古書는 이끼 낀 바위로 앉아 있고
사서史書는 칡넝쿨로 얽혀 있다.
이곳저곳 걸으며
화두話頭 하나 참구한다.
나는 누구일까
청노루, 백사슴 다 아는 산길에서
길을 잃고 망연히 헤매는데
앞에는 문득
깎아지른 듯 가로막고 서 있는 절벽.
그 까마득한 벼랑에 핀
꽃
한 그루.

—〈나는 누구?〉 전문

위의 시에서 '도서관은 골 깊은 산이다' 라는 시행은 '산', 곧 시의 영역이자 감정의 영지에 해당하는 공간을 '도서관', 즉 학문 탐구의 영역이자 이성의 영지에 해당하는 공간으로 치환한 상상력의 소산이다. 시적 화자는 '산'에 있지만 이 '산'은 '도서관'처럼 탐구되는 측면이 있다. 동시에 이를 통해서 '도서관'은 '산'의 속성에 근접하는 효과가 발생한다. 원심적인 대립항들의 구심화라고나 할까.

오세영 시인이 학문 탐구의 도정 속에서도 시를 버리지 않을 수 있었고 또 그러면서도 시인의 이름으로 학문을 버리지 않을 수 있었던 것은 그 자신의 삶과 문학에서 서로 대립하는 항들을 그대로 두지 않고 존재 전환을 통해서 대립을 해소시키고 새로운 차원을 모색하는 독특한 수행법을 갖고 있었기 때문일 것이다.

사실 시인 가운데 문법에 맞는 산문, 그러면서도 논리가 명징한 산문을 쓰는 사람을 발견하기는 어려운 법이다. 그러나 오세영 시인의 문장은 그렇지가 않다. 〈나의 시 나의 삶〉 같은 자전 기록만 해도 앞뒤나 아귀가 딱 들어맞는 문장들을 정확하게 구사하는 것을 직각할 수 있는데, 이러한 논리성은 최근에 펴낸 평론집 《우상의 눈물》(2005)의 문장들에서 특히 빛을 발하고 있다. 인문학을 논할 때, 김수영 시를 논할 때, 그는 읽는 이들로 하여금 그 자신이 시인이자 동시에 비약 없는 이성의 언어를 십분 구사할 줄 아는 학자임을 실감하게 하는 것이다.

순환론적 목적론으로 운명을 딛고 일어선, 수도자적 시인

한편 오세영 시인의 면모를 전체적으로 살펴보고자 하는 작업은 문명론적 차원의 검토를 필요로 한다. 그 이유는 대략 다음과 같다. 거칠게 표현하여 그의 초기 시들이 모더니즘적인 언어를 구사하고 있었다면 이후 그는 이러한 언어의 지속적인 영향력 속에서도 전통적인 서정적 언어의 세계로 접근해 왔다고 할 수 있다. 이것은 서구지향성에서 전통지향성으로의 회귀라고 부를 만한 것이다. 또한 그는 스스로 고백하고 있듯이 중학교, 고등학교 학창 시절에 기인한 기독교 교리의 강한 영향력 속에서도 불교적인 가치의 세계 속으로 점점 깊이 파고드는 과정을 보여주었다. 이 과정은 시집 《벼랑의 꿈》(1999) 및 《적멸의 불빛》(2001)을 거치면서 고조 국면에 다다랐다고 할 수 있다. 예컨대 〈속구룡사시편續龜龍寺詩篇〉 같은 시는 초기 시가 보여준 그릇의 상상력이 도달한 지점을 보여준다는 점에서 한번 음미해 볼 만하다.

> 한 철을 치악雉岳에서 보냈더니라.
> 눈 덮인 묏부리를 치어다보며
> 그리운 이 생각 않고 살았더니라.
> 빈 가지에 홀로 앉아
> 하늘 문 엿보는 산까치같이,
>
> 한 철을 구룡龜龍에서 보냈더니라.
> 대웅전 추녀 끝을 치어다보며
> 미운 이 생각 않고 살았더니라.
> 흰 구름 서너 짐 머리에 이고
> 바람 길 엿보는 풍경風磬같이,
>
> 그렇게 한 철을 보냈더니라.
> 이마에 찬 산그늘 품고,
> 가슴에 찬 산자락 품고,
> 산 드릅 속눈 트는 겨울 한 철을
> 깨어진 기와처럼 살았더니라.

—〈속구룡사시편〉 전문

위 시에서 인상적으로 읽히는 것은 '산 드릅 속눈 트는 겨울 한 철을/깨어진 기와처럼 살았더니라'라는 마지막 두 행이다. 여기서 '깨어진 기와'는 다시 한 번 초기 시의 세계를 떠올리게 한다. 예를 들어서 그릇 연작 1에 해당하는 〈그릇〉의 1, 2연은 '깨진 그릇은/칼날이 된다//절제節制와 균형均衡의 중심에서/빗나간 힘,/부서진 원은 모를 세우고/이성理性의 차가운/눈을 뜨게 한다'라고 노래하고 있었던 것이다. 이때 '그릇'은 '원'이고 '절제와 균형의 중심'을 상징하는 것이고, '깨진 그릇'은 '모'이고 '이성의 차가운 눈'을 상징하는 것이 된다. 이러한 대립은 '그릇'이 깨어져 '원'이 '모'가 되는 존재 전환을 보여주지만 동시에 이것은 이윽고 〈칼〉이라는 시가 보여주는 것처럼 '죽음이 곧 완성이다'라는 새로운 존재 전환을 예비하는 것이어서 순환적이면서도 목적론적이다.

여기서 필자는 이러한 순환적인 목적론에서 서양적이고 기독교적인 종말론과 동양적이고 불교적인 가치 세계가 교합된 상태를 엿보게 된다. 존재는 끝을 향해 나아가는데 이 끝은 단순한 파국이 아니라 완성이어서 존재의 시원의 상태를 일층 고양된 상태로 실현한 것 같은 양상을 보여주는 것이다. 따라서 이것은 단순한 종말론적 사유는 아니지만 그럼에도 불구하고 유와 무, 생성과 소멸 사이의 경계를 근원에서부터 허물어버리는 불교적 논리와는 거리가 있다.

이에 반해서 위에서 인용한 〈속구룡사시편〉에 나타나는 '깨어진 기와'는 시연과 행의 배열상에 비추어 볼 때 '산까치' 같은 것이고 '풍경' 같은 것이다. 그리고 이 셋은 모두 시 전면에 나타나지는 않지만 시적 화자인 '나'와 같은 존재로 그려진다. '나'는 '산까치'요, '풍경'이요, '깨어진 기와'다. '나'와 이들 사이에, 그리고 이들 각자 사이에 경계는 사실상 무의미하다. 이들은 존재 변환의 과정을 거치지 않은 채로 그대로 타자를 향해 비약한다. 타자 그 자체가 된다. 이 비약과 겹침에는 서로 타자를 향해 나아갈, 또는 서로 대립하는 존재를 향해 전환해 나아갈 시간적 과정이 개

입할 필요가 없다. 이를 말해주듯이 〈파미르 고원〉이라는 시에는 이런 구
절이 있다.

> 아, 파미르
> 거대한 시간의 호수.
> 예서 더 흐를 수 없는 시간의 쪽배에 앉아
> 내 지금 찰랑거리는 수면을 들여다보노니
> 과거, 현재, 미래라는 것이
> 이 얼마나 부질없는 말이뇨.
>
> —〈파미르 고원〉 부분

그리하여 만유는 있는 그대로 그 자신과 다른 것이 된다. 이 선집에 실
린 또 다른 시 〈새벽 세 시〉에 인용된 화엄경 보살십주품의 논리를 빌려
쓸 수 있다면 '일—은 다多이고 다多는 일—이며' '비존재는 존재이며 존재
는 비존재이며, 모습을 갖지 않은 것이 모습이며 모습이 모습을 갖지 않은
것이며, 본성이 아닌 것이 본성이며 본성이 본성이 아'닌 것이다.

그렇다면 오세영 시인은 어떻게 해서 이러한 동양적 · 불교적인 세계로
나오게 된 것일까. 필자는 이 물음 앞에서 오세영 시인의 수많은 여행 시
들과 여행에서 얻은 영감을 소재나 주제로 삼은 시들을 떠올리지 않을 수
없다.

그의 많은 시들은 그가 즐겨, 지속적으로, 지침 없이 낯선 곳을 향해 나
아가는 사람임을, 방랑과 순례를 통해 자기 세계를 넓게 확장해 가는 사람
임을, 이 과정에서 과거와 다른 자기를 부단히 새로 수립해 나가고자 하는
사람임을 알 수 있게 해준다. 단적인 예로 시집 《아메리카 시편》(1997)은
미국이라는 세계에 대한 시인의 흥미로운 질문과 탐구를 보여준 것이었
다. 이 가운데에서도 특히 이 선집에 실린 〈햄버거를 먹으며〉나 〈9자 한

자를 손에 들고〉 등은 현재 팍스 아메리카나를 구가하고 있는 미국 사회의 부조리한 단면을 날카롭게 해부 및 풍자한 것이다. 그의 동양적 전통으로의 회귀는 필시 이러한 성찰들을 중요한 계기로 삼고 있는 것으로 판단된다.

또한 여기서 《어리석은 헤겔》(1994) 같은 시집의 존재를 상기해 볼 수도 있을 것이다. 이 시집은 1990년을 전후로 한 세계사의 격변을 그가 어떻게 해석하고 수용했는가를 보여준다. 그런데 이때 헤겔이 정녕 어리석었다면 그것은 헤겔 변증법의 문제로 직결될 것이다. 정반합이라는, 서로 대립하는 것들의 존재 전환법에 기댄 상호 부정의 과정은 과연 인간들의 삶에 궁극적인 구원을 가져다줄 수 있는 것일까. 서양철학에 변증법적 논리만 있는 것은 아니지만 1990년의 대격변은 헤겔적인 변증법을 따르는 체제의 파국뿐만 아니라 헤겔 변증법 자체의 파산을, 그리고 그것으로 상징되는 서양 철학의 결함을 상징하는 것처럼 해석될 수도 있을 법하다.

한국의 시단에서 1990년대 중반 이후 현재의 시점에 이르는 시기는 생명사상과 생태주의, 그리고 불교적 논리에 기반을 둔 동양적 서정시로의 회귀열을 극명하게 드러낸 과정이었다. 이 국면에서 오세영 시인은 무엇보다 그 자신의 시사의 측면에서 매우 중요한 전환과 온축을 이룬 것으로 판단된다. 오랜 수련과 탐구를 통해서 오세영 시인은 운명이라는 타의에 의해 뿌리로부터 떨어져 나온 출생의 고뇌를 딛고 동양 문명이라는 거대한 정신적 뿌리에 다다르는 그 자신의 사업을 일구어낸 것이다.

오세영 연보

1942년	5월 2일 해주海州 오씨吳氏 병성炳成을 아버지로, 울산蔚山 김씨金氏 경남璟男을 어머니로 하여 전남全南 영광靈光(묘량면 삼효리 석전 68번지)에서 무녀독남 유복자로 출생했으나 백일이 지난 뒤부터 외가에서 성장함. 외가의 중시조를 배향한 장성長城(황룡면 신호리 소래)의 필암서원筆巖書院 근처에서 유년시절을 보냄. 이후 광주光州(1951~1952), 전주全州(1953~1960) 등지에서 청소년기를 보냄. 선비적 동경은 외가의 법도에서, 예술적 동경은 고독했던 환경에서 길러진 것이라고 생각함.
1960년	전주 신흥新興고등학교 졸업. 가난으로 진학을 포기하고 방랑.
1961년	서울대학교 문리과대학 국문학과 입학. 모교 은사들의 성금으로 등록.
1965년	서울대학교 문리과대학 국문학과 졸업. 전주 기전紀全여자고등학교 국어교사로 부임. 4월 박목월朴木月 선생에 의해서 《현대문학》지의 초회 추천을 받음. 추천작은 〈새벽〉.
1967년	기전여자고등학교 사임. 서울 보성保聖여자고등학교 교사 부임.
1968년	1월 《현대문학》지에 추천이 완료됨. 추천작은 〈잠 깨는 추상抽象〉 외 1편. 3월 서울대학교 대학원 석사과정 국문과 입학.
1970년	심장판막증으로 오랫동안 고생하시던 모친 사망. 현대시학사에서 처녀시집 《반란하는 빛》 출간.
1971년	서울대학교 대학원 국문학과 석사과정 졸업. 문학 석사. 서울대학교 문리과대학 무급 조교 발령. 가을, 임보·김춘석·이건청·신대철·조정권·이시영 등과 동인지 《육시六時》를 간행하였으나 2회 발간 뒤 본인과 이건청의 《현대시現代詩》 동인 참여

	로 해체됨. 12월 전주全州 이씨李氏 봉주鳳柱와 결혼.
1972년	그전부터 우의를 나누고 있었으나 동인지 《현대시》 25집부터 정식으로 현대시 동인에 참여함. 서울대 조교를 사직하고 인하仁荷대학교와 단국檀國대학교 등에서 시간강사로 전전.
1973년	첫 딸 하린夏潾 출생. 6월부터 8개월간 방위병으로 군 복무.
1974년	충남忠南대학교 문리과 대학 전임강사 부임. 서울대학교 대학원 국문학과 박사과정 입학.
1975년	둘째 딸 지혜智惠 출생.
1980년	서울대학교에서 문학박사 학위 취득. 아들 홍석烘錫 출생. 일지사에서 학술저서 《한국 낭만주의시 연구》 상재.
1981년	충남대학교 문과대학 부교수를 사임하고 단국대학교 문리과대학 부교수로 취임. 대전시 오류동에서 서울 관악구 봉천동으로 이사.
1982년	문학사상사에서 제2시집 《가장 어두운 날 저녁에》 출간. 대만 타이베이에서 개최된 아시아시인회의 창립총회 참여.
1983년	시집 《가장 어두운 날 저녁에》로 제15회 시인협회상을 수상. 민족문화사에서 시론집 《서정적 진실》 상재. 이우출판사에서 평론집 《현대시와 실천비평》 상재.
1984년	《현대시와 실천비평》으로 제4회 녹원綠園문학상 평론 부문 수상.
1985년	단국대학교 문리과대학 부교수를 사직하고 서울대학교 인문대학 국문학과 조교수로 부임. 고려원에서 첫 번째 선시집 《모순矛盾의 흙》 상재.
1986년	전예원에서 제3시집 《무명연시無明戀詩》 상재.
1987년	문학사상사 제정 제1회 소월시문학상 수상. 미국 아이오와Iowa 대학의 국제 창작프로그램International Writing Program에 6개월간 참여.

1988년	문학사상사에서 제4시집 《불타는 물》을, 종로서적에서 평론집 《한국현대시의 행방》을, 이우출판에서 학술서 《문학연구방법론》, 혜진서관에서 시론집 《말의 시선》을 상재함.
1989년	새문사에서 학술서 《20세기 한국시 연구》를, 자유문학사에서 첫 수필집 《사랑에 지친 사람아 미움에 지친 사람아》를 간행. 서울 서초구 방배동으로 이사.
1990년	미학사에서 제5시집 《사랑의 저쪽》 상재.
1991년	시와시학사에서 제6시집 《꽃들은 별을 우러르며 산다》를, 미래사에서 두 번째 선시집 《신神의 하늘에도 어둠은 있다》를, 민음사에서 평론집 《상상력과 논리》를 상재.
1992년	제4회 정지용문학상 수상. 제2회 편운문학상 평론 부문 수상.
1993년	시와시학사에서 《문학연구방법론》을 증보 복간. 국어국문학회 이사 역임.
1994년	고려원에서 제7시집 《어리석은 헤겔》을, 현대문학사에서 《눈물에 어리는 하늘 그림자》와 제8시집 《눈물에 어리는 하늘 그림자》를 상재. 《꽃들은 별을 우러르며 산다》가 일본의 여류 시인 마스미[鍋倉] 여사의 번역으로 도쿄 아지사이사[紫陽社]에서 출간됨. 뉴욕 주립대학교 스토니 브룩 캠퍼스 한국학 센터가 간행한 한국학 총서 문학편 《한국문학 강의》 저술에 참여. 서울대학교 인문대학 정교수 승진. 서울 정도 600주년 기념 '자랑스러운 서울 시민' 추대.
1995년	전예원에서 출간했으나 출판사의 도산으로 사장되었던 제3시집 《무명연시》를 현대문학사에서 복간함. 1년간 미국 캘리포니아 주립대학교 버클리 캠퍼스UC Berkeley 동아시아어과에서 한국 현대문학을 강의.
1996년	새미출판사에서 평론집 《변혁기의 한국 현대시》를, 민음사에서 학술서 《한국근대문학론과 근대시》를 상재. 동아일보사 일민재

단一民財團 제정 제2회 일민펠로십 수상, 이듬해 1월 두 달간 중동 및 아프리카 여행.

1997년　좋은날에서 세 번째 선시집 《너 없음으로》를, 문학동네에서 제9시집 《아메리카시편》을 상재. 동 출판사에서 처녀시집 《반란하는 빛》 복간. 원래 종렬로 조판했던 시집을 횡렬로 조판하자니 작품량이 부족해서 제2시집의 일부 작품을 추가함. 옥타비오 파즈Octavio Paz의 추천으로 그의 출판사인 멕시코의 귀향Vuelta사에서 스페인어 번역시집 《신의 하늘에도 어둠은 있다El Cielo de Dios Tanbién Tiene Oscuridaad》 출간. 스페인어권의 대표적인 문학계간지(주간 옥타비오 파즈) 《귀향Vuelta》에 특집으로 작품이 소개됨.

1998년　고려대출판부에서 《한국현대시 분석적 읽기》 간행.

1999년　3월 시선집 《먼 그대Das ferne Du》가 독일어로 번역 출간됨. 시와시학사에서 제10시집 《벼랑의 꿈》 출간. 제7회 공초空超문학상 수상. 한국시학회 제2대 회장 취임.

2000년　해냄출판사에서 두 번째 수필집 《꽃잎우표》 발간. 제3회 만해상 문학 부문 수상. 건국대출판부에서 《유치환》을, 서울대출판부에서 《김소월, 그 삶과 문학》을 상재. 시집 《무명연시Liebesgedichte eines Unwissenden》와 《사랑의 저쪽Gedichte jenseits der Liebe》 독일에서 번역 출간.

2001년　문학사상사에서 제11시집 《적멸의 불빛》을, 새미출판사에서 비평서 《20세기 한국시의 표정》을 간행.

2002년　어머니 고 김경남 여사에게 백산白山 장한 어머니상 추서. 책만드는집에서 네 번째 선시집 《잠들지 못하는 건 사랑이다》를, 시와시학사에서 시론집 《시의 길, 시인의 길》을 출간. 6월 서울대학교 국문과 지도학생들이 회갑기념으로 《오세영의 시, 깊이와 넓이》(국학자료원)를 간행.

2003년	월인출판사에서 《한국현대시인연구》를, 국학자료원에서 《문학과 그 이해》를 발간. 황금북에서 다섯 번째 시선집 《하늘의 시》를, 화남출판사에서 세 번째 수필집 《왈패 이야기》를 상재. 스페인어 번역시집 《벼랑의 꿈Sueños del barranco》이 스페인에서, 《사랑의 저쪽Más Allá del Amor》이 멕시코에서 각각 출간됨. 9월부터 6개월간 체코 프라하 대학(찰스 대학) 동아시아문학부 한국학과 초청교수 역임.
2004년	문학과경계에서 한국현대시선집 《생이 빛나는 아침》을, 세계사에서 제12시집 《봄은 전쟁처럼》 간행. 서울대학교 한국문학 연구소 소장 역임.
2005년	영어 번역시집 《꽃들은 별을 우러르며 산다Flowers Long for Stars》가 미국에서 출간됨. 월인출판사에서 학술서 《20세기 한국시인론》을, 문학동네에서 비평서 《우상의 눈물》을, 민음사에서 제13시집 《시간의 쪽배》를, 아침고요에서 제14시집 《꽃피는 처녀들의 그늘 아래서》를 출간.
2006년	한국시인협회장 추대. 서정시학에서 제15시집 《문 열어라 하늘아》를 상재. 동명의 화백과 시화집 《바이러스로 침투하는 봄》을 펴냄.

한국대표시인 101인선집   오세영

초판 인쇄―2006년 5월 10일
초판 발행―2006년 5월 20일

지은이―오 세 영
펴낸이―전 성 은
펴낸곳―종합출판 (주)문학사상사
주 소―서울특별시 송파구 오금동 91번지(138-858)
등 록―1973년 3월 21일 제1-137호

편집부―3401-8543~4
영업부―3401-8540~2
팩시밀리―3401-8741~2
지로계좌―3006111
홈페이지―www.munsa.co.kr
한글도메인―문학사상
이·메일―munsa@munsa.co.kr

잘못 만들어진 책은 구입하신 서점이나
본사에서 바꾸어 드립니다.

책값은 표지 뒷면에 표시되어 있습니다.

ISBN 89-7012-745-3 04810
ISBN 89-7012-500-0(세트)